Patricia Highsmith
Ladies

Frühe Stories

Aus dem Amerikanischen von
Melanie Walz, Dirk van Gunsteren
und pociao

Diogenes

Nachweis am Schluss des Bandes
Covermotiv: Design von Diogenes unter Verwendung einer Vorlage
von Big_and_serious / iStockphoto
Copyright © Diogenes Verlag
Veröffentlicht als Diogenes Deluxe, 2020

Inhalt

Die Legende des Klosters
von Saint Fotheringay

Das Kloster von Saint Fotheringay thronte auf dem Gipfel des Mount Inveraragaig, umgeben von einem dichten Wald und nur erreichbar über den steilen Prestonpans-Pass. Diese Institution der Gelehrsamkeit und Theologie unterstand im frühen fünfzehnten Jahrhundert Schwester Craigenputtock, die überaus tolerant war, nur in einer Sache nicht: Kein Mann durfte sich jemals auf dem Grundstück des Klosters blicken lassen.

Die Klosterangehörigen waren allesamt weiblich (etwa zwanzig von ihnen organisierten in hierarchischer Abstufung das Klosterleben), ebenso alle Klosterschüler, und irgendwie hatte Schwester Craigenputtock es geschafft, auch weibliche Hausmeister und Heizer für die Öfen des Klosters aufzutun. Kurz und gut, es gab keinen einzigen männlichen Organismus auf dem Gelände, abgesehen von etwaigen Insekten. Und von dem Moment an, in dem die kleinen Mädchen im Alter von zwei Jahren in das Kloster eintraten, was als großes Privileg unter der Landbevölkerung in der Umgebung galt, sahen sie keinen und hörten auch von keinem Mann mehr, ausgenommen in den Geschichten der Bibel. Stattdessen lernten sie, dass das männliche Geschlecht ausgestorben war.

Eines Tages fand Schwester Killiecrankie Mary unten am Prestonpans-Pass, eingehüllt in eine grobe Wolldecke mit dem prächtigen Schottenmuster des MacGillicodinkiecleugh-Clans. Man würde meinen, Mary sei ein Mädchen gewesen, doch dem war nicht so. Ich nehme nur einen Teil meiner Geschichte vorweg: Wie Schwester Killiecrankie das Kind schutzlos da liegen sah, es konnte kaum älter als ein Jahr sein, schloss sie es sofort in ihr Herz. Sie kehrte mit ihrem Fund ins Kloster zurück und zeigte ihn Schwester Craigenputtock, die davon keineswegs so angetan war wie Schwester Killiecrankie, vor allem, als sie herausfand, dass es ein Junge war. Doch Schwester Killiecrankie machte ihren ganzen Einfluss in puncto Klosterpolitik geltend, und am Ende durfte das Kind bleiben.

»Aber was sollen wir den anderen sagen?«, fragte Schwester Craigenputtock.

»Nun, wir geben ihm einfach einen Mädchennamen und sagen nichts«, antwortete Schwester Killiecrankie.

Sie entschieden sich für Mary, da ohnehin die meisten Mädchen im Kloster so hießen. Er wurde feierlich getauft und bekam eine Kutte wie die anderen kleinen Klosterschülerinnen. Im Alter von vier Jahren wies man ihm eine eigene Zelle zu, wo er lernen und meditieren konnte.

In Wahrheit wurde im Kloster von Saint Fotheringay kaum gelernt oder meditiert. Am Ende des Hauptgangs im Dormitorium stand ein großes Fass mit spanischen Nüssen (den kleinen), und die Lern- und Meditationsstunden wurden nur allzu oft von Ausflügen zu dem Fass, für ein Schwätzchen, die Rückkehr in die Zelle, den Verzehr der Nüsse und dem nächsten Ausflug zu dem Fass, um Nachschub zu holen, usw., unterbrochen. Sie wissen ja, wie es mit Nüssen ist. Hat man erst mal angefangen, nun ja … Und selbst die Schwestern, die angeblich die Meditierenden beaufsichtigten, kamen in Wirklichkeit der Nüsse wegen.

Das Beste, was ich zugunsten des Klosters von Saint Fotheringay sagen kann, ist, dass es keine streng akademische Einrichtung war. Alle Nonnen unterrichteten, neben ihrer Gartenarbeit, die hauptsächlich aus dem Anbau von spanischen Nüssen bestand, mehr schlecht als recht ein, zwei oder drei Fächer. Vormittags lehrten sie Französisch, Rechtschreibung, Grammatik und Englisch, nachmittags Grundlagen der Zoologie, Botanik und Mathematik, wenngleich niemand im Kloster die Multiplikationstabelle sicher beherrschte.

Auch dauerte eine Unterrichtsstunde niemals wirklich eine volle Stunde, denn praktisch alles, was jede von ihnen wusste, hätte sie im Grunde ihren Schülerinnen in weit weniger als einer Stunde vermitteln können. Die letzten drei Viertel einer Stunde waren deshalb dem Spielen und gegenseitigen Bewerfen mit Tafelschwämmen vorbehalten.

Als Mary zehn Jahre alt war, hatte er nichts von der Weiblichkeit seiner Mitschülerinnen übernommen. Er tobte herum, spielte und war ungehorsam. Er dominierte seine Kameradinnen im Spiel und gab sich grundsätzlich ein bisschen draufgängerischer als die Mädchen. Mit einem Wort, er war das perfekteste Exemplar eines Wolfes, der sich je unter einem Schafspelz versteckt hatte. Es erübrigt sich, darauf hinzuweisen, dass er der Liebling des Klosters war. Abends um acht, kurz vor dem Zubettgehen, luden die Schwestern ihn zu sich ein. Sie empfingen ihn in ihren Morgenröcken und waren sehr darauf bedacht, dass Mary ihre kahl geschorenen Köpfe nicht sah. (Schwester Pinkiecleuch verbreitete allerdings das Gerücht, Schwester Killiecrankie habe seit Marys Ankunft ihr Haar wachsen lassen, es sei gut einen Zentimeter lang und sie sehe aus wie ein *Footballspieler!*) Doch zwischen acht und neun, wenn das Abendläuten erklang, nahmen die Bewohnerinnen des Klosters von Saint Fotheringay einen letzten Imbiss ein. Vollbeladene Tabletts mit Sandwiches, Kuchen, heißer Schokolade, Milch, Keksen, Pasteten und Obst wurden von den dicken Köchinnen des Klosters in die Dormitorien getragen. Obwohl alle bereits um sechs Uhr abends ein herzhaftes Mahl zu sich genommen und während der anschließenden Stunden des Lernens und Meditierens spanische Nüsse geknabbert hatten, konnten die kleinen Mädchen und die Schwestern vor dem Schlafengehen immer noch eine Kleinigkeit vertragen. Das war auch die Zeit, in der Marys anregende Gesellschaft von den Nonnen besonders geschätzt wurde und sie ihm Geschenke in Form von süßen Leckereien nahezu aufdrängten. Unaufhörlich versuchten sie, Mary zu mästen. Er hatte einen unbändigen Appetit, war aber so dünn, ts-ts-ts!

Bereits mit zehn Jahren war Mary das, was man einen Freigeist nennt. Er bekniete Schwester Craigenputtock so lange, bis sie ihm den Schlüssel zur verstaubten, alten Bibliothek aushändigte, die sich im obersten Stockwerk des Klosters befand und von der eine gewisse Bedrohung durch ihr gesammeltes Wissen ausging. Eines Tages zerrte er Schwester Craigenputtock die Treppe hinauf, tippte mit dem Finger auf den Bart der Heiligen auf den Bildern, die er in einem der Bücher fand, und verlangte eine umfassende Erklärung.

»Das«, sagte Schwester Craigenputtock atemlos und verächtlich, »ist ein Mann.«

»Warum hat er Haare im Gesicht?«

Schwester Craigenputtock überlegte. »Männer sind das, was aus kleinen Jungen einmal wird«, antwortete sie ausweichend. »Aber darüber musst du dir nicht den Kopf zerbrechen. Es gibt keine mehr.«

»Was ist ein Junge?«

»Ein Junge ist das, was passiert, wenn ein Kind kein Mädchen ist«, erwiderte Schwester Craigenputtock, und es klang, als wäre es ziemlich schrecklich, wenn ein Kind kein Mädchen war.

»Ach so«, sagte Mary.

Doch Mary war, wie gesagt, ein kühner und unabhängiger Geist. Er hielt sich von den anderen Schülerinnen fern. Er grübelte, haderte, runzelte hin und wieder die Stirn und verbrachte im Großen und Ganzen unheimlich viel Zeit in der Bibliothek. Angeblich verpasste er sogar gelegentlich eine Mahlzeit, was in der Geschichte des Klosters beispiellos war. Die Nonnen, insbesondere Schwester Craigenputtock und Schwester Killiecrankie, nahmen diese Entwicklung mit Sorge und einem unguten Gefühl wahr, denn Mary gab sich nicht mit ihren Antworten auf seine Fragen zufrieden. Im Gegenteil, er war entschlossen, der Sache mit den Männern in der Bibliothek des Klosters weiter auf den Grund zu gehen und Schwester Killiecrankie oder Schwester Craigenputtock ein für alle Mal in eine Falle zu locken, aus der weder die eine noch die andere entkommen konnte.

Unglücklicherweise fand er in der Bibliothek nichts über Biologie oder vergleichende Anatomie. Das hatte gute Gründe. Doch er entdeckte verstaubte Wälzer über die Grundlagen der Botanik, die seinem wissbegierigen Verstand erstmals Einblick in die Schönheit wissenschaftlichen Arbeitens gewährte.

Nun hatte die Zoologie, wie Schwester Killiecrankie sie lehrte, rein gar nichts mit dem zu tun, was sich ein Sterblicher darunter vorstellen mochte. Mary nahm selbstverständlich an ihrem Unterricht teil (nachmittags von zwei bis drei Uhr), nachdem er – den Regeln des Klosters folgend – mit vier Jahren in diese Klasse aufgenommen worden war, doch gelernt hatte er nichts. Der Unterricht machte trotzdem Spaß. Sie lasen nicht, da es keine Lehrbücher gab, und Lehrbücher gab es nicht, weil sie früher oder später zu den Unterschieden zwischen männlichen und weiblichen Merkmalen geführt hätten. Das war selbstverständlich indiskutabel.

Monat für Monat, Jahr für Jahr beobachtete Mary, wie Schwester Killiecrankie Flusskrebse, Mäuse, Frösche, Katzenfische usw. sezierte. Die Frösche wurden eigens dafür in den Teichen des Klostergartens gezüchtet, um aber an die anderen Organismen zu kommen, unternahm Schwester Killiecrankie jede Woche spezielle Ausflüge zu den Tauklappen am Meeresufer unterhalb des Prestonpans-Passes. Schwester Killiecrankie war sich sicher, dass diese kleinen Mulden, in denen sich Wasser sammelte, Tauklappen hießen. Was wundersamerweise auch der Name für ein Frühstadium bei der Metamorphose von Fröschen (*amphibia salienta*) war, wie sie ihren Schülerinnen begeistert erzählte.

Diese Erkenntnis blieb auch Schwester Craigenputtock, der Leiterin des Englischen Seminars, nicht verborgen, die ganz entzückt war und darin ein mustergültiges Beispiel für eine Homonymie wie »leeren« und »lehren«, aber eben auch die allgegenwärtigen Wechselbeziehungen aller Bereiche des Lernens begründet sah.

»Sezieren« ist – zugegeben – ein etwas zu technischer Begriff, um das zu beschreiben, was im Labor des Klosters vor sich ging. Schwester Killiecrankie hatte ein weiches Herz, weshalb sie die Tiere vor dem Zerlegen mit Chloroform betäubte. Trotzdem hat sie es nie über eben dieses Herz gebracht, eines davon tatsächlich *aufzuschneiden*. Beim bloßen Gedanken daran hätte sie die Hände über dem Kopf zusammengeschlagen! Ihre eigene Methode war vielleicht nicht sonderlich scharf, dafür aber *sicher,* und sie erforderte keinen besonderen Mumm. Kurz und gut, Schwester Killiecrankie ließ die Tiere in die Luft gehen, moderat, versteht sich, indem sie einen winzigen Knallkörper in die Mitte des Tieres steckte, ein Streichholz anzündete, sicherheitshalber zwei Schritte zurücktrat ... Und paff! Im Handumdrehen lag das Tier gänzlich seziert vor ihr oder klebte in Teilen irgendwo in der Nähe! Die kleinen Mädchen und auch Schwester Killiecrankie schrien jedes Mal ekstatisch auf. Die jahrelangen Wiederholungen konnten ihre Begeisterung für die Arbeit nicht schmälern, und um die Romantik naturwissenschaftlicher Experimente hervorzuheben, erzählte Schwester Killiecrankie ihren Mädchen des Öfteren, dass bei den unzähligen Dissektionen, die sie in ihrem Leben durchgeführt hatte, immer etwas Neues zum Vorschein gekommen war.

(Notabene: Die kleinen Knallkörper, die Schwester Killiecrankie zum Sezieren benutzte, wurden in einer großen Tonne im Kellergewölbe des Klosters aufbewahrt. In Saint Fotheringay hießen sie jedoch nicht »Knallkörper«, sondern »Kräcker«; Kräcker, die man aß, hießen »Biskuits« und Biskuits »Scones«.)

Der junge Mary mit seinem langen Haar und der gegürteten Mönchskutte verfolgte stets kopfschüttelnd die Vorgänge im Labor und dachte nach. Sein Verhalten irritierte Schwester Killiecrankie. Sie wurde das Gefühl nicht los, dass sie beim Sezieren keine sonderlich gute Figur machte. Vielleicht steckte sie den Kräcker nicht richtig in das Tier hinein, wie sie es hätte tun sollen, oder trat nicht weit genug zurück, um dem unappetitlichen Ergebnis auszuweichen. Mary lachte Schwester Killiecrankie gleich mehrmals dafür aus. Die gute Schwester war sich bewusst, dass sie ihre Autorität bei ihm bald gänzlich eingebüßt haben würde. Aus diesem Grund musste Mary während der Experimente im Labor oft mit dem Gesicht zur Wand stehen. Die kleinen Mädchen hingegen befolgten brav, was Schwester Killiecrankie ihnen sagte, und glaubten, dass auf der ganzen Welt niemand kunstvoller sezieren konnte.

Obwohl Schwester Killiecrankie eine Schwäche für Mary hatte, erzählte sie den kleinen Mädchen, er benehme sich grauenhaft, weshalb sie begannen, ihn zu meiden, als wäre sein Verhalten tatsächlich böse. Schwester Killiecrankie und Schwester Craigenputtock hofften, dass ihn das wiederum dazu bringen würde, sein Betragen zu ändern. Weit gefehlt! Er wurde nur noch herablassender und reservierter ihnen gegenüber und verbrachte mehr Zeit denn je in der Bibliothek. Es musste etwas geschehen, erklärten sie, und zwar schnell! Doch wie sollten sie ihn bestrafen, wenn sie ihn doch so sehr liebten? Es war ein fürchterliches Dilemma, aber Mary entglitt ihnen zusehends.

Schließlich verboten sie ihm, die Bibliothek zu benutzen. Sie verschlossen die Tür, doch Mary entwendete den Schlüssel aus Schwester Craigenputtocks Zelle und setzte seine Ermittlungen fort. Um ihn dafür zu bestrafen, ließen sie ihn drei Stunden in der Ecke des Labors stehen. Sie verweigerten ihm den Nachtisch nach den Mahlzeiten, den er liebte, doch allabendlich holten sie ihn in ihre Zellen und fütterten ihn mit Kuchen, Schokolade und Malzmilch. Einer jeden musste er allerdings hoch und heilig versprechen, den anderen Schwestern nichts zu sagen. Oft hatte Mary drei Einladungen an einem Abend und verließ bereits die zweite Schwester mit derart vollem Magen, dass er kaum noch laufen konnte. Dann verschmähte er die Naschereien bei der dritten Schwester (Schwester Pinkiecleuch), woraufhin sie vor lauter Enttäuschung jedes Mal in Tränen ausbrach.

Im Alter von zwölf Jahren wurde Mary klar, dass er die klösterliche Isolation von Saint Fotheringay unmöglich weitere acht Jahre ertragen konnte. Erst mit zwanzig würde er in die Welt entlassen. Doch er wollte die Welt *jetzt* sehen. Sie war bestimmt nicht so verrückt wie dieses Kloster. Monate verstrichen, in denen Mary Fluchtpläne schmiedete. Er war dreizehn, als er endlich eine Eingebung hatte, wie seine Flucht gelingen könnte. Die Tonne mit den Kräckern!

Er fing an, sich in den Keller zu schleichen und jeweils

so viele Kräcker mitzunehmen, wie er im Oberteil seiner Kutte verstecken konnte. Schließlich hatte er die Hälfte von Schwester Killiecrankies Vorräten weggeschleppt.

Schwester Killiecrankie bemerkte den Verlust und meldete ihn Schwester Craigenputtock.

»Wanderratten«, sagte Schwester Craigenputtock, ohne sich beim Schälen der Maiskolben unterbrechen zu lassen, und vergaß die Sache rasch.

Eines Abends, als fast alle Kräcker aus der Tonne verschwunden waren und Mary bei Schwester Craigenputtock ein gewaltiges Stück ihres teuflisch guten Schokoladenkuchens mit englischen Walnusshälften auf weißem Zuckerguss verdrückte, sagte er: »Wenn Sie mich nicht gehen lassen, jage ich den ganzen Laden hier in die Luft, Schwester Craigenputtock!«

Schwester Craigenputtock stand mit offenem Mund da, allerdings nicht wegen des Kuchens oder aufgrund der Vorstellung, dass das Kloster in die Luft fliegen könnte, denn Mary stieß ständig irgendwelche finsteren Drohungen aus. Es ging ihr um die Sprache, die er benutzte.

»Mary, wie redest du denn! Wo hast du das ge – …?«

»Ich lasse dieses verdammte Kloster hochgehen!«, unterbrach Mary sie, den Mund noch immer voller Kuchen. »Schwester Killiecrankie wird Ihnen doch erzählt haben, dass mittlerweile fast alle Kräcker aus der Tonne verschwunden sind«, setzte er provozierend hinzu.

»Ach … du meine Güte! … Ach … ach herrje!« Schwester Craigenputtock sprang so hastig auf, dass der Kuchenteller auf ihrem Schoß zu Boden fiel.

Mary stopfte sich den Rest seines Kuchens in den Mund

und stellte ihr ein Ultimatum: »Denken Sie an meine Worte. Morgen Abend um dieselbe Zeit erwarte ich Ihre Antwort«, dann ging er zur Tür, wo er sich noch einmal umdrehte. »Schwester Craigenputtock!«

»J-ja …«

»Den Rest vom Kuchen nehme ich mit.«

Schwester Craigenputtock holte den Rest des Kuchens aus dem Schrank. Zwei Drittel waren noch übrig. Zuerst sollte er ihr im Gegenzug versprechen, alle Kräcker zurückzugeben, doch ein Blick auf die zornige, entschlossene kleine Gestalt an der Tür genügte, um Schwester Craigenputtock vor Angst erzittern zu lassen.

Am nächsten Morgen, gleich nach dem Frühstück, trafen sich Schwester Killiecrankie und Schwester Craigenputtock in deren Arbeitszimmer. Schwester Killiecrankie war entsetzt über die Neuigkeiten. Beide legten die Stirn in Falten und riefen: »Ach herrje!«, denn die Aussicht, in die Luft gesprengt zu werden, war schlimm, aber der Gedanke daran, dass das Kind sie verlassen könnte, war fast noch schlimmer.

»Glauben Sie, er würde das wirklich tun, Schwester Craigenputtock? Wo könnte er die Kräcker versteckt haben, was glauben Sie?«

»Das ist es! Suchen wir! Wir müssen sie suchen!«

Sie stürzten aus dem Arbeitszimmer, trommelten das gesamte Kollegium zu einer Lagebesprechung zusammen und behaupteten, dass Wanderratten Schwester Killiecrankies Kräcker gestohlen hätten, die sie mit ihren Nagezähnen leicht entzünden könnten, so dass man das Versteck um jeden Preis ausfindig machen müsse. Zudem seien

Wanderratten furchtbar schlau. Binnen weniger Minuten schwärmten die zwanzig Frauen in sämtliche Räume des Klosters, in die Küche und in die Zellen der Kinder aus. Doch ihre Mühe war vergeblich.

Mary hatte sie in der Hand. Die Tatsache, dass sie die Kräcker nicht gefunden hatten, musste bedeuten, dass er sie sorgfältig im ganzen Gebäude verteilt hatte, vielleicht direkt unter den Zellen der Schwestern, um sie mit Hilfe einer langen Zündschnur von irgendwoher heimlich auslösen zu können! In solchen Dingen war er schon immer sehr erfinderisch gewesen. Es gab nur einen Ausweg: Sie mussten Mary freilassen.

»Schwester Craigenputtock«, hob Schwester Killiecrankie an, »vi-vielleicht ist er ein Genie, und vielleicht ist es unsere heilige Pflicht, ihn in die Welt zu entlassen.«

»Wollen Sie damit sagen, dass unser Lehrplan Mary nicht die beste Ausbildung angedeihen ließ, die er sich wünschen konnte, Schwester Killiecrankie?«

»Aber nein, Schwester Craigenputtock«, antwortete Schwester Killiecrankie und meinte es wirklich nicht so, zumal sie selbst die meisten Fächer unterrichtete. »Trotzdem wird er eines Tages ein *Mann* sein.«

Und da brach Schwester Craigenputtock in Tränen aus.

Die beiden braven Nonnen beschlossen, den Rebellen heimlich ziehen zu lassen, ohne dass die anderen Schwestern davon Wind bekamen, denn sie befürchteten, dass sie unter der Last des Abschieds zusammenbrechen könnten. Wenn Mary schließlich vermisst würde, würden sie behaupten, er sei ausgebüxt. Auch das hatte es noch nie zuvor im Kloster von Saint Fotheringay gegeben.

Schwester Killiecrankie und Schwester Craigenputtock unternahmen einen allerletzten Versuch, um Mary zum Bleiben zu bewegen: Sie ließen die Köchinnen den prächtigsten Kuchen in der Geschichte des Klosters backen.

Pünktlich um acht Uhr spazierte Mary in Schwester Craigenputtocks Zelle, ohne auch nur an die Tür zu klopfen und ohne den beiden listigen Nonnen den geringsten Respekt zu zollen. Vor ihnen auf dem Tisch war der mehrschichtige Nusskuchen mit Orangenglasur aufgebaut. »Wie lautet Ihre Entscheidung?«, fragte Mary und sah seinen Wärterinnen fest in die Augen.

»Mary«, sagte Schwester Killiecrankie, die Nerven zum Zerreißen gespannt, »ist das nicht ein wunderbarer Kuchen?«

»Pah«, erwiderte Mary und winkte ab. »Wann bin ich frei? Ich habe die Nase voll!«

»Mary, wir möchten, dass du bei uns bleibst«, sagte Schwester Craigenputtock, » ... nur noch acht Jahre ... und so haben wir beschlossen, dir – trotz deines Verhaltens in letzter Zeit – diesen herrlichen Kuchen zu schenken, wenn du versprichst, dich zu bessern.«

»Genug! Nach Mitternacht wird es kein Saint Fotheringay mehr geben! Sic semper tympan ... tymp ...«

»Mary«, sagte Schwester Killiecrankie und schluchzte unverhohlen, »ich habe dich unten am Prestonpans-Pass gefunden ... Ich habe dich in meinen Armen hinauf zum Kloster getragen ...«

»Verflucht sei der Tag!«

Schwester Craigenputtock riss sich zusammen. »Kommen Sie, Schwester Killiecrankie. Wir müssen ihn zum Tor geleiten und ihm viel Glück wünschen. Das Leben stellt uns vor schwere Aufgaben, liebe Schwester.«

Schwester Killiecrankie ging, von Schwester Craigenputtock gestützt, auf die Tür zu.

»Halt«, sagte sie. »Der Kuchen, mein liebes Kind … Er wurde eigens für dich gebacken, und ich möchte, dass du ihn auch bekommst.«

»Großmäuler!«, sagte Mary verächtlich, nahm das riesige Backwerk aber trotzdem an. Dann marschierte er vor den Schwestern hinunter in den Hof und weiter auf das eiserne Tor zu.

Dahinter führte die Straße hinab zum Prestonpans-Pass. Und hinter dem Pass: die Welt!

Die Torflügel öffneten sich, und Mary war zum ersten Mal frei. In diesem Moment, und das sei zu seiner Ehrenrettung gesagt, stellte er den Kuchen ab und umarmte die beiden barmherzigen Schwestern, ehe er von dannen zog.

Die Legende des Klosters von Saint Fotheringay hat verschiedene Enden. Niemand wird je wissen, was wirklich geschah. Doch so viel steht fest: Obwohl sich Mary seinen Weg in die Welt erkämpft hatte, flog das Kloster wie von ihm angedroht in die Luft. Es gab keine Überlebenden.

Manche Leute, die am Fuße des Mount Inveraragaig leben, behaupten, dass Schwester Killiecrankie die Kräcker fand und selbst entzündete, aus Kummer über den Verlust des Kindes. Andere glauben, Mary hätte eine so lange Zündschnur gelegt, dass er das Kloster auch aus der Ferne hatte in die Luft jagen können. Und wieder andere schwören, dass Mary nach Jahren zurückgekehrt sei und das Kloster gesprengt habe, damit nicht immer weiter falsche Informationen über das »tote Geschlecht« verbreitet werden konnten.

Jeder, der willens ist, sich den langen Weg den Prestonpans-Pass hinauf zu quälen, kann heute noch die Steine des Klosterfundaments erkennen.

Über eines sind sich die Bewohner von Mount Inveraragaig jedoch einig: Mary studierte an einer Universität und wurde zu einem der führenden Wissenschaftler seines Jahrhunderts. Es ist mir nicht gestattet, seinen Namen im Zusammenhang mit der Legende von Saint Fotheringay zu nennen, doch wenn ich es täte, würde ein jeder von Ihnen ihn erkennen, davon bin ich überzeugt, liebe Leser.

Der Schatz

Die khakifarbene Allzwecktasche stand mutterseelenallein neben einem Pfosten mit Münzschlitz auf dem Bahnsteig der Subway. Über den Comic Strip in der *Daily News* beäugte er sie fast eine Minute lang, bevor er eine epileptisch anmutende Körperverdrehung vollzog, die damit endete, dass sein großer Kopf wackelte. Langsam taxierte er die sieben oder acht Leute, die auf dem Bahnsteig warteten. Ein Zug fuhr ein, veränderte die Zusammensetzung der Leute, doch als er verschwand, stand die khakifarbene Tasche noch immer da. Der Mann näherte sich vorsichtig, humpelnd mit seinem krummen linken Bein und dem langen und geraden rechten, wie ein schadhaftes Maschinenteil, die vergessene Zeitung in der Hand.

Vor ihm ging ein Soldat; er warf einen Penny in den Schlitz und blieb stehen, die Schuhe neben der Tasche gekreuzt, deren Farbe der seiner Hose entsprach. Der Krüppel schlurfte zur Seite, die großen Füße im Krebsgang bewegend. Als der nächste Zug hielt, stieg der Soldat ein, ohne einen Blick auf die Tasche geworfen zu haben.

Als der Krüppel sich wieder näherte, sah er, dass ihm ein Mann entgegenschlenderte, ein kleiner Mann mit grünem Filzhut und in offenem Kamelhaarmantel über einem königsblauen Anzug. Seine kleinen grünen Augen hefteten sich auf den Krüppel, der in ihrem Bann schüchtern vorwärtsschlurfte. Sie kamen sich so nahe, dass ihre Ärmel einander berührten, und als sie die Tasche erreichten, drehten sich beide um, der eine schwerfällig, der andere verschlagen, und sahen einander an.

Der Blick des kleinen Mannes war ruhig, doch die zerknitterten, unrasierten Züge seines Gesichts bewegten sich unablässig. Er beäugte und taxierte den Krüppel, das offene, hässliche Gesicht, den abgetragenen Mantel. Er blickte geradeaus, schlenderte auf die Tasche zu und blieb so stehen, dass ein gelbbrauner Schuh sie berührte. Er wippte vor und zurück, und die hölzernen Absätze klapperten rhythmisch auf dem Zement. Der Krüppel zog sich ein paar Schritte zurück. Der kleine Mann ging rasch zur Bahnsteigkante und blickte erst in den dunklen Tunnel und dann auf seine Armbanduhr.

Als er sich umdrehte, war die Tasche fort, und der Krüppel mühte sich mit seinen ruckartigen Auf- und Ab-Bewegungen den Bahnsteig entlang zum Ausgang an der Third Street. Er beeilte sich nicht, hielt jedoch das Gesicht vor Anstrengung zwischen die hochgeschlagenen Mantelaufschläge gesenkt und bewegte den freien Arm wie einen Pumpenschwengel in der Luft.

Der Mann im Kamelhaarmantel zauderte kurz und folgte ihm dann. In dem abschüssigen Tunnel hallte das grelle Klappern der Holzabsätze laut wider.

Der Krüppel hievte sich energisch die Treppe hoch. Draußen regnete es, matter Nieselregen. Es war etwa Viertel vor sechs, doch es dämmerte schon. Der Krüppel ging die Sixth Avenue entlang, vorbei an dem Drahtzaun, der die betonierten Handballfelder, die Rasenstücke und die Sitzbänke umschloss. Das Klappern hinter ihm hielt an, und mit keimender Besorgnis merkte er, dass der Grünäugige ihm folgte. Er machte längere schlurfende Schritte und nahm die Tasche unter den Arm.

Nach einigen Metern rief der Grünäugige: »He!«, und streckte einen gekrümmten Finger vor.

Der Krüppel blieb nicht stehen.

»He!«, wiederholte der Kleinere und holte den Krüppel ein, den er am freien Arm packte und zu sich herumdrehte. »Sie haben meine Tasche!« Seine Miene war erbost und entschlossen.

Der Krüppel sah auf die Tasche unter seinem Arm, ohne dass seine ausdruckslose Miene sich veränderte. Seine breiten, geschwungenen Lippen öffneten sich, doch kein Ton war zu hören.

Der Kleinere sah die trägen Augen, die Nase und den Mund, die sich grotesk zwischen der teigigen Stirn und dem fliehenden Kinn drängten. Ein Ohr wurde von der schwarzweiß karierten Mütze an den Kopf gedrückt, doch an der Stelle des anderen befand sich ein weißlicher Fleischwulst, der aussah wie der Verschluss eines Luftballons.

Er riss dem Krüppel die Tasche unter dem Arm weg, zog den Reißverschluss halb auf und warf einen schnellen Blick hinein, bevor er sie wieder schloss. Er funkelte die ruhigen Augen zornig an. »Dieb! … Idiot!« Und mit verächtlicher Mundbewegung: »Eigentlich sollte ich Sie anzeigen!« Doch stattdessen ging er mit der Tasche weiter die Sixth Avenue hinauf.

Der Krüppel blickte ihm nach, schaute zur Tasche unter seinem Arm, sah beide kleiner werden. Ein Zucken ging durch seinen Körper, und unvermittelt humpelte er los, hinter dem Kamelhaarmantel her, den langen Block entlang zur Eighth Street. Seine langen Beine bewegten sich so schnell, dass er nur noch etwa zehn Meter aufzuholen hatte, als der Mann mit der Tasche im Eingang einer Bar verschwand.

Er ging langsamer und blieb vor dem Bar- und Grillroom stehen. Demütig schaute er unter dem Mützenschirm hervor zum weichen Licht des Barraums, mit einer Hand das schmierige Metall eines Parkschildes berührend. Weiße Dampfwölkchen drangen in schneller Folge aus seinem Mund.

Über dem dunkelbraunen Vorhang, der die untere Hälfte des Fensters verhüllte, konnte der Krüppel sehen, wie der grüne Hut sich hob und senkte, während der Mann sein Bier trank.

Er trat näher an das Fenster und sah, dass die Tasche auf einem Hocker neben dem Mann stand. Nach einem Augenblick zog der Mann in der Bar den Reißverschluss auf und griff mit einer Hand in die Tasche. Der Krüppel verspürte ein bleiernes Pochen in der Brust. Ohne Eile zog der Mann den Reißverschluss wieder zu und legte im Aufstehen den Schal unter seinem Mantel zurecht, mit zurückgebeugtem Kopf, um den Rauch aus den Augen zu bekommen.

Schüchtern bewegte der Krüppel sich ein paar Schritte den Gehsteig entlang, stellte sich in den Eingang eines Kurzwarenladens und blickte zur Bar.

Der Mann mit der khakifarbenen Tasche kam heraus,

überquerte die Sixth Avenue und ging am Frauengefängnis vorbei die linke Seite der Greenwich Avenue entlang.

Ihm wiederum folgte der Krüppel, der sich jetzt darauf beschränkte, mit der nunmehr moderaten Geschwindigkeit des anderen Schritt zu halten. Als Erstes musste er sich genau überlegen, was er zu dem grünäugigen Mann sagen wollte, aber sein Gehirn war wie blockiert. Es weigerte sich, das richtige Bild, die richtigen Worte zu liefern, über den unmittelbaren Augenblick hinauszudenken. Unverdrossen folgte er ihm die Straße entlang, den Blick auf die khakifarbene Tasche geheftet.

An der Seventh Avenue ging der Mann über die Straße, während der Krüppel vom Verkehr aufgehalten wurde. Plötzlich schaltete sich die Straßenbeleuchtung grüppchenweise die Avenue entlang ein, so dass der Himmel unvermittelt finsterer aussah. Der Krüppel war einen Block von dem Mann entfernt, als dieser westlich in die Jane Street einbog. Obwohl es dort dunkel war, konnte der Krüppel den hellen Schimmer des Kamelhaarmantels erkennen, und hin und wieder hörte er das knirschende Rutschen eines Absatzes auf dem abschüssigen Gehsteig vor den Garageneinfahrten.

Der Kamelhaarmantel überquerte die Hudson Street, ging weiter in westliche Richtung und bog nordwärts in die Greenwich Street ab.

Der Krüppel schaute ihm nach und sah in vielleicht zwei Block Entfernung eine beleuchtete Ecke, in die der Mann mit der Tasche eintrat. Der Krüppel schob sich schnelleren Schritts hin, vorbei an auf den Gehsteig ragenden Freitreppen und Mülltonnen nebst Deckeln, gegen die sein lahmes Bein ab und zu unter hässlichem Dröhnen stieß.

Das Licht fiel aus einem modernen chromglänzenden Imbissstand, der als Trambahnwaggon gestaltet war. Der Krüppel näherte sich ihm so langsam wie vorhin dem Bar- und Grillroom. Der Waggon stand erhöht und war hell erleuchtet. Durch die dampfbeschlagenen Fenster sah er die schwarzweiß gemusterten Speisekarten über den großen, schimmernden Kaffeemaschinen. Zwischen einer schwarzen Strickmütze und einem Matrosenkäppi war der grüne Hut. Der Krüppel trat an die Längsseite der Imbissbude, wo er durch die Glastür hineinsehen konnte. Die khakifarbene Tasche befand sich jetzt auf dem Schoß des Mannes, gegen die Unterkante der Theke geklemmt. Die nassen, gelblichen Schuhe ruhten mit nach außen gerichteten Spitzen auf der Fußstütze des Barhockers.

Der Wind brauste vom Fluss her, klatschte Regen an die Metallwände der Imbissbude und zerfledderte den blassen Rauch, den der Ventilator hinausblies. Der Krüppel erhaschte im Verwehen den Geruch von gebratenem Hackfleisch, Speck, Eiern und Butter. Sein Magen knurrte leise und schmerzhaft. Die gebogenen Lippen unter der überstehenden Nase pressten sich fester aufeinander, die blauen Augen blinzelten.

Ein Mann hinter der Theke setzte mit großzügiger Armbewegung einen Teller voll gelber Eier vor dem Kamelhaarmantel ab, der die breiten Schultern vorbeugte. Der rechte Arm bewegte sich stetig, schaufelte die Eier und steckte die dreieckigen, gebutterten Toastscheiben in das Gesicht hinter dem Hut. Als die Eier aufgegessen waren, nahm der Mann eine Papierserviette aus dem Serviettenspender und putzte sich so laut die Nase, dass sein Beobachter es draußen hören konnte. Er ließ die Papierserviette unter die Theke fallen und machte sich über seinen Nachtisch her.

Der Krüppel betrachtete die Tasche, vermerkte, dass sie am einen Ende eine Beule beschrieb und dass der Mann sich nicht damit beschäftigte. Vielleicht war es Schmutzwäsche, dachte er, und sein Herz zog sich zusammen, oder es waren leere Dosen oder andere Abfälle. Nein, es musste etwas Besseres sein, sonst hätte der Grünäugige es nicht haben wollen. Vielleicht war es etwas Schönes wie Orangen oder Sandwiches oder Socken oder vielleicht sogar Geld.

Schließlich schob der Mann an der Theke seinen Teller weg, und unter seiner Hutkrempe quoll ein Rauchwölkchen hervor. Die Zigarette sah in der haarigen Hand weiß und sauber aus. Er kippte den letzten Schluck Kaffee, stand auf, schlug den Mantel zurück und langte in seine Hosentasche.

Der Krüppel verspürte plötzlich den dringenden Wunsch wegzulaufen. Er zog sich zum Ende des Imbisswagens zurück, von wo aus er die ganze Längsseite überblicken konnte. Den linken Fuß stellte er auf den Gehsteig, bereit, jederzeit jede Richtung einzuschlagen.

Der Mann trat mit der Tasche unter dem Arm rauchend aus der Tür und war die erste Stufe hinuntergegangen, bevor er die Gestalt an der Ecke bemerkte. Verlegen verdrehte der Krüppel seinen Oberkörper.

Der Mann mit der Tasche blieb reglos stehen. Nach einer Weile kam er die Treppe ganz hinunter und ging los. Über die letzte Stufe, die er nicht gesehen hatte, stolperte er und verlor dabei die Zigarette aus dem Mund. Verdattert hielt er inne, wandte den Blick von dem Krüppel ab und ging geradewegs über die Straße und abermals die Greenwich Street hoch. Diesmal ging er schneller; in wenigen Sekunden war er dem Blick entschwunden.

Als er den Krüppel in der Dunkelheit hinter sich hörte, überkam ihn zum ersten Mal ein Anflug von Panik. Er ging schneller, klemmte die Tasche höher unter den Arm, einen Mundwinkel lächelnd verzogen, während er sich mit dem Gedanken zu beruhigen versuchte, dass weder die Tasche noch der Mann, der ihn verfolgte, Anlass zu Besorgnis oder Furcht sein konnten und dass er in höchstens drei Minuten die Fourteenth Street erreichen und zu seiner Versammlung gehen würde.

Der Krüppel folgte ihm unter heftigen Bewegungen, schaufelte sich mit seinen langen Armen rudernd voran in einer Gangart, die aussah, als würde er ununterbrochen stolpern und sich wieder aufrichten. Beim Anblick der Tasche wurde er zuversichtlicher; er stellte sich vor, wie er mit ihr die Treppe hochsteigen und sie in sein Zimmer mitnehmen und auf dem Bett sitzen und sie öffnen würde. Doch vorher musste er zu dem Mann sagen: »Ich war schon lange vor I-i-ihnen auf dem Bahnsteig.« Er übte die Worte, die er in seinen hochgeschlagenen Mantelkragen nuschelte: »I-i-ich war schon lange vor Ihnen …« Sein großer, eiförmiger Adamsapfel hüpfte. »Auf dem B-b-bahnsteig!«, keuchte er atemlos.

Er musste es korrekt sagen. Dazu brauchte es Mut. Er rief sich einen seiner wenigen Momente ungetrübten Glücks in Erinnerung samt der Stimme und der Worte, die dieses Glück bewirkt hatten: »Archie ist in Ordnung. Wenn er den Mund aufmacht, kommt was Vernünftiges raus.« Mr. Hendricks hatte das gesagt, Mr. Hendricks, der ihn immer anlächelte und auch ansprach. Und er hatte es über ihn, Archie, gesagt, der die Rollwagen in dem Zeitungsgebäude schob. Mr. Hendricks war einer der Chefredakteure. Archie erinnerte sich genau daran, wie er es gehört hatte. Er hatte sich am Aufzugsschacht befunden, und Mr. Hendricks hatte mit dem Angestellten Ryzek gesprochen. »Archie ist in Ordnung. Wenn er den Mund aufmacht, kommt was Vernünftiges raus.« Da war er so glücklich gewesen, und dieses Glücksgefühl konnte er jederzeit wiederbeleben, indem er sich an diese Worte erinnerte und Mr. Hendricks' Stimme sie sagen hörte: »Archie ist in Ordnung …«

Er fühlte sich stark und tapfer. Er würde es mit diesem Mann mit der Tasche aufnehmen. Er würde den Mund aufmachen, und es würde etwas Vernünftiges rauskommen.

Er begann die Situation als Missverständnis zu betrachten, das durch ein paar Worte aufzuklären war … Seine Schuhsohle stieß hohl und laut gegen die Bordsteinkante.

Der Mann im Kamelhaarmantel warf einen Blick hinter sich. Die Angst grub sich tiefer in sein Rückgrat und ließ ihn mit erstaunlicher Schnelligkeit weiterlaufen. Er rannte über die Kreuzung der Fourteenth Street, über abgetretenes Kopfsteinpflaster und Tramschienen. Auf der Fourteenth Street war niemand zu sehen, und ein paar Blocks lang war sie so schwach beleuchtet wie die Straße, auf der er lief. Er rannte in die Greenwich Street zurück. Eine Zeitlang ging er auf Zehenspitzen, in der Hoffnung, der Krüppel würde glauben, er sei an der Fourteenth Street abgebogen. Dann trat er gegen etwas, was klirrend über den Gehsteig rollte.

»Verdammt!«, sagte er, und seine ungepflegten Zähne

klapperten. Er drehte sich um und lauschte mit angespanntem Körper. Das schlurfende Geräusch kam näher. Er verfiel in einen Trab. »Wa-was zum Teufel lasse ich mich hier von einem Irren herumjagen«, flüsterte er, »statt an der Vierzehnten abzubiegen und zu unserer Versammlung zu gehen ...« Seine Füße schienen kaum den Boden zu berühren, doch gleichzeitig hatte er das Gefühl, als zöge man von hinten an ihm. In seinem Geist nahm der Krüppel exorbitante Formen an, wurde zu einer unbarmherzigen Robotergestalt aus einem Albtraum, und jetzt glaubte er, dass er tatsächlich hinter ihm her sei und nicht hinter der Tasche, angetrieben von irrationalem Rachedurst. Er presste die Tasche noch fester an sich und nahm sich vor, an der nächsten Straße abzubiegen, egal wie dunkel sie sein mochte, um irgendwohin zu gelangen, wo Menschen waren.

Er hörte sein Herz aussetzen und wie ein Paar müde Füße seinen Rhythmus wiederfinden, und er verlangsamte den Schritt. Wie konnte er mit seinem schwachen Herzen so rennen! Am Ende würde er noch umkippen, direkt in den Rinnstein ... Und wenn er mich den ganzen Abend verfolgt? Oder überhaupt nicht mehr in Ruhe lässt? ... Was würden die Burschen in unserer Versammlung denken, wenn sie sehen könnten, wie ich wegen so einer lausigen Tasche von einem Irren herumgejagt werde!

Er war der Kassenwart einer großen Bruderschaft und hielt hin und wieder eine Ansprache, vor genau zwei Wochen beispielsweise die, in der er Putterman denunziert hatte, der keine zwei Meter von ihm entfernt in der ersten Reihe saß. »Es ist nicht meine Art, Zeugnis abzulegen gegen einen Bruder und Genossen«, hatte er zum Schluss gesagt und sich den Mund mit dem Taschentuch abgewischt, »Aber mir geht es um unsere Orga-nisa-zjohn! ... Und ich weiß, dass Putterman einer von denen ist, die einem ins Gesicht so tun, als fänden sie alles in Ordnung, und hinterher ... hinterher«, er streckte einen Finger aus, aber diese Geste erinnerte ihn jetzt daran, dass er sie dem Krüppel gegenüber gemacht hatte, »gehen sie hin und machen unsere Orga-nisa-zjohn höheren Orts schlecht! ... Meine Herren, ich weiß, wovon ich spreche, und ich kann es beweisen!« Lauter Applaus, Putterman durch mündliche Abstimmung ausgeschlossen. Wa-was würden die Burschen sagen, wenn sie jetzt ...

»Holla!«, rief der Krüppel aus nächster Nähe. »Holla!« Mit seiner schlenkernden Hand machte er eine Bewegung zu dem Kamelhaarmantel hin.

Der Kleinere sprang zurück. »Da, nehmen Sie, nehmen Sie!«, kreischte er.

»Holla! ... Ich wollte nur ... nur ...«

Aber der Mann im Kamelhaarmantel war schon fort, die klappernden Absätze rannten, bogen ab, rannten in östliche Richtung davon.

Die großen, knochigen Hände senkten sich und tasteten über den Gehsteig. Sie fanden die Tasche, hoben sie hoch und lüpften sie auf die schäbigen Mantelärmel. Archie ging die Straße entlang und hielt die Tasche so eng an sich gedrückt, dass Zuneigung in ihm aufkam und ihn mit einem warmen Glücksgefühl erfüllte. Der Mann im Kamelhaarmantel geriet in Vergessenheit. Er roch den feuchten Khaki in all seiner Stofflichkeit. Der geschwungene Mund dehnte sich in stiller Zufriedenheit.

Er ging vier, fünf Blocks weiter bis zur Twentieth Street, wo er sich nach Osten wandte. Er kramte nicht in der Tasche, um zu erfühlen, was sie enthielt. Sein Gesicht hatte wieder den gewohnten Ausdruck leerer Gedankenverlorenheit angenommen. Er blickte starr geradeaus und achtete nicht auf seinen Schatten, den die Lichter der Laternen an der Bordsteinkante einander weiterreichten, den Schatten, dessen Kopf ab und zu bizarre Verrenkungen auf dem Gehsteig vollführte.

Vor einem bestimmten braunen Sandsteinhaus mühte er sich an einer breiten Balustrade hoch, förderte einen Schlüssel zutage und öffnete die Tür. Im Vestibül hing eine nackte Glühbirne von der Decke. Er stieg die Treppe hoch, hielt sich dabei an dem wackeligen Geländer fest und meisterte jeden Treppenabsatz mit einem hartnäckigen Auf-und-Ab-Rucken seines Kopfes. Im dritten Stock blieb er vor einer niedrigen, gedrungenen Tür stehen, deren braune Farbe durch Berührung und Tritte abgenutzt und abgesplittert war. Das Vorhängeschloss öffnete er mit einem zweiten Schlüssel.

Drinnen bewegte er sich sicher; er schaltete die Schwanenhalslampe auf dem Wachstuch des Tischs neben dem Gaskocher an. Das gelbliche Licht enthüllte einen quadratischen Raum, möbliert mit einem Bett, das wie eine Hängematte durchsackte, einem Tisch mit Spindelbeinen, einem Stuhl mit gerader Lehne, einer umgedrehten Obstkiste als Nachttisch und einer ramponierten Kommode. Sämtliche Wände waren wie nach einem bestimmten Muster über und über gleichmäßig mit winzigen Notizen vollgekritzelt: Den Namen, Adressen und Telefonnummern aller Leute, mit denen er zu tun hatte. Es waren die Angestellten der Zeitung bis hin zur Putzfrau, Namen und Öffnungszeiten der Lebensmittelhändler an der Ecke, des Tabakladens und des Drugstores sowie viele Adressen verschiedener Versandhäuser, die ihm in letzter Zeit Reklamesendungen zugeschickt hatten.

Er hängte den Mantel in eine Zimmerecke, die durch einen Vorhang zum Wandschrank umfunktioniert war. Sein Kopf war länglich, mit flachem Schädeldach, und von der Seite sah er aus wie das Modell im Profil neben einer Mercator-Projektion. Sein Haar war blond und sehr dünn und fiel in widerspenstigen Locken. In seinem Zimmer bewegte er sich gewandt wie jemand, der sich auf vertrautem Boden weiß und zwischen dem Mobiliar blind zurechtfindet.

Er trug die Tasche zu seinem Bett und setzte sich vorsichtig auf die unebene Bettdecke. Der goldfarbene Reißverschluss sandte einen freudigen Kitzel durch seine Finger. Das Geräusch des Reißverschlusses war ein Gesang voll Verheißung, voll mechanischer Schönheit. Sein geschwungener Mund lächelte noch breiter, seine blonden Augenbrauen hoben sich erwartungsvoll. Er klappte die Tasche auf und erblickte in ihrem dämmrigen Inneren Säulen aus blauem und goldenem Glanzpapier, aus rotem und gelbem und grünem und grauem und lilafarbenem und weißem Papier, jeweils ein Block, die alle zusammen einen großen Block bildeten. Die gleichmäßige und unversehrte Verpackung Hunderter von Schokoladenbonbons und Kaugummis.

Seine Aufregung wich einer unruhigen und unsicheren Enttäuschung. Die Augenbrauen senkten sich etwas, die Mundwinkel hingen herunter. Doch von den Spektralfarben fasziniert, nahm er zehn oder fünfzehn Bonbons aus ihrer Schachtel, hielt sie zwischen Daumen und Zeigefinger aneinandergedrückt und lachte laut, bis die Säule auseinanderbrach und sich über seine Beine auf Bett und Fußboden ergoss. Er langte wieder in die Tasche und holte diesmal lauter grünverpackte Kaugummis heraus, die er als Kaskade von der Handfläche auf seine geschlossenen Schenkel prasseln ließ. Er holte noch mehr Bonbons heraus und ließ sie wie Münzen durch die Finger auf die Bettdecke gleiten. Und an einer Seite der Tasche befanden sich in einem Segeltuchsäckchen Pennymünzen im Wert von vielleicht zwei Dollar.

Er zog den spindelfüßigen Tisch zum Bett, räumte Wecker und Bleistiftstummel fort und legte die Schokoladenbonbons auf der Tischfläche aus, in dunkelblauen, lilafarbenen und grünen Reihen; aus allen möglichen Winkeln beäugte er diese Farbenfülle, diese Hunderte von Süßigkeiten, die er sich nur einzeln und in Abständen gekauft hätte. Dann suchte er sich genießerisch und wollüstig ein bestimmtes Bonbon aus, wickelte es aus dem Papier und legte sich die schwarze, kühle Süßigkeit auf die Zunge. Er schob sich bis an die Wand, bewegte seinen flachen Schädel, um das Licht auf das Stückchen Papier in seiner Hand fallen zu lassen, und begann unter tonlosem Summen die Angaben zu den Ingredienzen dessen zu lesen, was in seinem Mund sein Aroma entfaltete.

Die Morgen des ewigen Nichts

I

Der Zug, der über eine Stunde neben einem klaren Flüsschen entlanggefahren war, umrundete eine bewaldete Biegung, ließ sein Signal ertönen und tuckerte gemächlich einer kleinen Stadt am Fuß eines Berges entgegen.

In einem der Waggons näherte ein Mann, der unterwegs jede Stadt gemustert hatte, sein Gesicht aufgeregt dem Fenster. Seine Miene entspannte sich, er hörte auf, nervös an den Fingernägeln zu kauen. Ein langer erregender Schauder des Entzückens durchfuhr ihn, denn er wusste, dass diese Stadt, die er nie zuvor gesehen hatte, die Stadt war, nach der er suchte.

Unter dem verhangenen Himmel sah der Ort nicht gerade verheißungsvoll aus, dachte er, und dennoch einladend und freundlich, befand er sich doch genau an der Bahnlinie, wie um jedermann gefällig zu sein, der an dieser Stelle auszusteigen wünschte. Er konnte eine Kirche sehen, ein Amtsgebäude und eine Hauptstraße, die parallel zu den Gleisen verlief und von allen Läden, die ein Mensch brauchen konnte, je ein Exemplar aufwies. Und hinter dieser offenen und gastfreundlichen Fassade lagen ordentliche zweistöckige Häuser, die auf ein Grün gestellt waren, das in die noch grüneren und blaugrünen Berge überging, die sehr wohl den Rest der Erde bedecken mochten.

Er legte seine zehn Fingerkuppen, die unter den fast ganz abgenagten Nägeln geschwollen und sauber hervortraten, auf den Fensterrahmen, als schlage er den Schlussakkord einer Schicksalssymphonie an. Er stand im Begriff, auf die Knie zu fallen und »Dem Herrn sei Dank!« zu murmeln, als er ein heiseres »Einsteigen!« vom Bahnsteig vernahm.

Den Koffer unterm Arm, eilte er den Gang entlang und stieß beim Aussteigen mit dem Schaffner zusammen.

»Ich muss aussteigen!«, sagte er und sprang von dem Zug, der sich langsam in Bewegung setzte.

Der Zug fuhr nach Norden weiter und trug den Abdruck der zehn Fingerspitzen auf einem seiner schmutzigen Fensterrahmen nach Nirgendwo davon.

Ein paar Schritte vom Bahnhof entfernt erreichte der Mann die geteerte Hauptstraße, die Trevelyan Boulevard hieß. Die Markise des Kinos kam in Sicht; die angekündigten Filme klangen verheißungsvoll – er liebte Filme; der Reklamepfosten des Friseursalons drehte sich fröhlich im Gegenuhrzeigersinn, die Gittertür eines Cafés klapperte, als ein Mann heraustrat, und zwei kleine Mädchen mit Eiswaffeln, eine Hausfrau mit Einkaufstasche und ein Farmer in Arbeitskleidung gingen an ihm vorbei, so passend und pittoresk wie Bühnenfiguren. Und doch war es keine Bühne, sondern eine wirkliche Kleinstadt, in der wahrscheinlich jeder, den er zu sehen bekam, geboren war und sein Leben verbringen und sterben würde. Ihm war schon, als fühle er sich den Leuten verwandt.

Es fiel ihm schwer, daran zurückzudenken, dass er heute

Morgen mit dem Quietschen eines Zugs auf einer Brücke in den Ohren aufgewacht war und dass er an diesem Morgen am Steuer seines Taxis gesessen hatte. Hatte er heute Fahrgäste gehabt? Er erinnerte sich, dass er langsam gefahren war und Leute, die nach ihm winkten und pfiffen, ignoriert hatte, so widerwillig wie immer, sich in die New Yorker Hysterie zu stürzen, und mit einem Mal außerstande dazu. New York an diesem Morgen! Wenn er aus einer Distanz von acht Stunden zurückblickte, kam ihm die krampfhaft gezügelte Raserei der Stadt wie eine Krankheit vor. Er dachte an New York, eindringlich und zum letzten Mal. Dann schaltete er seine Gedanken ab wie ein Radio, das ein Footballspiel übertrug.

Glücksgefühl, guter Wille und Optimismus ließen ihn wie auf Wolken gehen. Eine neue Stadt, jungfräulich, voller Möglichkeiten, wo er von vorne anfangen konnte! Er fühlte sich wie neugeboren. Am Sonntag würde er in die Kirche gehen, deren schwarzen Kirchturm, bekrönt von einer goldenen Kugel und einem Kreuz, er über den Baumwipfeln sehen konnte, und Gott zusammen mit den übrigen Bewohnern der Stadt seinen Dank darbringen.

Gerade als ein hungriges Knurren ihn an seinen Magen erinnerte, fiel sein Blick auf ein weißes Gebäude ein paar Meter weiter vorne am Trevelyan Boulevard. Große schwarze Buchstaben schrieben von oben nach unten das Wort IMBISS, und kleine Neonschilder davor und dahinter verkündeten: Die heiße Kiste.

Die Tür war widerspenstig, und eine Stimme aus den Dampfschwaden dahinter rief etwas, was klang wie: »Sachte, sachte!«

Aaron schlüpfte hinein, und die Tür schloss sich sofort wieder. Drinnen war es warm; es duftete nach Spiegeleiern in Butter und frisch gebratenen Hamburgern.

»'n Abend!«, sagte dieselbe Stimme. Sie gehörte einem heiseren Mann im Drillichhemd hinter der Theke.

»Guten Abend!«, erwiderte Aaron und nickte allen Anwesenden zu. Er setzte sich auf einen Hocker.

Seine blauen Augen ruhten vergnügt auf den hausgemachten warmen Kuchen mit ihrer hellen Kruste, den Reihen zischender Hotdogs auf dem Grill, der Schüssel mit glänzender weicher Butter und den verschiedenen süßen Brötchen auf Tellern in ihren Fächern. Für gewöhnlich standen seine Augen leicht hervor und waren von der Seite gesehen unergründlich wie Katzenaugen, doch jetzt traten sie noch weiter hervor, als sie den Laden auf jede Einzelheit abtasteten. Er nahm den Hut ab und fuhr sich mit der Hand oberflächlich über sein braunes Haar. Er sah zu, wie der Mann hinter der Theke eine Waffel aus dem Waffeleisen nahm, sie großzügig mit Butter bestrich und vor einem Mann abstellte, den sein blau-weiß gestreifter Overall als Gleisbauarbeiter auswies.

»Sirup?«

»Klar doch«, erwiderte der Mann mit rollendem R.

Der Imbissbetreiber stellte ihm einen Krug mit Sirup hin und trat zu Aaron. »Was darf's sein?«

Aaron presste die Handflächen aneinander, erhob sich unmerklich mit Hilfe der Fußstützen und bestellte einen Hotdog, eine Waffel, ein Stück warmen Pfirsichkuchen, ein süßes Brötchen und Kaffee. Während all das zubereitet wurde, hörte er dem scherzhaften Geplauder des Imbissmannes und des Gleisbauarbeiters zu und dem leiseren Gespräch der zwei Neger, das immer wieder von Gelächter unterbrochen war.

Das Summen des elektrischen Ventilators bündelte die Welt in dem Imbissladen zu einem vollkommenen Ganzen.

Das Telefon läutete, und das junge Mädchen, das neben der Kasse mit offenen Augen geschlafen hatte, sprang hin. »Du-u!«, gurrte sie lächelnd. »Mac sagt, ich muss heute bis um halb neun die Stellung halten.«

»Ach was, du kannst frei haben«, rief Mac gutmütig. »Arbeiten tust du ja sowieso nie.«

Als ihm die Waffel serviert wurde, fasste Aaron sich schuldbewusst ans Kinn. »Ich hätte mich wohl erst mal rasieren sollen«, sagte er und lächelte den Imbissmann an.

Mac lächelte zurück. »Ach, das macht doch nichts. Wir sind hier nicht so. Sehen Sie mich an.« Er lachte. »Wo sind Sie her?«

»Aus New York.« Aaron duckte den Kopf und begann die Waffel zu essen. Er goss eine bescheidene Menge Sirup darauf (als New Yorker wollte er sich nicht so gierig aufführen wie diejenigen, die er in Raststätten beobachtet hatte – so gefräßig, dass Sirup und Sahne ihnen in vernünftigen Portionen zugemessen wurden), und zwischen den einzelnen Bissen las er die Anschläge an den Wänden.

KOMMT, LEUTE, KOMMT!
WILLIE WALKERS BERÜHMTE SIEBENKÖPFIGE KAPELLE
EINTRITT $ 1.50 PRO PAAR
FREIZEITHALLE BRIGHTON
BRIGHTON, VERMONT

Der Anschlag war einen Monat alt. Er fragte sich, ob das junge Mädchen heute Abend zu einer dieser Tanzveranstaltungen ging. Von keiner der Städte, in denen sie stattfanden, hatte er je gehört. Dann sah er einen Anschlag, der besagte:

ZIMMER

MRS. HOPLEYS KOMFORTABLE MÖBLIERTE ZIMMER

WÖCHENTLICH UND MONATLICH

PLEASANT STREET 17, CLEMENT, N. H.

»Wo ist die Pleasant Street?«, fragte er Mac, so ängstlich besorgt, diese Stadt könne nicht Clement sein, dass er die Frage fast nicht zu stellen wagte.

Nach einer Weile nahm Mac die Hand vom Nacken, deutete auf eine Ecke der Imbissbude und erklärte Aaron den Weg, den dieser sich in seiner Aufregung nicht merken konnte. Vor seinem inneren Auge erstanden Bilder des Hauses, des Zimmers, das er bewohnen würde. Er staunte über sein Glück, auf eine Straße namens Pleasant gestoßen zu sein; allein schon Clement klang angenehm und beschwor in ihm das Bild einer sonnenbeschienenen Landschaft und einer Picknickgesellschaft herauf.

»Sind Sie länger hier?«, fragte Mac, der ihm die Rechnung überreichte.

»Das hoffe ich«, sagte Aaron lächelnd; er legte einen Dollar hin und glitt zur Tür. »Danke, war prima!«

»Bis nächstes Mal!«

»Tschüs!«, sagte das Mädchen.

Aaron folgte der Richtung des Fingerzeigs zu einer Straße, die hinter dem Drugstore lag. An der Straßenecke

blieb er stehen und bewunderte ein bescheidenes Krieger-
denkmal. Es bestand aus einem Betonpfosten auf einem
Rasendreieck, in den eine Metallplatte eingelassen war,
die Hunderte von Namen aufführte, alle Kriegsteilnehmer
aller Kriege aus Clement. Adams, Barber, Barton, Burke,
Child – Hopley? Ja, es gab einen Zachariah P. und einen
William J. Hopley. Vielleicht sollte er Mrs. Hopley gegenüber erwähnen, dass er ihre Namen gesehen hatte.

Er ging eilig weiter, lächelte einem strubbeligen, bar-
füßigen kleinen Mädchen zu, das an einem Baum lehnte,
sagte »Guten Abend!« zu einem gebeugten alten Herrn in
rissigen, glattpolierten Schuhen und mit einem gestärkten
Kragen, der um seinen Hals herum abstand.

»'n Abend«, erwiderte der alte Mann.

Er folgte einer Straße, die aufwärts führte, und erreichte
die Pleasant Street, beiderseits von hohen Ulmen gesäumt,
die sich nach innen lehnten und einander berührten. Und
kaum hatte er diesen grünen Tunnel betreten, als die Sonne
durchbrach und wie goldene Regentropfen zwischen den
Tausenden Blättern hindurchfiel.

Aufgeregt zählte er die Hausnummern, bis er vor Nummer siebzehn stand, einem zweistöckigen, gelblichen Haus,
halb verborgen hinter üppigen grünen Ranken, die links
und rechts der Veranda sprossen. Er erkannte das Haus,
wie er die Stadt erkannt hatte. Es war das, was er suchte.
Daheim! Heimelig war der abgeblätterte, braune Anstrich,
elegant waren die dünnen, schwarzen Pfeiler, die das Ve-
randageländer trugen, und elegant war das Treppengelän-
der. Zwei eiserne schwarze Hunde bewachten symmetrisch
und mit erhobener Pfote den nachlässig gepflegten Rasen

vor dem Haus, den man auf einem Betonweg durchschritt.

»Suchen Sie jemand?«, rief eine Stimme von der Veranda.

Aaron betrat den Weg. »Ich suche ein Zimmer.«

Eine Schaukel quietschte, und ein untersetzter, gedrungener Mann in glänzenden, hellbraunen Hosen und ebensolchem Hemd kam auf ihn zu. »Da könnten Sie hier richtig sein«, sagte er und musterte Aaron lächelnd.

»Wer sucht ein Zimmer?« Diese Stimme erklang hinter der Gittertür. »Ein Zimmer ist bei uns frei. Wenn Sie wollen, können Sie es sehen.«

Er folgte der Frau durch den Flur, eine Treppe hoch und abermals einen Flur entlang. Zuletzt öffnete sie die Tür zu einem großen, quadratischen Zimmer mit drei gewaltigen Fenstern.

»Ihr Glück«, sagte sie zu ihm. »Der Mieter ist gestern erst ausgezogen. Hat in Bennington eine neue Stelle angetreten. Hier in der Stadt sind Zimmer schwer zu kriegen.«

Er nickte begeistert. »Ich nehme es.«

Er zahlte sieben Dollar für die Wochenmiete; sich selbst überlassen, schaute er probehalber aus allen Fenstern. Vom einen aus konnte er die Berge sehen, aus den anderen konnte er die Blätter eines großen Baumes berühren. Im freudigen Bewusstsein von Tüchtigkeit und Ordentlichkeit beförderte er seine Sachen aus dem Koffer in die Kommode. In den tiefen, mit Zeitungspapier ausgelegten Schubladen nahm seine Garderobe sich verloren aus. Seine vier Hemden lagen flach und einsam in der untersten Schublade, und selbst die lockerste Verteilung von Socken und

Taschentüchern über ihnen änderte daran nicht sonderlich viel. Da er nichts in die letzte Schublade zu legen hatte, las er ein bisschen auf ihrem Zeitungspapier. Schließlich stellte er den leeren Koffer in den Schrank, schloss die Kommodenschubladen und betrachtete das Zimmer voller Befriedigung; dennoch dachte er, dass sein Kommen keinerlei Veränderung bewirkt hatte, sah man von seinem Rasierzeug auf dem runden Tisch ab. Nun ja, dachte er, so war es eben, wenn man seine ganzen alten Sachen zurückließ, allen Kleinkram, der sich im Verlauf der Jahre in einer New Yorker möblierten Wohnung angesammelt hatte.

Es klopfte an die Tür.

»Herein?«

Mrs. Hopley trat ein. »Hab' ein paar Handtücher für Sie«, sagte sie in herzlicherem Ton als vorher, in einem fast intimen, verschwörerischen Ton, und Aaron sah sie aufmerksam an und blinkte mit den Augen. Sie legte zwei Badetücher, ein kleines Frotteetuch und einen Waschlappen einzeln neben das Bett; dann richtete sie sich auf und lächelte ihn an.

»Wunderbar! Genau das, was ich jetzt brauche«, sagte er brav, obwohl er heute Morgen nur das Rasieren vergessen hatte. »Ich war lange mit dem Zug unterwegs.«

Mrs. Hopley nickte und sah ihn mit großen braunen Augen hinter dicken Brillengläsern an. Sie machte sich nervös mit der Vorderseite ihres schlaffen und nicht ganz sauberen Kleides zu schaffen, das hinten nicht weniger schlaff von ihrem knochigen und ungefügen Oberkörper hing. »Wo sind Sie her?«

»New York«, erwiderte er mit nervösem Lächeln, denn

er hatte wieder wie schon im Imbiss bei Mac den Eindruck, die Leute aus der Kleinstadt betrachteten ihn mit Misstrauen.

»Hmm.« Ihr Blick wanderte langsam, aber unablässig im Raum hin und her und verharrte auf einzelnen Einrichtungsgegenständen so oft wie auf ihm. Die Zehenspitze eines ihrer alten schwarzen Pantoffeln mit ramponierten Bommeln war schüchtern auf die des anderen Fußes gestellt, als solle weiblicher Liebreiz die Unbarmherzigkeit des Verhörs mildern, dem sie ihn zu unterziehen gedachte. »Geschäftlich hier?«

Er zauderte, dann lächelte er. Er musste einfach über alles lächeln, was mit der reizenden Stadt Clement zu tun hatte. »Nicht direkt, nein. Man könnte sagen, dass ich Urlaub machen will und dass die Stadt mir gefallen hat.«

»Urlaubsmöglichkeiten gibt's hier nicht viele.«

»Ich meine keinen gewöhnlichen Urlaub.« Er fuhr sich mit der Zungenspitze über die Lippen. »Ich war Taxifahrer in New York. Meine Nerven haben nicht mehr mitgemacht, und deshalb dachte ich mir, das Beste wäre ein Tapetenwechsel.«

»Für immer?«

»Vielleicht. Schön wär's. Ihre Stadt gefällt mir gut.«

Sie dachte nach. »Als Taxifahrer gibt's hier nicht viel zu tun.«

»Oh, Taxi fahren würde ich nicht! Das habe ich lange genug gemacht.«

Sie nickte. »Was stellen Sie sich denn stattdessen vor?«

Er sah, dass sie auf seine geballten Fäuste schaute; er entkrampfte seine Hände und lächelte. »Ich weiß es eben noch nicht, verstehen Sie? Ich muss es erst herausfinden.« Bescheiden fügte er hinzu: »Ich habe etwas Geld zurückgelegt.«

»Hmm.« Sie kratzte sich mit dem Zeigefinger heftig an der Nase. »Na ja, viel Glück dann.«

Trotz ihrer mangelnden Zuversicht machten diese Worte ihm Mut. Er lächelte und dankte ihr.

Sie sprach jetzt ungehemmter, sagte ihm, welches die besten Esslokale waren und wo er Arbeit finden könne, und sie erwähnte einen Packer der Lederfabrik, der bei ihr im Haus wohnte und mit dem er sich vielleicht gern unterhalten würde, weil er eine Zeitlang in New York gearbeitet hatte.

Aaron hörte ihr zu, nickte und nahm sich vor, dem Packer tunlichst aus dem Weg zu gehen.

»Wir finden unsere Stadt auch nett«, pflichtete Mrs. Hopley ihm freudlos bei, als sie den Raum verließ.

Aaron schüttelte die Anspannung ab; nach einem Augenblick ging er in das Bad am Ende des Flurs, wo er sich an einem Waschbecken mit Messingarmaturen rasierte. Dann zog er ein frisches Hemd und frische Socken an und ging frohgemut in die Abenddämmerung hinaus.

Er verbrachte den Abend damit, die Stadt zu erkunden, unbekannte Straße um unbekannte Straße zu durchstreifen wie ein junger Hund, der ein neues Zuhause erkundet. Er prägte sich Wegmarken ein und merkte sich architektonische Details, und er tat es gerne, denn es erschien ihm als seine Pflicht, sich mit Clement so vertraut zu machen, wie es jeder Einheimische war. Als es dunkel wurde und die Lichter der großzügigen alten Anwesen so vereinzelt und bedeutsam aufschimmerten wie die Sterne am Himmel, schaute er sich noch eifriger um.

Es war fast ganz dunkel, als er einen Hügel im Südosten der Stadt zwischen Fluss und Bahngleisen bestieg und sich hinsetzte, eine Tasche mit kleinen Einkäufen zwischen den Füßen. Er blickte auf Clement hinunter, das er von hier fast im gleichen Winkel wie aus dem Zug sah. Doch wie vertraut war ihm alles nun, um wie viel wahrscheinlicher war alles Potentielle geworden! Er wusste, wie die Kirche aussah, welcher Turm dort aus den Blättern hinausragte, was auf dem Wegweiser auf dem Highway nach Norden stand. Er hatte eine lange gedeckte Brücke über den Fluss erforscht, die er vom Zug aus gar nicht gesehen hatte, und war lange an einem ihrer Fenster stehengeblieben und hatte den Gesprächen der Leute gelauscht, die sie überquerten.

Was würde er morgen tun? Er musste sich noch keine Gedanken über die Zukunft machen. In das Futter des schwarzen Koffers waren über vierhundert Dollar eingenäht; mit diesem Geld konnte er sich Zeit lassen. Er konnte sich in einem Dutzend Berufen versuchen. Er konnte als Landarbeiter eine Zeitlang auf einer der Farmen um die Stadt herum arbeiten und sich eine eigene Farm kaufen, falls ihm die Arbeit gefiel. Er konnte irgendeinen Laden eröffnen oder sich als Geschäftspartner mit jemandem in der Stadt zusammentun. Er konnte wochenlang nichts anderes tun als leben, bis das Schicksal ihm einen Wink geben würde.

Die Spannweite seiner Vorstellungen erschreckte ihn; er sprang auf und presste seine Faust fest gegen die Brust. Er neigte sein aufgeregtes Gesicht zur Stadt und glaubte mit allen Fasern seines Herzens, dass der weitere Verlauf seines Lebens sich ihm in Clement enthüllen würde. Er kam sich vor wie eine der Figuren auf einem heroischen Historiengemälde – seine Haltung kündete von Entschlossenheit und von der Noblesse seines Vorhabens.

»Hallo«, sagte ein Stimmchen.

Er wandte sich errötend um. Es war ein mageres, barfüßiges kleines Mädchen in einem dunklen Kleid, das der Wind gegen seine Oberschenkel klatschte. Sogar im Dämmerlicht konnte er ein Muster auf dem Saum erkennen, das nicht zum Kleiderstoff gehörte. Er erinnerte sich. Es war das kleine Mädchen, das er am Nachmittag auf dem Weg zu Mrs. Hopley am Baum hatte lehnen sehen.

»Wer bist du?«, fragte sie.

Langsam nahm er die Faust von der Brust. »Und wer bist du?«, konterte er mit der bemühten Munterkeit eines Erwachsenen, der mit einem Kind spricht.

»Freya.«

»Freya wie?«

»Freya Wolstnom.«

»Was hast du gesagt?«

»Freya Wolstnom.«

»Wie bitte?«

Sie holte tief Luft. »Wolstnom. W-o-l-s-t-e-n-h-o-l-m-e.«

Die ersten Buchstaben konnte er sich merken, doch der Rest rauschte an seinem Ohr vorbei. Wie es so oft in New York geschehen war, wenn seine Fahrgäste Adressen nannten, weigerte sich sein Verstand, das, was er gehört hatte, zu verarbeiten. Die Erinnerung an jene Zeit, an die Fragen, die Wiederholungen, die unvermeidlichen Irrtümer, an das

Gellen der Hupen, wenn er wendete, wurde wach, und er wand sich in der Dunkelheit. Er fuhr sich mit einem Daumen zum Mund und ließ ihn wieder sinken.

»Wer bist du?«, wiederholte sie.

»Aaron Bentley.«

Nach einem Augenblick wandte das Kind sich ab und ging langsam zwischen ihm und der Stadt den Hügel entlang. Mit beiden Händen hielt es das glatte, schwarze Haar zurück, das ihm der Wind ins Gesicht blies, und es sah auf den Boden, als suche es dort etwas.

Aaron setzte sich und schlang die Arme um die Knie. Er dachte, sie gehe in die Stadt zurück. Doch als er sah, dass sie dablieb, rief er ihr zu: »Wo wohnst du?«, hauptsächlich, um sein Selbstvertrauen zurückzugewinnen.

Sie sah nicht auf, sondern bewegte nur den Arm. »Dort drüben.«

Er sah nichts als schwarze Bäume. Er schaute wieder zu ihr.

Sie hob die Füße und teilte das hohe Gras mit graziösen Seitwärtsbewegungen, die wie ein langsamer Tanz aussahen. Ihre Gestalt hatte etwas Steifes, nicht aus Verlegenheit, sondern vor Konzentration. Er hatte das Gefühl, dass sie jede Regung an ihm wahrnahm.

Schließlich kam sie in einem Bogen den Hügel empor zu ihm zurück. Als sie innehielt, befanden ihre Köpfe sich fast auf gleicher Höhe. Lächelnd erwiderte er ihren Blick, doch als er die Dunkelheit zu durchdringen suchte, sah er überrascht ihre zusammengepressten Lippen. Es ließ sie angespannt, traurig und alt aussehen. Hinter den wehenden Haarsträhnen waren ihre Augen bloß graue Flecken, doch er spürte, dass sie ihn voller Feindseligkeit musterten. Ein schwindelerregendes Unwohlsein und ein Gefühl der Minderwertigkeit überkamen ihn unvermittelt, so wie er sie in New York verspürt hatte, doch diesmal verstärkt und auf ihn konzentriert durch das Kind und die Stadt hinter dem Kind. Er hatte den Eindruck, so verächtlich von dem kleinen Mädchen betrachtet zu werden, dass es sich nicht einmal die Mühe machte, ihn auszufragen wie Mrs. Hopley, sondern nur einen Eindringling auf seinem Terrain in ihm sah.

Ungeschickt versuchte er die Papiertüte zwischen seinen Füßen aufzumachen. »Hättest du vielleicht Lust, ein Stück Kuchen mit mir zu essen?«

»Nee«, sagte sie. »Ich muss nach Hause.« Langsam entfernte sie sich um den Hügel herum.

Er stand auf und sah ihr nach, bis zuerst ihre Gestalt und dann der hellere Kleidersaum im Dunkel verschwanden. »Auf Wiedersehen!«, rief er hoffnungsvoll.

Keine Antwort.

Er schob den Kuchen in die Tüte zurück und flüchtete in sein Zimmer.

2

In fieberhafter Eile wusch er sich und zog sich an, denn der herrlichste Morgen, den er je erlebt hatte, lachte zu seinen Fenstern herein.

Er lief noch einmal zum Fenster, hielt sich am Fensterbrett fest und sah über eine grüne Erde zu der wuchtigen

Sonne hoch, die ruckweise den Horizont emporstolperte. Ihr Widerschein glühte auf den Baumwipfeln, den Dachfirsten, den Flügeln der fliegenden, singenden Vögel. Er streckte die Hand aus und berührte die Blätter des Baumes. Vor ihm lag eine Welt, die unberührt war von Gier, von Bitterkeit, von schmutzigem Geschäftssinn. Das verlorene Paradies brüderlicher Liebe.

Er drehte sich auf dem grauen Teppich im Kreis, klatschte über seinem Kopf in die Hände und lachte vor Freude. Vom Schlaf in der reinen Luft erfrischt, fühlte er sich stark wie ein Ochse, kampfesmutig wie ein Krieger, frei wie … wie der Schmetterling, der zum einen Fenster hinein- und zum anderen hinausflatterte und den er mit offenem Mund bestaunte.

Morgendliche Düfte von frischem Kaffee und brutzelndem Speck und die Geräusche von Stimmen wehten aus offenen Fenstern, als er zum Trevelyan Boulevard spazierte. In rauschhafter Beglückung blieb er stehen, um eine festgeschlossene Rosenknospe zu bewundern, die auf den Bürgersteig hinausragte. Sie war von so zarter Grünfärbung, dass er es kaum wagte, sie mit einer Fingerspitze anzuheben.

»Wie wird es um mich bestellt sein«, fragte er sich laut, »wenn ihre Blüte sich geöffnet haben wird?«

Und als er tief einatmete, fiel ihm plötzlich auf, dass er, seit er den Zug verlassen hatte, nicht einmal Lust auf eine Zigarette gehabt hatte, obwohl er in New York den ganzen Tag und sogar im Bett geraucht hatte. Ein überwältigender Beweis der reinigenden Kraft dieser Stadt. Und von heute an, so beschloss er, würde er seine Fingernägel wachsen lassen.

»Eier mit Speck?«, begrüßte ihn Mac über die Köpfe einer Reihe lärmender Kunden hinweg. »Habe heute extra guten Schinken.«

Aaron nickte. Ihm war nicht nach Reden zumute. Der Gegensatz zu New York, wo er Kaffee und Doughnut im Stehen hastig hinunterschlang, ein Auge auf seinem Taxi am Bürgersteig, war nicht zu übersehen. Es war ihm nie gelungen, sich die Gleichgültigkeit anderer Taxifahrer anzueignen. Das lag wohl daran, dachte er, dass er immer aus allem, was er tat, das Maximum hatte herausholen müssen. Seit er die Schule verlassen hatte, um seine Mutter und sich durchzubringen, hatte er wie ein Besessener gearbeitet. Er war Straßenhändler gewesen, Hotelpage, Kellner in den verschiedensten Lokalen und die letzten vier Jahre Taxifahrer – lauter Tätigkeiten, wo gute Arbeit Trinkgelder einbrachte, doch das ständige Hin und Her hatte so sehr an seinen Nerven gezerrt, dass es an ein Wunder grenzte, dass er überhaupt noch bei Sinnen war. Ans Heiraten zu denken war ihm nie Zeit geblieben. Er hatte nie genug Geld übrig gehabt, um ein Mädchen ins Kino auszuführen. Und nach dem Tod seiner Mutter hatte er, wie er vermutete, aus schierer Gewohnheit so hart weitergearbeitet. In den letzten Monaten, als sich eine Krise der Einsamkeit und Niedergeschlagenheit anbahnte, hatte er gespart wie jemand mit einem Ziel vor Augen. »Du musst ein Ziel haben!«, hatte er oft genug gemurmelt, wenn er die Wagentür zum letzten Mal nachts zuschlug. Den ganzen Tag hatte er andere zu ihren Zielen gefahren, doch selbst besaß er keines außer einem schäbigen möblierten Zimmer irgendwo. Vielleicht, dachte er, war das hier das Ziel – eine Kleinstadt und Seelenfrieden. Es wäre genug. Mit vierunddreißig blieb ihm noch genug Zeit, etwas aus seinem Leben zu machen.

Auf einem der Hocker brach jemand in ungekünsteltes, schallendes Gelächter aus.

Aaron lächelte. Er hatte das Gefühl, siebzehn Jahre in ununterbrochener Anspannung verbracht zu haben. Langsam und voller Genuss schob er die Gabel unter seine Rühreier.

Nach dem Frühstück schlenderte er den Trevelyan Boulevard entlang und studierte die Schaufenster wie Schaukästen eines Museums. Er sah sich die Sportlerfotos im Friseursalon an, und dann ging er hinein, um sich rasieren und die Haare schneiden zu lassen.

Pete McNary, der rothaarige Friseur, war ein gesprächiger Zeitgenosse, und sie hatten ein Dutzend Themen abgehandelt und begonnen, einander ihre Lebensgeschichte zu erzählen, bevor Pete Aaron zum Abschluss mit weißem, süß duftendem Puder bestäubte.

»Wissen Sie, ich kenne ein paar Farmen in der Gegend, wo man jemanden brauchen könnte«, sagte Pete entgegenkommend, während er Aarons Rasiertuch sorgfältig an seinem Körper zusammenlegte. Er war ein Hüne von einem Mann, hatte jedoch geschickte, rosige Hände und bewegte seinen Körper gewandt. »Nicht anzunehmen, dass ich einen von den Farmern bald zu sehen kriege, aber wir können mal rausfahren, wenn ich nachmittags zumache, und mit ihnen reden. Sagen Sie mir einfach Bescheid.«

»Mache ich«, sagte Aaron freudig. »Vielen Dank.«

Aber er war mit dem Erkunden noch nicht fertig. Er würde noch viele Mußetage benötigen.

Hinter dem Trevelyan Boulevard lagen die verlockendsten Straßen, die Aaron je zu sehen bekommen hatte; sie verloren sich in grüne Wiesen und Wälder. Dort wanderte er bis zum späten Nachmittag umher, blieb stehen, um zahme Kälber zu streicheln, die in Vorgärten angebunden waren, um mit einer Hausfrau zu plaudern, die in ihrer Küche bei offener Tür Heidelbeeren einmachte, um beim Melken von sieben Ziegen zuzuschauen, während er auf der heubestreuten Schwelle ihres Stalles saß. Er holte Büschel frischen Grases, das er gerecht zwischen ihren hungrigen Mäulern verteilte. Er erfuhr, welches die milchreichsten Ziegenrassen waren, welchen Fettgehalt Ziegenmilch hatte, was man für sie bekam und was man aus ihr machen konnte.

»Jetzt, wo Sie alles drüber wissen, haben Sie vielleicht Lust zu probieren«, sagte der Ziegenfarmer und brachte aus seiner Küche ein Stück braunen Käse auf weißem Brot.

Das Brot war warm und schmiegte sich in seine Hände. Noch nie hatte er etwas so Köstliches gegessen. Es war, als vollendeten die Augenblicke auf der Ziegenfarm eine Verwandlung. Sein Glücksgefühl war so überwältigend, dass es ihm die Kraft zu denken raubte, doch eines war ihm klar, nämlich dass er nie zuvor sein bloßes Dasein genossen hatte.

3

Die Sirene der Lederfabrik ließ um zwölf Uhr ein schrilles Gellen hören, das über die ganze Stadt erschallte; in seinem Schutz öffnete Aaron, der eine stille Straße am Fluss entlangging, den Mund und rief sein Glück laut hinaus. Er hörte, wie das Echo von Berg zu Berg zurückgeworfen wurde, bis es weiter reichte, als seine Sinne fassen konnten.

Fünf Männer kamen aus dem dunklen Schatten unter dem Vordach der Fabrik hervor. Sie trugen blaue Arbeitshemden und geschwärzte Hosen und Mützen. Mit langen, bedächtigen Schritten stiegen sie den glatten Abhang zur Straße an der Brücke hoch, die zum Trevelyan Boulevard führte.

»Tag!«, rief einer Aaron zu, und die anderen taten es ihm nach und riefen oder winkten zum Gruß.

Aaron lehnte an der Ziegelmauer auf der Rückseite des Kaufladens und betrachtete mit einer Mischung aus Ehrfurcht und Neid diese einzigen Vertreter der Heere von Fabrikarbeitern, die die Erde bevölkern. Sie hatten keine Lunchpakete bei sich, und sie würden auch nicht in einer überfüllten Imbissbude zu Mittag essen. Sie wohnten gleich um die Ecke, und ihre Frauen stellten wahrscheinlich gerade das selbstgekochte Essen auf den Tisch. Er blinzelte mit seinen hervorquellenden Augen, als sie auf dem Kamm der Straße wie Riesen aussahen, bevor sie auseinandergingen.

4

»Hallo.«

Aaron wandte sich vom Brückenfenster um und sah Freya auf den Holzplanken stehen. »Hallo«, sagte er lächelnd, weil er sich wirklich freute, sie zu sehen. »Wie geht es dir?«

»Okay.«

Sie trat barfuß in den Streifen aus Sonnenlicht und kam zu dem Fenster, an dem er stand. Er sah die feinen dunklen Härchen auf ihren zarten Armen und die Sommersprossen auf ihrer schmalen Stupsnase. Ihre großen Augen waren von einem milchigen Hellgrau, das an eine Blinde erinnerte. Sie trug dasselbe lavendelblaue Kleid mit dem breiten Saum aus einem Stoff mit Erdbeermuster.

»Soll ich dich hochheben?«, fragte er.

»Nee.« Sie hievte sich mit den Armen zur Fensterbrüstung hoch.

Vom riesigen Fabrikschornstein aus ertönte die Sirene; obwohl ihr Gellen in so großer Nähe ihnen schier das Trommelfell zerriss, verharrte Freya reglos und starrte den Fluss hinunter.

Aaron vergaß, nach den fünf Männern Ausschau zu halten. Er hatte sich angewöhnt, die Fabrik zu beobachten, wenn um zwölf und um vier Uhr die Sirene läutete, weil die Pünktlichkeit des Schichtwechsels in einer Stadt, wo sonst nichts von der Uhr bestimmt zu sein schien, einen erfreulichen Anblick bot. Doch jetzt konnte er den Blick nicht von dem kleinen Mädchen abwenden. Er hatte seit jenem ersten Abend nicht mehr an sie gedacht und war jetzt dankbar, dass sie eigens stehengeblieben war, um ihn anzusprechen.

»Das ist das Haus, wo ich am liebsten hingehe«, sagte sie.

Er folgte ihrer Geste mit dem Blick und sah ein Haus, das er bisher nicht bemerkt hatte, ein wenig außerhalb des Ortes am Waldrand gelegen. Es war weiß mit einem ins Violette spielenden Dach, und die Fenster sahen im Schatten schiefergrau aus.

»Tatsächlich? Und wer wohnt dort?«

»Niemand.«

»Oh.«

»Willst du es sehen?«

»Gewiss.«

Sie sprang vom Fensterbrett. Er folgte ihr an der Fabrik vorbei und einen grasbewachsenen Abhang hoch.

Das Haus sah nagelneu aus, doch hier und da waren die weißen Wände vom Regen verfärbt, und Gras wuchs bis zu den Fenstern im Erdgeschoss. Aaron trabte zufrieden durch das Gras neben dem kleinen Mädchen, das beim Gehen zu den Fenstern hochsah.

Schließlich blieb sie vor der roten Eingangstür stehen. »Hier können wir reingehen.«

Sie betraten ein leeres Haus, das nach Farbe und ungelüfteten Zimmern roch. Die polierten Böden waren unberührt bis auf die staubigen Spuren kleiner nackter Füße. Freya erzählte ihm flüsternd, welches Zimmer welches war. Im ersten Stock zeigte sie ihm das Schlafzimmer, in dem, wie sie sagte, der Mörder die schöne Frau ermordet hatte, die gerade erst mit ihrem Mann in das Haus gezogen war.

»Der Mörder wohnt jetzt hier – unten im Keller!«, flüsterte Freya.

»Wirklich?«, fragte Aaron leise. Eine Sekunde lang hatte er ihr geglaubt.

»Deshalb müssen wir ganz leise sein, auch wenn wir drei Kreise um das Haus gemacht haben.«

Er folgte ihr auf den Speicher.

»Siehst du das Fenster? Da hat der Mann in der Nacht,

als seine Frau ermordet wurde, um Hilfe gerufen, aber er hat sich so gefürchtet, dass er nicht richtig laut gerufen hat, und deshalb hat ihn keiner gehört.«

Aaron sah zum Fenster. Er sah den entsetzten Ehemann vor sich, der schrie und keinen Laut herausbekam. Der Ehemann trug helle Hosen, die wie Reithosen aussahen, und hatte einen hübschen Kopf unter schwarzem, zerzaustem Haar. Er sah zu Freya zurück.

»Der Mann ist eingeschlafen und hatte grässliche Träume, und dann ist er aufgewacht und über die Berge weggerannt und nie wiedergekommen.« Ihr Mund war streng wie an jenem Abend auf dem Hügel, und in ihren Augen war die traurige Erinnerung an tragisches Geschehen. »Jetzt gehen wir lieber.«

Er half ihr, die verzogene Eingangstür zu schließen. Durch hohes Gras gingen sie zu der Straße, die in die Stadt führte. Freya richtete nicht mehr das Wort an ihn, schien seine Anwesenheit nicht einmal mehr wahrzunehmen, doch Aaron genügte es, dass sie seine Gesellschaft hinnahm. Beim Gehen wuchs in ihm ein Gefühl der Kameradschaft mit ihr. Und zugleich spürte er seine Einsamkeit, als gelte es, ein Gleichgewicht seiner Empfindungen zu wahren. Beide Sinneseindrücke waren ihm willkommen. Sie weiteten ihm das Herz.

Auf dem Trevelyan Boulevard ging Freya langsamer und schaute in die Schaufenster.

»Siehst du irgendwas, was du gern hättest?«, fragte er fröhlich, als sie vor dem Fenster des Juweliers stehen blieb.

»Nee.«

Sie ging weiter, und er ging neben ihr, während er überlegte, ob er zum Juwelierladen zurückgehen und ihr eine Kleinigkeit kaufen solle.

Unter der Markise des Kinos blieb sie stehen, um die Reihen der Standfotos zu betrachten. Der schale, dumpfe und leicht süßliche Geruch, der in allen Kinos herrscht und der Aaron in New York in Erregung versetzt hatte, driftete durch die offenen Türen des Olympia von Clement nach draußen.

»Komm, wir gehen rein!«, sagte er.

Es kam ihm wie der Gipfel aller Vergnügungen vor, mit ihr die Erregung über fremde Örtlichkeiten und die Überraschungen im Verlauf der Geschichte zu teilen, jetzt, da er von der Banalität befreit war, zu der er früher immer hatte zurückkehren müssen.

»Ich habe keine Lust«, sagte Freya ungerührt.

Aaron musste schlucken und folgte ihr unsicher, als sie weiterging.

An der Ecke des Drugstores blieb sie stehen und sah zu ihm auf. »Ich gehe jetzt nach Hause.«

Als sie das sagte, war er wie vor den Kopf geschlagen. »Willst du nicht noch eine Brause oder irgendwas?«

»Nee.« Sie strich ihr Haar aus dem Gesicht. »Ich kenne noch was, wo wir hingehen können, was fast so gut ist wie das Haus.«

»Wo ist das?«

»Weiter oben am Fluss.«

Er schaute, doch hinter der Brücke konnte er keinerlei Gebäude ausmachen.

»Vielleicht gehen wir morgen hin.« Sie trat auf die Straße. »Tschüs, Arn.«

Er war so verblüfft, dass sie seinen Namen gesagt und sich überhaupt daran erinnert hatte, dass er wie angenagelt dastand und ihr mit einem einfältigen Lächeln nachsah.

Als er sich schließlich abwandte und entfernte, schlenderte ihm eine Gestalt über den Weg.

»'n Abend!«

Es war George Shmid, der Mann, der an dem Tag, als Aaron zu Mrs. Hopley gekommen war, auf der Veranda gesessen hatte.

»Guten Abend«, erwiderte Aaron.

George begleitete ihn. »Freundschaft geschlossen?«, sagte er.

»Wie?« Aaron sah in Georges wache blaue Augen, die lächelnd auf ihn gerichtet waren.

George wiederholte seine Worte. Seine dicke Unterlippe, die er ununterbrochen befeuchtete, bog sich in den Mundwinkeln nach oben. »Na ja, die Kleine, die bei Ihnen war.«

»Oh, Freya.«

»Richtig«, sagte George lächelnd.

Sie bogen in die Pleasant Street ein. Es hatte leicht zu regnen begonnen, doch der Regen trommelte auf die Blätter wie auf ein Dach, und kein Tropfen drang hindurch.

»Wo haben Sie sich heute umgesehen?«

Aaron blickte ihn wieder an, und ihm fiel ein, dass er Mrs. Hopley auf ihre Frage, wie er seinen Tag verbracht habe, geantwortet hatte, er habe »sich umgesehen«. Aber er brachte es nicht über sich, George gegenüber Interesse zu heucheln, und obendrein war es ihm egal. Er war viel zu glücklich, um sich nach Gesellschaft zu sehnen. Mit einem unbestimmten, andeutungsweise höflichen Lächeln trat er auf den Betonweg, ging schneller und ließ George hinter sich, der immer noch vor sich hin murmelte.

5

Von diesem Tag an waren Aarons glücklichste Stunden jene, die er mit Freya verbrachte. Sie begegneten einander fast täglich irgendwo in der Stadt, und weil sie sich nie verabredeten, waren ihre Begegnungen zufällige Überraschungen. Sie begrüßten sich, als hätten sie nur ein Zimmer zu durchqueren gehabt. Dieses Zimmer war Clement, und es war voller grandioser Möbel, interessantem Krimskrams und zaubermächtiger Teppiche. Clement war ihre ganze Welt.

Die Stelle am Fluss, von der Freya gesprochen hatte, war eine stillgelegte Messerfabrik, ein langes, niedriges Gebäude aus schmalen Holzplanken, die früher einmal rot angestrichen gewesen waren. Die Stelzen hinten waren eingebrochen, und die vorne waren herausgerissen worden, so dass das Haus aussah, als wäre es ihm fast gelungen, sich in selbstmörderischer Absicht in den Fluss zu stürzen. Aaron und Freya benutzten eine alte Leiter, um durch eine Seitentür hineinzugelangen.

»Was für eine großartige Rostbude!«, rief Aaron beim Eintreten, von der eigenen Eloquenz berauscht. »Was für ein Wunderwerk der Zerstörung!«

Sie tasteten sich über abschüssige, verfaulte Dielen, die so morsch waren, dass sie nicht einmal mehr knarrten, der eingestürzten Rückwand entlang, gegen die eingeschlossenes Flusswasser schwappte. Hier saßen sie auf einem großen bequemen Balken, der schräg in der Ecke lag, und betrachteten das Gewirr lädierter Maschinenteile. Finger aus Sonnenlicht drangen durch Löcher in Wänden und Decke herein und deuteten auf bestimmte Stellen, als wollten sie die Aufmerksamkeit darauf lenken. Dieser Ort gehörte ihnen ganz allein. Niemand sonst hatte Anspruch auf ihn erhoben, weder durch einen Blick noch durch ein Wort.

Meistens war Freya hier ernst und still. Aaron kauerte sich auf den Balken und starrte gebannt und mit benebeltem Lächeln vor sich hin. Er stellte sich den Ort summend und geschäftig und blinkend vor – Männer, die mit ihren Rufen das Getöse der Maschinen zu übertönen versuchten, die Fabrik auf dem Höhepunkt ihrer Produktion und dann der Niedergang, bis der Besitzer sie verkaufte oder an gebrochenem Herzen starb, und der allmähliche Beginn des noch immer anhaltenden Verfalls des verlassenen Gebäudes. Manchmal starrte er nur auf die geborstenen Riemen, die verrosteten Radzähne und Messerteile, die auf dem Boden lagen, und ließ sich alles Mögliche durch den Kopf gehen.

Oder Freya deutete auf einen rostzerfressenen Gegenstand, der halb aus dem stehenden Wasser unter ihnen herausragte. »Schau!« Ihre Stimme war der Inbegriff des Staunens. »Hast du schon mal so was Altes gesehen?«

Aaron blickte stumm hin, und seine Gedanken nahmen behutsam die gleiche Richtung wie die ihren. Nichts auf der Welt war so alt wie dies hier.

»Kannst du dir vorstellen, wie es hier bei Schnee war?«, fragte Aaron einmal aufgeregt. »Die ganzen glänzenden Maschinen und Messer und draußen der Schnee?«

Zu anderen Zeiten kam der Ort ihnen furchtbar komisch vor. Die sichtbaren Beweise der Zerstörung durch Mensch und Natur brachte sie zum Kichern, wie es Kindern manchmal in der Kirche oder bei Beerdigungen passiert. So war es eines Nachmittags, als sie mit Tüten voll billiger Süßigkeiten kamen, die Aaron im Kaufladen gekauft hatte.

Er half ihr auf den Balken, und sie saßen da und kauten schmatzend die Zuckerherzen mit Botschaften, die Lakritzstangen und Toffeehütchen, deren braunes und gelbes Einwickelpapier im Wasser unter ihren Füßen schwamm.

»Komm, wir tanzen!«, sagte Freya.

Aaron ergriff sie an den Händen und wirbelte sie im Kreis, während er sich auf dem breiten Balken drehte.

Dann spürte Aaron, dass jemand da war. Er sah zum höher gelegenen Eingang und erkannte die Silhouette einer Gestalt. Er ließ Freya ausschwingen, bis sie an seinem Körper zum Halten kam; ihr leichtes Gewicht brachte ihn nicht ins Stolpern. Der Mann im Eingang war Pete McNary.

»Hallo!«, sagte Pete im Ton sprachloser Überraschung.

»Hallo!«, rief Aaron fast im gleichen Augenblick. Er ließ Freya los und lachte ein wenig, verlegen und verärgert. »Was machen Sie denn hier?«

Pete stand reglos da; sein Gesicht war im Schatten nicht zu erkennen. »Bin auf dem Heimweg. Und was machen Sie hier?«

Aaron konnte es noch nicht fassen, dass er da war, dass jemand imstande war, in diesen Ort hineinzuschauen und ihn und Freya dort zu sehen. »Ach, nichts Besonderes«, erwiderte Aaron, der noch immer lächelte. Er warf einen Blick auf Freya, die mit den Händen hinter dem Rücken auf dem Balken stand und in einer Haltung an der kaputten Mauer lehnte, die ihn daran erinnerte, wie sie an dem Nachmittag, als er sie zum ersten Mal gesehen hatte, am Baum gelehnt hatte.

»Ich habe Stimmen gehört und nicht gewusst, was hier los ist«, sagte Pete zur Erklärung, aber nicht ohne Selbstgerechtigkeit.

»Oh, hin und wieder kommen wir hierher«, sagte Aaron.

Pete sah Aaron an, der ihn mit ebenso festem Blick ansah. Keiner wusste etwas zu sagen. »Tja, ich muss weiter.«

Aaron lauschte den langsamen Schritten auf der Leiter. Er streckte die Hand aus, und Freya ergriff sie.

6

Auf Aarons unermüdliche Fragen erzählte Freya, sie sei zehn Jahre alt und nie zur Schule gegangen, weil sie ihrer Mutter helfe, die vom Waschen und Bügeln lebe. Doch Aaron hatte noch nie erlebt, dass sie ihn verlassen hätte, um ihrer Mutter zu helfen, oder dass sie sich außerhalb der Essens- und Schlafenszeiten zu Hause aufhielt. Nie stellte er sich Freyas Mutter bei der Arbeit mit anderer Leute Wäsche vor, und nie schien Freya irgendeinen Gedanken daran zu verschwenden. Beide waren viel zu sehr mit ihren eigenen Phantasiebildern beschäftigt, die alles, was Aaron in Filmen gefunden hatte, weit übertrafen. Freya ging nie mit ihm ins Kino, und er hatte aufgehört, sie zu fragen, weil er selbst kaum noch das Bedürfnis danach hatte.

Oft saßen sie auf dem Hügel, dort, wohin Aaron an

seinem ersten Abend gestiegen war und von wo man eine schöne Aussicht auf die Stadt hatte. Mit ein paar Sätzen konnten sie Clement für sich wiedererschaffen, wie es zur Revolutionszeit gewesen war oder damals, als Männer im Gehrock und Frauen mit Wespentaille es bewohnten und als die Messerfabrik solide und schöne Messer den Fluss hinunter verschickte. Und zweifellos besänftigten die Tagträume, die er mit Freya durchlebte und in denen sie die Geschicke von Leuten lenkten, die sie sich ausdachten, seine Gewissensbisse ob der eigenen Untätigkeit. Wohlgefühl lullte ihn ein auf dem sonnigen Hügel. Er betrachtete die paar Autos und Fußgänger auf dem Trevelyan Boulevard wie ein Marionettentheater und fühlte sich mit allem, was er sah, im Einklang. Züge pufften wie Spielzeugeisenbahnen in den Bahnhof und schienen von Güte und Vollkommenheit des Universums zu künden. Einige dieser Gedanken versuchte er Freya zu erklären, doch falls sie ihn verstand, ließ sie sich nichts davon anmerken, wie sie neben ihm saß und mit ausdrucksloser Miene auf die Stadt blickte.

Das Band zwischen ihnen war leichter als Luft. Es war ein Band der völligen individuellen und beiderseitigen Freiheit, denn keiner der beiden kannte die Bürde einer einzigen Pflicht oder Verpflichtung, nicht einmal dem anderen gegenüber. Und gleichzeitig gab es zwischen ihnen eine stillschweigende Übereinkunft, dass sie die Erwählten von Clement waren, dass alles, was sie sahen, nur zu ihrer Unterhaltung inszeniert wurde. Freude umstrahlte ihre Köpfe wie eine Gloriole, und dass sie darum wussten, verriet sich vielleicht nur in der arroganten Unschuld, mit der sie – ob allein oder zusammen – gingen und schauten.

7

»In letzter Zeit haben Sie die kleine Wolstenholme ganz schön oft gesehen, was?«

Aaron blinzelte. Er war gerade aus dem Bad gekommen und wäre fast im Flur mit ihr zusammengestoßen. »O ja«, sagte er offen und lächelnd. Er hatte Freya vor nicht ganz einer halben Stunde zuletzt gesehen. »Wir gehen oft miteinander spazieren.«

Mrs. Hopley nickte und betrachtete Aarons Gürtelschnalle, die mit dem Buchstaben B verziert war. »Kann natürlich alles völlig harmlos sein, aber es gibt welche, die sehen das anders.«

»Anders?« Die Seife flutschte ihm aus der Hand und rutschte zur Treppe.

»Richtig. Macht keinen guten Eindruck auf die Leute, wenn ein Mann sich mit so einem Kind abgibt.« Sie sagte es schnell.

Aaron war ein paar Stufen hinuntergestiegen, um die Seife zurückzuholen. Sie war staubig und ekelhaft anzufassen. Er pustete auf sie, öffnete den Waschlappen und legte sie hinein. Als er aufblickte, waren Mrs. Hopleys Augen groß und hässlich.

»Obwohl ich nicht wüsste, warum es die Leute kümmern sollte«, sagte sie verächtlich.

»Was?«

Mrs. Hopley sah ihn an. Dann blickte sie auf den Boden, als suchte sie nach den richtigen Worten. Erbittert, wie im Selbstgespräch, sagte sie: »Warum es die Leute kümmern sollte, was mit Gesindel wie den Wolstenholmes passiert!«

»Was?«

»Gesindel, jawohl. Den Vater hat's bei einer Kneipenschlägerei erwischt. Und die Mutter ist das gleiche Gesindel. Richtiges Lumpenpack, eine Schande für unsere Stadt.«

»Der Vater ist ums Leben gekommen? Hier in Clement?«

»In unserer Stadt gibt's keine Kneipen.«

Aaron schwieg.

»Ich nehme an, Sie suchen sich langsam eine Arbeit.«

Aarons kreisende Gedanken kamen plötzlich zum Stillstand, und all sein Denken konzentrierte sich auf sein Nichtstun. »Ja, bin damit beschäftigt.« Er fragte sich, ob er ihr alles noch einmal erklären solle, ob er ihr sagen solle, dass er sein ganzes Geld für genau diese Art von Urlaub gespart hatte.

»Dann würde ich an Ihrer Stelle bald anfangen.« Ihr Blick wanderte zur Treppe und schien sie hinter sich herzuziehen.

Aaron stand vor Scham- und Schuldgefühlen stocksteif da. Er würde sich auf der Stelle nach einer Arbeit umsehen.

8

»Morgen, Pete!«

Pete trat in seinen Laden und hantierte am Schlüsselbund.

Aaron öffnete den Mund, um seinen Gruß zu wiederholen, als ein Schock ihn durchfuhr. Pete hatte nichts erwidert. Natürlich hatte er ihn gehört, er musste ihn sogar gesehen haben. Pete hatte ihn geschnitten!

Aaron ging schnell am Friseurladen vorbei, bevor Pete Zeit hatte, sich umzudrehen und aus dem Schaufenster zu schauen. Eigentlich hatte er sich heute Morgen rasieren lassen wollen, bevor er auf Arbeitssuche ging. Aber wahrscheinlich war es ein Zufall, dachte er, während er langsam weiterging. Dennoch verstörte es ihn, denn er merkte, dass er nicht den Mut aufbrachte, den Friseurladen zu betreten.

Am liebsten hätte er den Rest des Morgens damit verbracht, auf den Straßen zu gehen, die er liebte, die Verärgerung über Mrs. Hopleys Bemerkungen zu lindern und sich Erklärungen für Petes Benehmen auszudenken, doch stattdessen machte er sich finster entschlossen auf den Weg zur Lederfabrik, weil sie der naheste Ort war, wo er vielleicht Arbeit bekommen konnte, und weil sie hässlich war und ihm nicht gefiel. Mrs. Hopleys Worte hatten weniger an sein Gewissen ob seiner Untätigkeit gerührt als in ihm die Furcht geweckt, die ganze Stadt könne ihn für einen Faulenzer halten, wenn er nicht bald eine Arbeit aufnahm. Was, wenn beispielsweise Pete seinen Gruß nicht erwidert hatte, weil er ihn für einen Taugenichts zu halten begann?

Der Vorarbeiter, der von einer Arbeit hereinkam, die seine Hände mit Öl verschmiert hatte, teilte Aaron mit, dass in der Fabrik momentan keine Stelle frei sei. »Und wenn Sie nicht als Packer arbeiten wollen, dann sind Spezialkenntnisse selbstverständlich Voraussetzung.«

»Ja, natürlich.«

Der Vorarbeiter sagte noch etwas und deutete irgendwohin, aber Aaron hörte ihm nicht zu. Er konnte nur auf sein Gesicht starren. Die entsetzliche Veränderung ihrer Beziehung von einer Grußbekanntschaft zum Verhältnis zwischen Arbeitssuchendem und Arbeitgeber hielt Aaron im Bann ihrer Folterqualen.

Als der Vorarbeiter schwieg, sagte Aaron: »Ich danke Ihnen sehr«, und floh den Abhang empor.

Er betrat die überdachte Brücke und ging zu einem der Fenster auf der fabrikabgewandten Seite. Er legte die Unterarme auf die Fensterbrüstung, senkte den Kopf und begann an seinen Daumennägeln zu knibbeln. Er versuchte sich in den denkbar kleinsten Winkel zu verkriechen.

In den letzten zwei Minuten, in dem Gespräch mit dem Vorarbeiter, hatte sich die Welt, in der er vier Wochen lang gelebt hatte, von Grund auf verändert. Die Beziehung zwischen der Stadt und ihm war plötzlich hässlich, lieblos, belastet. Er hatte das Gefühl eines unberührten Paradieses vertrieben. Er hatte nicht nur nach Arbeit gefragt, er war abgewiesen worden!

Als er so am Fenster kauerte, schien sich die Stadt plötzlich kalt und feindselig um ihn herum zu erheben. Er schauderte, als widerfahre ihm etwas Übernatürliches. Das vertraute Flussufer erschreckte ihn nicht weniger als der Kirchturm über den Bäumen oder der Stall, dessen Dach er soeben noch erkennen konnte und wo er so oft die Ziegen besucht hatte. Beim Anblick von Mrs. Coolidge, der Frau des Postmeisters, die die Brücke am anderen Ende betrat, verkroch er sich noch tiefer in das Fenster. Er fragte sich, ob sie ihn ansprechen würde. Er erinnerte sich, dass sie ihn letzten Sonntag in der Kirche angelächelt hatte. Fast jedermann lächelte ihn an, und wenn die Gemeinde sich zum Singen erhob, reichte man ihm ein geöffnetes Gesangbuch. War es möglich, dass dieses Lächeln vom ersten Tag an sarkastisch oder mitleidig gewesen war?

Aaron drehte sich abrupt um und zwang sich, mit einer Verbeugung zu sagen: »Guten Morgen, Mrs. Coolidge!«

»Guten Morgen!«, erwiderte sie mit erstaunter, brüchiger Stimme. Sie räusperte sich und ging schnellen Schritts weiter.

Aaron sah ihr nach, und eine Welle der Unsicherheit überkam ihn. Wie hatte sie das gemeint? Wie hatte sie dieses »Guten Morgen« gemeint? Er hielt sich an der Fensterbrüstung fest und musste sich zwingen, nicht hinter ihr herzulaufen und Antwort auf seine Fragen zu verlangen.

Mit gerunzelter Stirn starrte er vor sich hin und begann an seinen Nägeln zu zupfen. Er dachte an Mrs. Hopley, erinnerte sich an Pete vor der Ladentür und entsann sich, dass Mac am Abend zuvor einen distanzierten Eindruck gemacht hatte. Wally, der Weichensteller, hatte sich damit begnügt, ihm zuzuwinken. Er erinnerte sich an George Shmids lächelnden Mund, der ihn über Freya ausfragte. Er entsann sich mit einem Mal der schwindenden Aufrichtigkeit in den Stimmen der Leute und sogar mancher Situation, in der er möglicherweise geschnitten worden war und geglaubt hatte, man habe ihn nicht gesehen. Angenommen, die ganze Stadt verdächtigte ihn! Ihn und Freya! Denn selbstverständlich hatte jedermann in Clement ihn irgendwann mit ihr gesehen. Er versuchte sich zu erinnern, ob irgendjemand je Freya oder die Wolstenholmes erwähnt hatte. Waren sie so verkommen, dass niemand von ihnen sprach? Verdächtigte die Stadt ihn, oder tat sie es nicht? Und wenn ja, warum sagte man es ihm dann nicht ins Gesicht?

Hinter sich hörte er einen Knall wie von einem Schuss. Aaron drehte sich um und sah, dass ein Brett des Brückenbodens mit hohlem Klappern an seinen Platz zurückfiel und ein Wagen auf ihn zufuhr.

9

Die Erleichterung darüber, dass es sich nur um einen Wagen handelte, begleitete etwas wie ein Zerreißen in seinem Inneren und ein Nachlassen der Anspannung. Langsam und unbeteiligt formte sich in seinem Geist die Idee, seine Sachen zu holen und die Stadt zu verlassen.

Statt des Trevelyan Boulevard wählte er die stille Straße, die an den Bahngleisen und am Fluss entlangführte, um zur Pleasant Street zu gehen. Er kam an einem alten Mann und an einer jungen Frau vorbei, die er nicht kannte und die ihn nicht beachteten. Und obwohl beide Begegnungen ihn leicht zusammenzucken ließen, begann er mit den Armen zu schlenkern, und diese Geste der Zuversicht gab ihm beinahe den Seelenfrieden zurück.

Nur einen Häuserblock entfernt trat George Shmid von Mrs. Hopleys Gartenweg auf die Straße und ging in die andere Richtung. Der Anblick seines gedrungenen, unerträglich vertrauten Rückens genügte. Aaron begriff auf einmal, dass er niemandem, den er kannte, unter die Augen kommen wollte – weder Mrs. Hopley noch dem Packer oder sonst einem ihrer Untermieter. Und trotzdem war er gleichzeitig versucht, George nachzulaufen und ihm alles zu erklären, nicht um Freyas oder seinetwillen, sondern um der Stadt willen. Aber selbst dann – wie sollte er ändern können, was heute Vormittag mit der Stadt geschehen war? Und wie sollte er es erklären? Was gab es überhaupt zu erklären?

Seine Gedanken wurden von einem Gefühl überlagert, das er nicht sofort deuten konnte. Es kam ihm vor wie Schuldgefühle. Doch was hatte er sich zuschulden kommen lassen? Warum war er nicht gut genug gewesen? Was war der Makel an ihm, der alle seine Bemühungen, sich an die Stadt anzupassen, zum Scheitern verurteilt hatte? Dieser geheimnisvolle Makel schien weiter als bis nach New York zurückzureichen und sich seinem Zugriff zu entziehen, so dass er sich nie davon würde befreien können. Doch im nächsten Augenblick brach dieser nebulöse Gedankengang ab, und er schien den Schuldgefühlen und ihrer Ursache wieder hilflos ausgeliefert zu sein.

Er drehte sich um und ging mit unsicheren, hastigen Schritten zu der stillen Seitenstraße zurück, die bis fast zur Fabrik führte, bevor sie sich nach einer Biegung in nördliche Richtung am Fluss entlang von der Stadt entfernte.

Das Schmerzlichste war der Eindruck, dass es vielleicht nicht hätte sein müssen, der Eindruck der Zerstörung, die sein Fortgehen besiegelte. Bei jedem Schritt stürzte die Stadt mehr in sich zusammen – die Fassaden des Trevelyan Boulevard, Die heiße Kiste, all die schönen Bäume, die zwischen den Häusern standen, Mrs. Hopleys Haus und sein Zimmer, all die schönen Dinge, die er auf unerklärliche

Weise zerstört hatte. Und Freya, seine beste Freundin. Bei der Vorstellung, sie nie wiederzusehen, wackelte er wie ein Betrunkener mit dem Kopf. Der Fluss, die Bahngleise, die Männer, die mit langsam ausholenden Schritten den Hang neben der Fabrik hochstiegen, die Zwölf-Uhr-Sirene, die guten Mahlzeiten, die Macs Hände auf die Theke stellten, die Morgen in seinem großen Zimmer und die mit ihnen verbundene Freude am Dasein und das Gefühl des ewig Möglichen.

Er ging, bis vom Fluss nichts mehr zu sehen war, bis die Sonne ihren Stand verändert hatte, ohne zu wissen, wohin er ging, außer dass er der Stadt den Rücken kehrte. Seine Füße schlurften trübselig durch hohes Gras. Dann stolperte er und war zu müde, sich aufzurichten. Die Stille war eine Wohltat. Der Fluss, die Bahngleise, die Fassaden des Trevelyan Boulevard zogen als Bilder vor seinen Augen vorbei. Die grauhaarigen alten Männer, die Kirche und die Gesangbücher, die Eisenbahn, Freya, die Messerfabrik, die Knospe am Rosenstrauch, die Morgen des ewig Möglichen und des ewigen Nichts.

Als die Flotte im Hafen lag

Die Chloroformflasche in der Hand, betrachtete Geraldine den Mann, der auf der Hinterveranda schlief. Sie hörte das tiefe Einatmen und kurze Ausatmen, das pfeifend durch den Schnurrbart strich – so atmete er immer, wenn er nicht vor Mittag aufwachen würde. Er schlief, seit er am frühen Morgen heimgekommen war, und noch nie hatte ihn etwas auf die Beine gebracht, wenn er die ganze Nacht getrunken hatte. Jetzt war also der richtige Zeitpunkt.

Auf Seidenstrümpfen eilte sie in die Küche, zog die Schublade unter dem Küchenschrank auf und riss erst ein großes und dann ein zweites, kleineres Stück von einem alten, verschlissenen Handtuch. Sie faltete das große Stück zu einem Viereck zusammen, machte es, einer plötzlichen Eingebung folgend, an der Spüle nass und band es sich unter einigen Schwierigkeiten, weil ihre Hände begonnen hatten zu zittern, mit dem Stoffgürtel des Kleides, das sie gerade gebügelt hatte und nachher anziehen wollte, vor Mund und Nase. Dann nahm sie für alle Fälle den Klauenhammer aus der Werkzeugschublade und trat wieder auf die Hinterveranda. Sie stellte den Stuhl neben das Bett, setzte sich, zog den Korken aus der Flasche und tränkte den kleineren Stofffetzen mit Chloroform. Sie hielt das Tuch über seine

Brust und bewegte die Hand dann langsam aufwärts bis zu seiner Nase. Clark regte sich nicht. Trotzdem wirkte es, dachte sie – sie konnte es riechen, einen süßlichen, kränklichen Geruch wie von Grabblumen, wie der Tod selbst.

Hinter sich hörte sie das Jaulen, das Red Dog immer am Ende eines Gähnens von sich gab, und dann sein Ächzen, als er sich umdrehte, um sich einen kühleren Platz neben dem Haus zu suchen, und sie dachte: Alle glauben, das Chloroform ist für Red Dog, aber da liegt er nun, so lebendig wie die ganzen letzten vierzehn Jahre.

Clark bewegte den Kopf auf und ab, als wollte er ihr zustimmen, und ihre Hand, die so angespannt war wie ihr ganzer Körper, folgte seiner Nase, als wäre sie ein Teil von ihm. Eine Stimme in ihr schrie: Ich hätte nicht im Traum daran gedacht, so etwas zu tun, wenn es eine andere Möglichkeit gäbe, aber er lässt mich ja nicht mal aus dem Haus!

Und sie dachte an Mrs. Trelawneys beifälliges Nicken, als sie ihr gesagt hatte, sie werde Red Dog einschläfern, weil er mit seinem einzigen verbleibenden Reißzahn nach Fremden schnappe und niemand vor ihm sicher sei.

Prüfend betrachtete sie die pochende Ader an Clarks Schläfe. Es war eine gewundene grüne Linie an seinem Haaransatz, die sie immer an eine Karte des Mississippi erinnert hatte. Der Stofffetzen stieß leicht an Clarks Nase, und er wandte den Kopf zur Seite. Noch immer folgte ihre Hand seiner Nase, als könne sie sich nicht davon trennen – und vielleicht war es auch so. Doch die schwarzen Wimpern regten sich nicht, und ihr fiel ein, wie distinguiert sie ihn früher gefunden hatte, mit den Vertiefungen zu beiden Seiten seiner hohen, schmalen Stirn, dem widerspenstigen schwarzen Haarschopf und dem schwarzen Schnurrbart, der so groß war, dass er regelrecht altmodisch wirkte, der aber zu Clark passte, ebenso wie seine altmodischen, maßgeschneiderten Jacketts und die breiten Schuhe.

Sie warf einen Blick auf den grauen Wecker, der von seinem Platz auf dem Regal alles gesehen hatte – seit nun schon sieben Minuten. Wie lange dauerte so etwas? Sie öffnete die Flasche, goss noch mehr Chloroform auf den Lappen, bis sie es kühl auf der Handfläche spürte, und hielt ihn wieder unter Clarks Nase. Die Ader pochte noch immer, doch die Atemzüge waren kürzer und schwächer. Der Arm tat ihr weh, und sie sah durch die Fliegentür der Veranda und versuchte, an etwas anderes zu denken. Neben dem Kuhstall krähte ein Hahn, und ihr fiel eine Zeile aus einem Lied ein – »Ein neuer, heller Tag bricht an« –, und sie zählte zwanzig tickende Sekunden, eine für jedes Jahr ihres Lebens, und blickte wieder auf den Wecker, und nun waren es schon zwölf Minuten, und als sie wieder auf die Ader sah, pochte sie nicht mehr. Aber sie durfte sich davon nicht täuschen lassen, dachte sie, und musterte die Härchen in seinen Nasenlöchern, die sich nicht bewegten und sich vielleicht ohnehin nicht bewegen würden, aber sie konnte nichts hören. Sie stand auf, legte den Lappen nach kurzem Überlegen auf den schwarzen Schnurrbart und ließ ihn dort liegen. Sie starrte auf den Arm, der auf dem Laken lag, und auf die Hand, die sie immer so wohlgeformt gefunden hatte, obgleich sie so behaart war, und auf den goldenen Ring am kleinen Finger, der, wie Clark sagte, der Trauring seiner Mutter gewesen war – doch es war dieselbe linke Hand, die sie wieder und wieder geschlagen hatte, und wahrscheinlich hatte sie dabei auch den Ring gespürt. Sekundenlang stand sie so da, ohne zu wissen, warum, dann eilte sie in die Küche, riss sich die Schürze herunter und zog das Hauskleid aus.

Sie schlüpfte in das geblümte Sommerkleid, das sie absichtlich nicht oft getragen hatte, wenn Clark dabei war, weil es sie an ihre glücklichsten Tage in Mobile erinnerte, schüttelte die Rüschenärmel mit einer altvertrauten, beinahe schon vergessenen Schulterbewegung zurecht, mit der sie schon fast ihr früheres Ich zurückgewann, und rannte barfuß mit noch nicht ganz zugeknöpftem Kleid hinaus, um nachzusehen, ob der Lappen noch auf seinem Mund lag. Sicherheitshalber goss sie den Rest aus der Flasche darauf. Wirkte der Hammer jetzt nicht albern? Sie legte ihn zurück in die Schublade.

Jetzt war sie fertig angezogen, aber noch nicht geschminkt. Sie band sich das Tuch vor dem Gesicht ab und öffnete das Fenster ihres Zimmers so weit wie möglich. Vor dem Spiegel auf ihrem Frisiertisch trat sie einen Schritt zurück und musterte sich prüfend, beugte sich dann vor und zog den Schwung ihrer Oberlippe mit rotem Lippenstift nach, wie es ihr am besten gefiel, gab etwas Puder auf ihre Nase und verteilte ihn mit raschen Bewegungen in alle Richtungen. Ihre Wangen waren jetzt so rund, dass sie sich selbst kaum wiedererkannt hätte, aber sie fand sich nicht zu dick, sondern genau richtig. Immer noch besaß sie diese, wie alle sagten, einzigartige Mischung aus Verlockung und jugendlichem Schmelz, und wie viele Frauen konnten das von sich behaupten? Wie viele Frauen hatten schon einen Heiratsantrag vom Sohn des Pfarrers bekommen, wie sie damals in Montgomery, und anschließend das Leben geführt, das sie in Mobile gehabt hatte, als Schwarm der ganzen Flotte? Sie lachte ihrem Spiegelbild schelmisch zu, allerdings völlig lautlos – andererseits: Wer sollte sie schon hören? –, und schüttelte ihre dunkelblonden Locken auf, obwohl das gar nicht nötig war. Sie hatte die Locken heute Morgen, nachdem Clark nach Hause gekommen war, mit der Brennschere gelegt, und zwar geradezu perfekt, und dabei die ganze Zeit daran gedacht, was sie mit Clark machen würde. Hatte sie die Brennschere eigentlich eingepackt?

Sie zog ihren alten schwarzen Koffer hinter dem Vorhang unter der Spüle hervor und öffnete ihn – die Brennschere lag obenauf. Dann ging sie wieder ins Schlafzimmer, um ihre Handtasche zu holen. Die Zigaretten. Sie nahm das Päckchen Lucky Strike, das in der Küche neben der Seifenschale lag, und einen Augenblick lang bissen ihre etwas auseinander stehenden Zähne auf die Unterlippe, und sie hob die nachgezogenen Augenbrauen zu einem bebenden, bedauernden Stirnrunzeln, als sie ein letztes Mal die rote Zackenlitze betrachtete, die sie zur Verschönerung mit Reißnägeln an dem Regalbrett befestigt hatte und die Clark überhaupt nicht bemerkt hatte. Dann drehte sie sich um und ging über die Hinterveranda hinaus.

Red Dog winselte sie an, und sie stellte den Koffer ab und eilte mit dem leeren Futternapf zurück ins Haus. Sie nahm ein vertrocknetes Stück Maisbrot aus dem Brotkasten und krümelte es in den Napf, goss Bratfett aus der Pfanne darüber und gab mit rücksichtsloser Verschwendung auch noch den Rest des Fleischeintopfs dazu. Ob der Hund sich wohl wunderte, am hellen Vormittag ein solches Fressen zu bekommen? Red Dog wunderte sich so sehr, dass er sich erhob und mit dem alten roten Schwanz wedelte, der so dünn und ausgefranst war wie eine Hahnenfeder.

In ihren grauen, hochhackigen Schuhen aus Eidechsenleder hüpfte sie über die roten Pfützen auf dem Feldweg, der durch die westliche Wiese führte. In ihren besten Schuhen, die vorn und hinten offen und für eine Reise alles andere als praktisch waren, ihr aber ein so beschwingtes Gefühl gaben, war sie so glücklich wie ein junges Mädchen. Am Rand des Buschwerks drehte sie sich um und sah zurück zur Farm. Es war nicht die Tageszeit, die sie am liebsten mochte. Am besten gefiel ihr die Zeit kurz vor Sonnenuntergang oder kurz nach Sonnenaufgang, wenn die Sonne die Spitzen der Dinge beschien, wenn das flache Land mit leuchtend grünen Inselchen übersät war und die geraden Rücken der grasenden Kühe einen roten Schimmer hatten. Rot und grün wie ein Weihnachtsbaum, hatte sie vor vierzehn Monaten gesagt, als sie hierher gekommen war, um mit Clark in seinem Haus zu leben – das Land wirkte immer so kühl und frisch, als wäre eben erst ein kleiner Schauer vorübergezogen und die Sonne wieder hervorgekommen. Von jetzt an ist immer Weihnachten, Clark, hatte sie gesagt und sich gefühlt wie beim Happy End im Kino, und in einem neuerlichen, geradezu genießerischen Anflug von Selbstmitleid gruben sich ihre Zähne in die Unterlippe. Leb wohl, langgestrecktes braunes Haus, lebt wohl, Kuhstall und Hühnerstall und Klohäuschen!

Der Bus in Richtung Norden würde, wie sie wusste, erst in beinahe einer Stunde kommen, also überquerte sie die

Landstraße und ging in das Wäldchen bis zum Bach. Dort setzte sie sich hin und rieb mit einem angefeuchteten Papiertuch den roten Matsch von den Absätzen ihrer Schuhe. Der Rauch ihrer Zigarette hatte genau dieselbe Farbe wie das Spanische Moos und stieg so langsam und unentwegt auf, als säße sie irgendwo in einem hübschen Zimmer und unterhielte sich. Als sie ein Motorengeräusch hörte, sprang sie auf, doch es war nur der große Tankwagen aus Richtung New Orleans, aber dann schnurrte der Bus um die Kurve, und eigentlich hätte sie vorhin wissen sollen, dass es nur der Tankwagen war, denn nun hüpfte ihr Herz, als wäre alles Glück dieser Erde an Bord dieses Busses, und im Nu stand sie an der Landstraße und winkte. Wie oft hatte sie den Bus vorüberfahren sehen, ohne einsteigen zu können!

Doch nun stieg sie ein, und der Boden unter ihren Füßen schaukelte und vibrierte. Nach Norden.

»Wohin wollen Sie, Ma'am?«, fragte der Fahrer.

Beinahe hätte sie »Mobile« gesagt, doch sie lachte und sagte: »Birmingham.« Dort lebte ihre Schwester. »Aber vorerst möchte ich nur bis Alistaire.« Das war eine kleine Stadt im Norden von Louisiana, wo sie als Kind einmal mit ihren Eltern übernachtet hatte, und sie wollte auf dem Weg nach Birmingham ein paar Stunden Rast machen. Sie zahlte mit dem Zehndollarschein, den sie vorhin aus Clarks Tasche gezogen hatte. Außerdem hatte sie neun Dollar, gespart von dem Haushaltsgeld, das Clark ihr gegeben hatte, wenn er sie mit den Trelawneys nach Etienne Station hatte fahren lassen.

Der Bus war so voll, dass drei oder vier Leute stehen mussten, aber als sie durch den Mittelgang ging, stand ein junger Mann in einem Overall auf und bot ihr seinen Platz an. »Vielen Dank, Sir«, sagte sie.

»Nichts zu danken, Ma'am«, sagte der junge Mann und blieb neben ihr im Gang stehen.

Die Frau auf dem Platz neben ihr hatte einen schlafenden kleinen Jungen auf dem Schoß. Geraldine spürte das Gewicht seines Kopfes an ihrem Oberschenkel. Bald, dachte sie, würde sie die Frau nach ihrem Sohn fragen – sie wusste nur noch nicht, was. Sie lockerte den Kragen aus Pelzimitat – der dunkelblaue Fleck unter dem Arm des jungen Mannes erinnerte sie daran, dass es wirklich sehr warm war –, lehnte sich zurück und genoss die Fahrt. Sie lächelte dem jungen Mann zu, und er lächelte zurück, und sie dachte: Wie nett die Leute in diesem Bus sind, und wer mich ansieht, findet mich bestimmt genauso nett. Und was für ein Segen, dass Clark nicht dabei war, der ihr doch nur wieder vorgeworfen hätte, sie wolle mit dem jungen Mann im blauen Overall ins Bett gehen, bloß weil sie auf seinem Platz saß. Sie schüttelte missbilligend den Kopf. Eine Haarsträhne löste sich, und sie strich sie hinter das Ohr. Und außerdem hatte er ihr vorgehalten, Mr. Trelawney schöne Augen zu machen, wo doch jeder wusste, dass seine Frau ihre beste Freundin war und immer mitkam, wenn sie in die Stadt fuhren, und das waren die einzigen Gelegenheiten, bei denen sie ihn sah.

»Frauen, die mit zehn Männern schlafen, werden nie schwanger!«, dröhnte Clarks Stimme aus dem Klohäuschen, bevor er die Tür zuschlug, und Geraldine konnte nicht länger stillsitzen, lehnte sich zu ihrer Sitznachbarin hinüber und fragte: »Haben Sie viele Kinder?« Die Frau sah sie so lange und seltsam an, dass Geraldine beinahe unwillkürlich gelacht hätte, und schließlich antwortete sie: »Vier. Das reicht.«

Geraldine nickte und sah zu dem jungen Mann hoch, der sein Gewicht auf das andere Bein verlagerte und zu ihr herablächelte, wobei er rosiges Zahnfleisch und große, weiße Zähne entblößte. Ein Backenzahn fehlte. Jung, schüchtern und einsam, dachte Geraldine, und beinahe so nett wie die jungen Matrosen in Mobile, wenn auch nicht so gutaussehend wie die meisten von ihnen. Dennoch rückte sie ein wenig von ihm ab, denn sein Overall rieb auf eine Weise an ihrer Schulter, die ihr nicht gefiel – oder wurde sie jetzt schon genauso prüde wie Clark? O ja, wenn man sie fragte, könnte sie erzählen, was für eine prüde alte Jungfer Clark in Wirklichkeit war. Er erfüllte nicht mal seine ehelichen Pflichten. Nicht dass es ihr was ausmachte, doch sie hatte gehört, dass es viele Frauen gab, die deswegen die Scheidung einreichten. Und da hielt er *ihr* vor, dass sie keine Kinder bekam! Wo jeder in Etienne Parish wusste, wie seltsam Clark war. Als junger Mann hatte er im Gefängnis gesessen, weil er einen Geschäftspartner betrogen hatte, und vor gar nicht so langer Zeit hatten sie ihn nochmals eingelocht, weil er öffentlich gepredigt hatte – allerdings hatte er gepredigt wie besessen und einen Mann, der ihm widersprochen hatte, beinahe umgebracht. Geraldine schlug die Beine übereinander und zog den Rock ein Stück herunter.

Hier im Bus fühlte sie sich sicher und stark, als wäre sie im Innern eines Berges oder hellwach inmitten eines intensiven, nicht enden wollenden angenehmen Traumes. Sie könnte doch einfach weiterfahren, bis ihr Geld zu Ende

war, und dann irgendwo aussteigen und sich eine Arbeit suchen. Sie würde wieder ihren alten Namen annehmen – Geraldine Ann Lewis, schlicht und einfach – und eine kleine,
möblierte Wohnung mieten und sich jeden Abend etwas
kochen, vielleicht einmal die Woche ins Kino und sonntags
in die Kirche gehen und sehr vorsichtig sein, mit wem sie
sich anfreundete, besonders wenn es um Männer ging.

Der Kopf des kleinen Jungen drückte stärker gegen ihren
Schenkel, der Bus bog um eine Kurve, und sie sah, dass sie
sich einem Ort näherten. Aufgeregt dachte sie, dass sie ihn
nicht kannte, aber dann kannte sie ihn doch. Es war Dalton.

Und wenn irgendjemand sie fragen sollte, warum sie es
getan hatte, dachte sie, als sie mit ihrem Koffer durch den
Mittelgang ging, würde sie ihm die ganze Geschichte erzählen: Wie Clark ihr gesagt hatte, dass er sie liebe, wie er
sie gefragt hatte, ob sie seine Frau werden und in seinem
Haus in Etienne Station, nördlich von New Orleans, leben
wolle, wie sie gekocht und geputzt hatte und die allerbeste
Ehefrau gewesen war und wie sie im Lauf der Monate
gemerkt hatte, dass Clark sie in Wirklichkeit hasste und
nur geheiratet hatte, damit er ständig an ihr herummäkeln
konnte, und dass er sich – das sah sie jetzt ganz deutlich –
mit Absicht für eine Frau aus einem Haus wie dem Star
Hotel entschieden hatte, damit er ihr das ewig vorhalten
und auf sie herabsehen konnte. Sie stach die Strohhalme
durch das Loch im Deckel des Milchbechers.

»Sagen Sie eigentlich nie was?« Es war der junge Mann
in dem blauen Overall, der auf sie herabgrinste, und beim
schmeichelnden Klang seiner Stimme musste sie sofort an
den Mann denken, der sich zu ihr heruntergebeugt und

irgendetwas gesagt hatte, auf einem Weizenfeld, wo sie mit ihrem Vater gewesen war, um beim Dreschen zuzusehen, und dann an die Stimmen der Matrosen in Mobile, und Angst durchfuhr sie wie eine Nadel, ehe sie überlegen konnte, warum ihr auf einmal das Weizenfeld in den Sinn gekommen war, an das sie seit damals nie mehr gedacht hatte, und sie wandte sich ab und ließ die fünfzehn Cent auf dem Tresen liegen, ohne zu wissen, ob es ihre oder seine waren, und antwortete seltsam atemlos: »Ich kann jetzt nichts sagen!«

Erst mehrere Minuten nachdem der Bus sich wieder in Bewegung gesetzt hatte, merkte sie, dass der junge Mann nicht eingestiegen war. Wenn er eine Freundin in Dalton hatte, dann war sie hoffentlich nett. Vielleicht besuchte er aber auch nur seine Familie – wie kam sie eigentlich darauf, dass er in Dalton eine Freundin hatte? Würde sie aufhören, solche Sachen zu denken, wenn sie nur erst weit genug weg war von Clark? Clark ließ sie nicht mal mehr mit den Trelawneys nach Etienne Station fahren. Sie konnte von dem letzten Mal erzählen, dass sie mit ihnen gefahren war, als Clark sich zwei Tage lang irgendwo herumgetrieben hatte und nichts mehr zu essen im Haus gewesen war. Er hatte ihr die Einkaufstüten aus dem Arm geschlagen und sie wortlos geohrfeigt, rechts und links, immer wieder, bis sie schließlich über den Tüten zusammengebrochen war und geheult hatte, als wollte ihr das Herz brechen. Und die Narbe von seiner Gürtelschnalle sah man noch heute.

Ohne hinzusehen, rieb sie über die U-förmige Narbe auf ihrem Handrücken. Seit sie wieder eingestiegen war, hatte sie ihre Hände nicht ruhig halten können: Die langen

Hände mit den nach hinten gebogenen Fingern pressten die weichen Flächen abwechselnd gegen die Ecken ihrer Tasche, nur um sich dann an einer anderen Stelle niederzulassen, als versuchte sie, die richtige Pose für ein Foto zu finden. Ihre Schuhe aus Eidechsenleder standen aufrecht und ordentlich nebeneinander auf dem vibrierenden Boden.

Der nächste Halt war Alistaire. Bis auf den Namen konnte sie sich kaum an die Stadt erinnern, und vielleicht hatte sich Alistaire in den vergangenen zehn Jahren auch sehr verändert, doch der Name reichte – der Name und die Tatsache, dass sie in irgendwelchen Sommerferien hier eine glückliche, unbeschwerte Nacht mit ihrer Familie in einem Hotel verbracht hatte. Die Sonne war bereits untergegangen, und so beschloss sie, über Nacht hier zu bleiben und sich früh am nächsten Morgen auf die Socken zu machen, wie ihr Vater immer gesagt hatte, wenn sie mit dem Wagen unterwegs gewesen waren. »Wo werden wir denn *heute* übernachten, Papa?«, hatte sie oder ihre Schwester Gladys vom Rücksitz gefragt, neben sich die khakifarbenen Decken und den Picknickkorb und meist auch noch eine Wassermelone, alles so ordentlich verstaut, dass es regelrecht Spaß gemacht hatte, sich auf den kleinen freien Platz neben ihrer Schwester zu zwängen. Ihr Vater hatte dann gesagt: »Weiß der Himmel, Kleines« oder vielleicht: »Schätze, bis heute Abend sind wir bei Tante Doris, Gerry. Erinnerst du dich an Tante Doris?« Und das war fast so aufregend gewesen wie ein Hotel, denn meist hatte sie vergessen, wie das Haus ihrer Tante im Jahr zuvor ausgesehen hatte. Wie gern würde sie Clarks Haus in einem Jahr vergessen haben – doch sie wusste, dass das Gedächtnis, wenn man erst mal erwachsen war, anders funktionierte. Auch nach vierzehn Monaten erinnerte sie sich nur zu gut an das Star Hotel, an jede sechseckige Fliese des braunweißen Bodens der Eingangshalle, wo es immer nach Desinfektionsmittel gerochen hatte wie in einem Krankenhaus, und an den Anblick des erleuchteten Glassterns, der über dem Eingang gehangen hatte und den sie von ihrem Fenster aus hatte sehen können.

Unweit der Bushaltestelle entdeckte sie ein Haus mit einem Schild im Vorgarten: ›Zimmer zu vermieten‹ Obgleich die Frau anfangs etwas misstrauisch zu sein schien, weil Geraldine keinen Wagen hatte und nicht in Begleitung eines Mannes war – wieso machte es die Leute eigentlich misstrauisch, wenn man ohne Mann auftrat? –, hatte sie bald ein sauberes, sehr geschmackvoll eingerichtetes Zimmer zur Straße ganz für sich allein. Sie nahm ein Bad in dem Badezimmer am Ende des Flurs, tauchte den Waschlappen ein und ließ das Wasser liebkosend über Arme und Beine rinnen. Wie lange ist es her, dass ich dich ganz allein für mich gehabt hab?, dachte sie.

Sie zog das Nachthemd an und ging zu Bett, denn sie wollte noch im Dunkeln liegen und nachdenken. Wahrscheinlich würde es drei Tage dauern, bis man Clark fand, dachte sie. Er sollte zwar morgen seine Käse nach Etienne Station liefern, aber die Leute dort waren schon daran gewöhnt, dass er manchmal einen Tag später kam, wenn er mal wieder auf Sauftour war. Und da heute Donnerstag war, würden die Trelawneys, wenn überhaupt, wohl erst am Samstag vorbeischauen, wenn sie in die Stadt fuhren.

»Ich habe dich geheiratet, um dir zu helfen, aber du hast keine Wahrheit in dir. Du bist der Erste durch und durch verdorbene Mensch, dem ich je begegnet bin, und es ist mein ewiger Fluch, dass ich mit dir verheiratet bin!«

Rastlos spreizte sie unter der Decke die Beine und schloss sie wieder wie eine Schere. Das frisch gestärkte Laken grummelte leise wie ferner Donner. Sie drückte die Fingerspitzen fester gegen die Oberschenkel. Ihre Mutter in Montgomery hätte gesagt: »Na, Kleines, jetzt hast du ja doch ein bisschen zugenommen, was?« Geraldine drehte sich auf die Seite und ließ ein paar Tränen über den Nasenrücken auf das Kopfkissen rinnen, denn ihre Mutter war jetzt beinahe ein Jahr tot. Der Wind seufzte und hob die Säume der Vorhänge an, so dass sie nach ihr zu greifen schienen, und ließ sie wieder los, so dass sie wirbelten wie zwei Capes. Sie weinte noch ein paar Tränen, als sie an die Wohnung dachte, in der sie und Marianne in Mobile gewohnt hatten, und daran, wie jung und glücklich sie dort gewesen waren, als die Flotte in den Hafen eingelaufen war. Ach, von Mobile würde sie ihnen auch erzählen, wenn sie sie danach fragten – es gab nichts, wofür sie sich schämen müsste. Die Leute, die die Gesetze machten, und die Polizisten, die Geld damit verdienten – das waren diejenigen, die sich schämen müssten.

Sie würde ihnen allerdings nicht von Doug erzählen, denn schließlich war es nicht sein Fehler gewesen. Sie würde sagen, dass sie zufällig im Star Hotel gelandet war, als sie nicht gewusst hatte, wohin sie gehen sollte, und das stimmte ja auch. Sie sah sich, wie sie die Geschichte einem ehrwürdigen Richter mit grauem Haar erzählte und ihn bat, selbst zu beurteilen, was sie denn eigentlich hätte tun sollen – bis zu diesem Augenblick, da sie in einem fremden Bett lag –, und sie hörte, wie er ihr versicherte, ihr sei gar nichts anderes übrig geblieben. Sie war mit ihrer Freundin Marianne von Montgomery nach Mobile gekommen, um nach der Highschool in einer Fabrik zu arbeiten, doch sie hatten sich ihr Geld als Kellnerinnen verdienen müssen, bis es wieder Jobs in den Fabriken gab. Sie und Marianne hatten sich eine kleine Wohnung geteilt, und sie hatte ihrer Mutter jede Woche fünfzehn Dollar schicken können, und sie waren noch gar nicht lange da gewesen, als die Flotte eingelaufen war. Eigentlich nicht die Flotte, sondern bloß ein paar Kreuzer und ein Zerstörer, die repariert werden sollten, aber die ganze Stadt war plötzlich voller Matrosen und Offiziere, Tag und Nacht war überall etwas los, und jeden Morgen um Viertel vor sechs weckte Marianne sie mit dem Ruf: »Aus den Federn, Süße, die Flotte liegt im Hafen!«, was sich jetzt, da sie erwachsen war, vielleicht albern anhörte, aber damals, mit achtzehn und frei wie ein Vogel, war sie aus dem Bett gesprungen und hatte gelacht und sich großartig und voller Energie gefühlt, ganz gleich, wie müde sie in Wirklichkeit gewesen war.

Dann hatten sie und Marianne sich in aller Eile ihre Kellnerinnenuniformen angezogen und waren, ohne auch nur einen Kaffee zu trinken, zum Restaurant gegangen, durch Straßen, die sogar zu dieser frühen Stunde voller Matrosen gewesen waren – manche waren gerade erst aufgestanden, andere hatten die Nacht durchgemacht und waren vielleicht betrunken, aber alles in allem fand Geraldine, dass es die nettesten und saubersten jungen Männer waren, die sie je gesehen hatte. Im Restaurant saßen immer ein paar Matrosen, die frühstücken wollten, und sie und Marianne erzählten ihnen, dass sie in fünf Wochen in der Fabrik für Marineproviant anfangen würden, und die Matrosen wollten sich meist mit ihnen verabreden, und wenn sie besonders nett aussahen, sagten sie und Marianne ja.

Dann heiratete Marianne einen Marineunteroffizier und zog aus der Wohnung aus. Drei Wochen zuvor hatte Geraldine Doug Ellison, einen Schiffsapotheker aus Connecticut, kennengelernt. Sie wollten ebenfalls heiraten, wenn sie sich absolut sicher waren, dass sie einander liebten. Eine Wohnung hatten sie noch nicht gefunden, und so hatte Doug ihr ein Zimmer im Star Hotel besorgt und für eine Woche im Voraus bezahlt. Und er hatte auch ein paar Nächte bei ihr verbracht – der erste Mann, dem sie das erlaubt hatte, ganz gleich, wie die anderen jungen Frauen in Mobile, einschließlich Marianne, es damit hielten. Am Ende der Woche war sein Schiff ausgelaufen, aber er würde in einem Monat zurück sein, und dann wollten sie heiraten.

Das war auch der Monat, in dem sie einen Job in der Fabrik für Marineproviant bekommen sollte, aber es war dann doch nichts frei. Und dann – ein Unglück kam eben selten allein – verlor sie die Stelle im Restaurant, weil die Frau, die vorher dort gearbeitet hatte, von der Fabrik für Marineproviant zurückkam, so sagte man ihr jedenfalls, denn dort wurde niemand mehr eingestellt, sondern es wurden vielmehr Leute entlassen. Und plötzlich gab es so viele Arbeitslose, dass man nicht mal mehr für drei Mahlzeiten am Tag einen Job als Tellerwäscherin kriegen konnte.

Sie wollte nach Montgomery zurückgehen, doch dann

sagten sie, sie könnten ihren Koffer erst in ein paar Tagen aus dem Keller holen, und dann verdoppelten sie einfach den Preis, so dass sie nicht imstande war, das Zimmer zu bezahlen, und als sie drohte, zur Polizei zu gehen, sagten sie ihr, die werde sie ins Gefängnis stecken. Sie wollte trotzdem zur Polizei gehen, aber der Portier hielt sie auf. Ob sie denn nicht wisse, dass das Star Hotel eines von diesen Häusern sei, fragte er sie. Oh, sie wusste, dass im Star Hotel so einiges passierte – was sollte man denn auch erwarten: Das Hotel lag direkt am Hafen, und da lag die Flotte –, aber sie hatte nicht gewusst, dass es ein gewöhnliches Bordell war. Und plötzlich war sie von fremden Männern umgeben, die allesamt ganz selbstverständlich anzunehmen schienen, dass sie eine von diesen Frauen war, und lachten, als sie sagte, Doug Ellison sei ihr Verlobter. Sie sagten ihr, sie solle ruhig zur Polizei gehen – dann werde sie für zehn Jahre im Gefängnis landen, und daraufhin bekam sie große Angst. Ein paar der anderen Frauen sagten, ihnen sei es ebenso ergangen, aber jetzt mache es ihnen nichts mehr aus, denn draußen gebe es ja sowieso keine Jobs und das hier sei leichter als so manche andere Arbeit, worauf sie das bisschen Mittagessen, das sie gerade gegessen hatte, wieder von sich gab. Sie konnte nichts essen und kaum schlafen, und sie schickten ihr Matrosen aufs Zimmer, als wollte sie nach Doug Ellison noch irgendetwas mit denen zu tun haben. Aber von Doug kam nie ein Brief. Das wusste sie, weil Connie, eine der anderen Frauen, ihr versprochen hatte, dafür zu sorgen, dass sie ihn bekam, falls er eintraf. Sie überwachten die Post der Frauen, besonders die Briefe, die sie schrieben, und Geraldine musste ihrer Mutter schreiben, dass sie noch immer in Carter's Restaurant arbeite und es ihr sehr gut gehe. Sie hoffte, dass ihre Mutter zwischen den Zeilen lesen würde, aber ihr Krebs wurde immer schlimmer, und sie merkte nie etwas. Die Matrosen, die ins Star Hotel kamen, machten, selbst wenn sie ganz nett aussahen, dass Geraldine ganz übel wurde bei dem Gedanken daran, wie fröhlich sie gewesen war, wenn sie Mariannes Weckruf gehört hatte, und noch übler wurde ihr, wenn sie daran dachte, dass sie jemals vorgehabt hatte, ihren Enkelkindern Geschichten von der aufregendsten Zeit ihres Lebens zu erzählen, Geschichten, die mit den Worten begannen: »Als die Flotte im Hafen von Mobile lag, war ich gerade achtzehn …«

Und wenn irgendjemand den ersten Stein auf sie werfen wollte, weil sie schließlich nachgegeben hatte, würde sie erzählen, wie sie immer weniger zu essen bekommen hatte und wie die anderen Frauen, auch Connie Stegman, ihr geraten hatten, sich nicht weiter zu wehren und lieber ein bisschen Geld auf die Seite zu schaffen, denn für die sei ihr Leben keinen Pfifferling wert. Doch als sie herausfanden, dass sie Geld versteckte, kamen sie und fanden es und nahmen es ihr weg, denn wenn es um Bestechung ging, trauten sie nicht mal ihrem eigenen Portier. Sie drohte damit, sich umzubringen, und meinte es ernst, und da wurde sie mit zwei anderen Frauen in einem Wagen nach Chattanooga verfrachtet, zu einem Hotel, das einem Teilhaber des Star Hotel gehörte. Und wer das nicht glaubte, konnte ja nach Chattanooga fahren und sich das Blackstone Hotel mal ansehen. Sie konnten hineingehen und sich umsehen. Im Blackstone ging es ihr so schlecht, dass man sie schließlich

zurückschickte ins Star Hotel. So funktionierte das nämlich: Es gab ein Syndikat, das im ganzen Süden operierte,
und man schickte die Frauen dorthin, wo die Nachfrage
gerade am größten war, und wenn man den Verdacht hatte,
dass eine der Frauen fliehen wollte, brachte man sie irgendwohin, wo sie keine Menschenseele kannte.

Als es an der Tür klopfte, fuhr Geraldine hoch.

»Haben Sie alles, was Sie brauchen?«, fragte die Wirtin
mit dünner, hoher Stimme.

»Ja.« Sie rang nach Luft, und ihr Herz pochte wie wild.
»Danke.«

»Im Krug auf der Kommode ist Eiswasser. Hoffentlich
haben Sie noch nicht geschlafen – ich habe kein Licht gesehen.«

»Nein, ich habe noch nicht geschlafen«, sagte Geraldine,
und auf ihrem Gesicht breitete sich ein Lächeln aus.

»Ist ja noch sehr früh«, sagte die Frau freundlich, und es
klang, als hätte sie sich bereits abgewandt.

»Ja, das stimmt.« Geraldine wünschte, ihr fiele etwas
Netteres ein. »Gute Nacht«, rief sie und legte sich, noch
immer lächelnd, wieder hin.

Und dann Clark. Sie würde ihnen von Clarks ersten vier
Besuchen im Star Hotel erzählen, sie würde jedes seiner
Worte wiederholen und sie selbst urteilen lassen. Sie sah ihn
noch immer vor sich, wie er zum ersten Mal in ihr Zimmer
getreten war: ein wirklich stattlicher Mann, groß und stark,
mit buschigen schwarzen Augenbrauen und einem dichten
schwarzen Schnurrbart. Er trug die lange dunkle Jacke und
die breiten Stiefel, in die er die Hosenbeine gesteckt hatte,
und sie fand gleich, dass er wie eine Art Staatsmann aussah

oder wie ein Schauspieler aus der Zeit des Bürgerkriegs. Er war ruhig und formell, sprach wenig und sah sie die ganze Zeit kaum an, erst ganz zum Schluss, als er schon an der Tür war, und sie erinnerte sich noch genau an diesen Blick, denn er hatte ihr Angst gemacht. Wenn sie doch nur auf ihren Instinkt gehört hätte! Er hatte sich, die Hand auf dem Türgriff, umgedreht und sich über seine Schulter nach ihr umgesehen, als hätte er etwas vergessen oder als wollte er sich ihr Gesicht einprägen, weil er sie hasste. Sie hatte ihn ganz und gar nicht gemocht, und als er ein paar Tage später ein zweites Mal gekommen war, hatte sie ihm schon sagen wollen, er solle gehen, doch er hatte sich nur gesetzt und sich eine Zigarre angesteckt und angefangen zu reden. Er hatte alles über sie wissen wollen: Wie alt sie war und wie sie dort gelandet war, und obgleich seine braunen Augen eigentlich ganz freundlich geblickt hatten – fast väterlich, sofern es kein Sakrileg war, das zu sagen –, war ihr seine bloße Neugier unangenehm gewesen, und sie hatte nicht viel gesagt.

Dann, beim dritten Mal, hatte er ihr Pralinen mitgebracht und beim vierten Mal Blumen, die er ihr mit einer Verbeugung überreicht hatte, und beim fünften Mal hatte sie ihm die ganze Geschichte erzählt und, als er sich neben sie gesetzt hatte, an seiner Schulter geweint, denn sie hatte niemals jemandem so viel erzählt, nicht einmal Connie Stegman. »Was würdest du sagen, wenn ich dich bitten würde, meine Frau zu werden?«, hatte er sie ganz unvermittelt gefragt. »Überleg es dir bis zum nächsten Mal. In einer Woche komme ich wieder.« Sie hatte ihm nicht geglaubt, aber natürlich hatte sie darüber nachgedacht, über die Farm im Flachland nördlich von New Orleans, die er ihr beschrieben hatte, und die teuren Käse, mit deren Herstellung er seinen Lebensunterhalt verdiente, und die Entenlocker aus Holz, die er an Jäger im ganzen Land verschickte – kleine Holzschachteln mit einem Deckel, der beim Öffnen ein Geräusch wie eine Ente machte; er hatte mal eine mitgebracht, um sie ihr zu zeigen –, und sie hatte gedacht, dass er ein ganz besonderer Farmer war, nicht einfach irgendein Bauer, sondern ein kultivierter Gentleman. Und die anderen Frauen im Hotel hatten gesagt, sie habe großes Glück, denn Clark Reeder sei ein guter Mann, auch wenn er schon über vierzig und ein bisschen altmodisch sei, und Margaret, die Hoteldirektorin, hatte ihr erzählt, schon viele Frauen hätten auf diese Art einen Mann gefunden und oft kämen diese Männer zu ihr und sagten ihr, was für gute Ehefrauen sie seien. Also hatte sie daran gedacht, wie es wäre, die Hausherrin in einem solchen Farmhaus zu sein, wie sie es tadellos in Ordnung halten und immer etwas Gutes in der Speisekammer haben würde, aber hauptsächlich hatte sie natürlich daran gedacht, wie es sein würde, wieder frei zu sein, und als er das nächste Mal gekommen war, hatte sie ja gesagt. Und wie ein Vogel, den man aus dem Käfig gelassen hat, war sie anfangs vor Glück fast gestorben und hatte nicht einmal, wie Clark vorgeschlagen hatte, auf die Hochzeitsreise gehen, sondern gleich einziehen wollen. Sie hatte gekocht und genäht und jeden Quadratzentimeter des Hauses geputzt, und zwar von Herzen gern. Aber warum das alles erzählen, wenn es ja doch niemand verstand? Oder erzählen, wie gut es gewesen war, einfach wieder wie ein menschliches Wesen behandelt zu werden, zum Beispiel, als Clark zu Mr. Trelawney gesagt hatte: »Herbert, darf ich dir meine Frau vorstellen?«, und sie an der Hand geführt hatte, als wäre sie eine Königin.

Sie pumpte Wasser an der Hintertreppe, und mit der Pumpe war irgendetwas nicht in Ordnung, denn sie machte immer Bumm-Tsching-Bumm, wenn das Wasser in den Eimer spritzte, der aber trotzdem nicht voll wurde, und sogar Red Dog sah verwundert auf. Dann schlug sie die Augen auf und stellte fest, dass das Geräusch von draußen kam: eine Marschkapelle! Entweder eine Parade oder ein Zirkus, dachte sie und sprang so froh aus dem Bett wie damals, als Marianne sie geweckt hatte. Die Musik spielte in einem Park ein paar Blocks weiter, und Geraldine sah viele bunte Lichter. Sie wirbelte herum und zog das Nachthemd über den Kopf.

Clark!

Er lag wohl noch immer auf der hinteren Veranda, das Stück Stoff auf dem Schnurrbart, sofern der Wind es nicht heruntergeweht hatte. Sie schlüpfte in den Strumpfhalter. Na gut, so war es nun mal. Manches war eben unumgänglich, so wie man Tiere tötete, um zu essen, und Gitterstäbe durchsägte, um sich aus einem Gefängnis zu befreien. Und Clarks Haus war ein Gefängnis gewesen, so schlimm wie das Star Hotel, nur dass er sie nicht angerührt hatte, mit der Begründung, sie sei ihm zu schmutzig. Clark behauptete von sich, er sei ihr Erlöser und sie quäle ihn. Dabei hatte es doch gar keinen Sinn, nicht nur sie zu quälen, sondern auch sich selbst, oder? Sie zog mit dem Lippenstift die Bögen der Oberlippe nach. Clark sagte immer, so sehe sie aus wie eine Hure, aber sie fand, dass ihr Mund damit besser zur

Geltung kam. Dann kämmte sie das, was von den Locken noch übrig war, zu einer Bobfrisur. Sie nahm die Handtasche und trat in den Flur, hielt jedoch inne, ging zurück und steckte alles Geld bis auf einen Dollar in die Tasche des Mantels im Schrank.

Als sie auf dem Bürgersteig stand, konnte sie ein gestreiftes Zeltdach und etwas wie ein mit bunten Lichtern geschmücktes und sich drehendes Riesenrad sehen. Sie hörte die Lautsprecherstimme eines Mannes, und zwischen den Bumm-Tsching-Bumm, die noch lauter waren als zuvor, spielte die Kapelle ein Stück, das sie zu ihrer Freude als »Stars and Stripes Forever« erkannte. Sie sah auf den Boden und konzentrierte sich darauf, auf ihren hohen Absätzen ungelenk die dunkle Straße zu überqueren. Ihr Herz klopfte wie verrückt, und sie musste innehalten und verschnaufen, bevor sie auch nur einen Schritt weitergehen konnte. Und dabei war es, wie das Banner über dem Zelteingang verriet, bloß eine kirchliche Veranstaltung. WOHLTÄTIGKEITSABEND DER ERSTEN METHODISTISCHEN GEMEINDE stand da.

»Eintritt nur fünfundzwanzig Cents!«, dröhnte die Stimme aus dem Lautsprecher. »Aber wer wirklich in das himmlische Königreich eintreten will, sollte noch fünfundzwanzig Cent drauflegen!«

Geraldine schob das Geld durch das hohe Schalterfenster: »Ich zahle fünfzig Cents.«

»Für eine?«, dröhnte eine Stimme.

»Für eine.«

Kaum war sie eingetreten, da verstummte die Musik, und Geraldine sah, dass es gar keine Marschkapelle gab. Die

Musik kam vom Karussell, in dessen Mitte eine Trommel- und Zimbelmaschine stand. Ein letztes Bumm-Tsching verklang, und Geraldine starrte auf die noch immer auf und ab hüpfenden Pferde auf der Plattform, die ein dumpfes Geräusch machte. Es klang wie Rollschuhe auf einer Holzbahn, und Geraldine fand es aus irgendeinem Grund sehr erregend. Das Dach des Karussells sah aus wie eine Krone mit goldenen Zacken, und jeder davon war mit einem Edelstein in Form einer blauen oder roten Glühbirne verziert. Plötzlich rang sie nach Luft, und Tränen traten ihr in die Augen und ließen alles verschwimmen: Sie war schon einmal hier gewesen, sie war als Kind auf diesem Karussell gefahren, damals, als sie mit ihrer Familie in diesem Städtchen gewesen war. Vielleicht hatte sie sogar im selben Haus übernachtet. Da war das Riesenrad unter den Bäumen und dort der mit Steinen eingefasste Parkplatz, wo der große Wagen ihres Vaters gestanden hatte, da war die Bude, wo rosafarbene Zuckerwatte verkauft wurde, und dort der große Eisstand mit der offenen Veranda ringsherum, der aussah wie ein Sommerhaus – und alles sah genauso aus wie vor so langer Zeit, an jenem Abend, an den sie sich nur dunkel erinnerte. Innerlich lachte sie über sich selbst und beeilte sich, eine Karte für das Karussell zu kaufen.

Als sie in das gleißende Licht auf der Plattform trat, kam sie sich regelrecht nackt vor, aber es stiegen so viele andere Erwachsene zu – einige waren wie sie vielleicht zum ersten Mal seit vielen Jahren wieder hier –, dass sie ihre Befangenheit vergaß und zwischen den vielen vernickelten Stangen hindurch zu dem rosafarbenen Pferd ging, das sie sich ausgesucht hatte. Das Bumm-Tsching-Bumm setzte mit ohrenbetäubendem Getöse wieder ein, gefolgt von einer Musik, so laut, dass Geraldine sie nicht erkennen konnte und lachen musste, und dann bewegte sich das rosafarbene Pferd langsam auf und ab. Als sie sanft abwärts glitt, schloss sie die Augen und überließ sich dem immer schnelleren Rhythmus. Sie spürte, dass die Fliehkraft sie nach außen zog, und musste sich mit beiden Händen festhalten. Sie hätte weinen mögen, so glücklich war sie. Wie kam es nur, fragte sie sich, dass diese laute Musik und die Stange, die man mit den Händen umklammerte, und das wiegende Auf und Ab so über die Maßen schön waren? Es schnürte ihr den Hals zu, und sie öffnete die Augen und sah verschwommen schwarze Bäume, verwischte Lichtpunkte, ein paar Gestalten, die am Rand der Dunkelheit standen und lächelnd zu ihr aufsahen. Wo waren ihre Eltern? Sie wollte ihnen zuwinken. Doch dann zog sie die Schultern hoch wie unter einem Schlag, und Tränen strömten über ihre Wangen, denn sie sah jetzt, was so wundervoll war: Ein Kind zu sein, dessen Eltern winkten und ihm zuriefen, es solle sich gut festhalten, im kurzen Kleidchen auf dem Pferd zu sitzen und in nicht einmal einer Stunde zu Bett gebracht zu werden, so klein zu sein, dass die Zehen nicht bis zum Fußende des Betts reichten, und morgen früh aufzustehen und hinten im Wagen zu sitzen und zu fragen: »Wo werden wir denn *heute* übernachten, Papa?« – und all das, all das war jetzt für immer vorbei. Es war eine Tragödie, zu groß für Tränen. Sie spürte, wie ihr Gesicht sich verzog, und wandte den Blick von den Zuschauern ab und betrachtete stattdessen die Bilder in der Mitte des Karussells – Landschaftsszenen, die »Ein Schweizer Chalet«, »Pike's Peak«, »Venedig« zeigten –, und sie dachte schnell daran, wie sie ihnen, sollten sie danach fragen, erklären würde, dass Clark ihr immer ekelhaftere Praktiken vorgeworfen hatte, die schlimmsten, die er sich nur ausdenken konnte, und dass er unter irgendwelchen Vorwänden Männer mit nach Hause gebracht hatte, nur damit er ihr nachher wieder etwas vorwerfen konnte.

»Alles in Ordnung?«, fragte der Mann auf dem Pferd neben ihr, und Geraldine merkte, dass sie mit einem wahrscheinlich ziemlich eigenartigen Gesichtsausdruck in seine Richtung gestarrt hatte, und sagte mit einem schnellen Lächeln: »Oh, ja, ja, danke.«

Sie hob wieder den Kopf und sah hierhin und dorthin, als wäre sie noch nie im Leben so fröhlich gewesen. Ein junger Mann in einem grauen Anzug winkte ihr von der anderen Seite des Karussells zu, und beinahe hätte sie zurückgewinkt, denn sie dachte, sie müsse ihn kennen, aber sie kannte ihn nicht. Vielleicht winkte er auch gar nicht ihr zu, doch dann merkte sie, dass er sehr wohl sie meinte und dass sie ihn tatsächlich kannte. Sie hatte ihn in der Highschool kennengelernt. Er hieß Franky McSoundso, das wusste sie noch.

Er winkte abermals, und diesmal winkte sie zaghaft und scheu zurück, als wollte sie vor sich bloß etwas aus der Luft wischen, und als sein Lächeln breiter wurde, sah sie die beiden Falten in seinen schmalen Wangen. Seine klaren braunen Augen wichen ihrem Blick nicht wie früher verlegen aus, sondern erwiderten ihn geradeheraus. Franky hatte sich gemacht! Offenbar wollte er sich mit ihr unterhalten, und vielleicht würden sie ein Soda im Eissalon trinken und ihre alte Bekanntschaft auffrischen, und vielleicht würde Franky sich wie in einem Märchen aufs Neue in sie verlieben. Damals war er eine Zeitlang in sie verknallt gewesen, aber weil er ein so schüchterner Junge gewesen war, der sie nur von ferne bewundert hatte, war nichts daraus geworden. Na ja, inzwischen wusste sie, wie man Männern die Befangenheit nahm.

Als das Karussell die Fahrt verlangsamte, sah sie, dass Franky abstieg, und ihr fiel auf, wie groß er war und wie gut er mit Kragen und Krawatte aussah. Auch sie stieg von ihrem Pferd. Die Plattform machte das dumpfe Geräusch, das an eine Rollschuhbahn erinnerte, und drehte sich immer langsamer, und einen eigenartigen Augenblick lang fühlte sie sich plötzlich so traurig und melancholisch wie im Herbst, so traurig wie nur je in ihrem Leben. Sie musste sich zwingen zu lächeln, als sie die Stufen hinunter auf Franky zuging, der die Hand nach ihr ausstreckte.

»Ger-, Geraldine, stimmt's?«, sagte er, und sie musste lachen, denn es klang noch genauso schüchtern wie damals.

»Ja. Und du bist Franky, nicht?«

Er nickte lächelnd und reichte ihr die Hand.

»Wie ist das Leben in Montgomery?«, fragte sie.

»Ach, ganz gut. Und was hast du so getrieben?«

»Ich hab eine Weile in Mobile gearbeitet. Ich war in Mobile, als die Flotte dort im Hafen lag. Das haben wir jedenfalls immer gesagt, obwohl es gar nicht stimmte – es waren bloß ein paar Kreuzer und ein Zerstörer, die dort repariert wurden, aber es war trotzdem eine sehr schöne Zeit.« Sie legte den Kopf in den Nacken und schwang die Hand, die

Franky hielt. Er hatte eine kleine Narbe auf der Nase, und sie dachte an die Narbe auf ihrem Handrücken und fragte ihn nicht danach; obwohl sie noch so jung waren, hatte das Leben sie bereits gezeichnet.

»Zigarette?«

»Noch immer so schüchtern, Franky?« Das war ihr so herausgerutscht, denn ihr schien, dass seine Hand zitterte, als er ihr Feuer gab. Ihre eigene Hand zitterte allerdings ebenfalls.

Franky lächelte. »Möchtest du etwas Kühles trinken, Geraldine?«

»O ja, sehr gern.«

Sie traten auf die offene Veranda des Eissalons und setzten sich an einen der Tische. Franky sah schüchtern an ihr vorbei, und sie glaubte, er habe jemandem zugenickt, und drehte sich um, doch da war nur der Kellner, der zu ihrem Tisch kam. Sie bestellten zwei Schoko-Vanille-Sodas.

»Lebst du jetzt hier?«, fragte Franky.

»Nein, ich bin nur auf der Durchreise. Aber es gefällt mir so sehr«, fügte sie eilig hinzu, »dass ich gern hier leben würde. Stell dir vor: Als ich heute Abend in diesen Park gegangen bin, fiel mir plötzlich ein, dass ich als kleines Mädchen schon mal hier war. Lange bevor ich dich kannte.« Sie lachte. »Und du? Lebst du hier?«

»Mh-hm«, antwortete er mit einem Nicken und wirkte noch immer so steif und verlegen, dass Geraldine lächeln musste.

Sie sagte nichts und betrachtete das Geißblatt, das an den Pfosten emporrankte.

»Du hast in – «

»Was?«, fragte Geraldine.

»Du hast in einer kleinen Stadt nördlich von New Orleans gelebt, stimmt's?«

Er hatte sich sogar die Mühe gemacht, sich bei ihrer Mutter nach ihr zu erkundigen! »Stimmt«, sagte sie und sah zu dem Mann im dunklen Anzug auf, der neben ihr stand. Rechts von ihr, zwischen ihrem Stuhl und dem Geländer, stand ebenfalls ein Mann. Sie sah Franky mit einem verwirrten Lächeln an.

Franky sagte: »Das sind Freunde von mir, Geraldine. Du kommst doch mit uns, oder?« Er stand auf.

»Aber ich hab mein Soda noch gar nicht –« Der Mann zu ihrer Linken nahm ihren Arm. Sie sah Franky an, dessen Mund jetzt ein dünner Strich war. So kannte sie ihn gar nicht. Auch der andere Mann nahm ihren Arm. Franky unternahm nichts, um ihr zu helfen, ja er sah sie nicht einmal an. »Du bist nicht … Du bist gar nicht Franky!«

Franky zog etwas aus der Innentasche seines Jacketts und zeigte es ihr.

LOUISIANA STATE POLICE las Geraldine auf dem Ausweis, der hinter dem Fenster in der Brieftasche steckte. Sie wollte schreien, doch der Mund blieb ihr offen stehen.

Der Mann, der wie Franky aussah, steckte seine Brieftasche wieder ein und blickte sie an. »Alles in Ordnung«, sagte er so leise, dass sie ihn kaum verstehen konnte. »Ihr Mann ist nicht tot. Er hat uns nur gebeten, Sie zu finden.«

Und da, als hätte er nur auf diese Worte gewartet, kam ihr Schrei. Sie hörte, wie er zu den entferntesten Ecken des Parks drang, und obgleich die Männer sie vom Tisch wegzerrten, holte sie tief Luft und schrie abermals, einen Schrei, der alle Blätter im Park zerriss, der auch sie selbst zerriss, und dabei starrte sie den Mann im grauen Anzug an, weil er nicht Franky war. Dann versanken sein Gesicht und die Lichter und der Park in Finsternis, und doch wusste sie, dass die Augen hinter ihren Händen offen waren, so wie sie wusste, dass sie noch immer schrie.

Die Weltmeisterin im Ballwerfen

Iss dein Frühstück, Ellie«, sagte Elspeths Mutter hinter ihr, und ihre Stimme klang so wie immer, wenn sie mit den Gedanken woanders war. »Die Sahne ist ganz besonders cremig.«

»Hm-mh«, murmelte Elspeth artig. Sie knetete die Hände im Schoß und schaute auf ihren Haferbrei hinunter, der noch dampfte, obwohl er von Sahne umgeben war wie ein altes graues Schloss vom Burggraben.

Es nützte nichts, dass ihre Mutter so tat, als wäre die dicke Sahne heute Morgen etwas Besonderes. Sie war so dick und cremig, weil sie in New York waren. Alles, was sie heute Morgen frühstückten, hatten sie in einem Laden gekauft, und es war sehr teuer gewesen. Der Kaffee glänzte schwarz und duftete herrlich, sie konnte den Speck in der Luft schmecken. Doch unter dem Frühstücksduft hing der ganz eigene Geruch des Zimmers, eine unangenehme Mischung aus süßlichem Frauenparfüm und Puder, dem Mief der Teppiche und Polstermöbel und der Farbe auf der warmen Heizung. Elspeth wusste, dass vor ihnen viele andere Leute hier gewohnt hatten. Es war kein spezifischer Geruch, wie sie ihn aus den Häusern anderer Menschen kannte.

»Ist das hier eine Kirche, Mutter?«, fragte Elspeth beunruhigt.

»Nein, Schatz. Es ist ein Mietshaus.«

Als sie gestern Abend angekommen waren, war ihr trotz ihrer Müdigkeit der farbige Glaseinsatz in einer Tür unten aufgefallen. »Oder gehört ein *Teil* zu einer Kirche?«

»Nein, Ellie. Wie kommst du darauf? Es ist nur ein großes Mietshaus. In New York gibt es viele große Gebäude wie das hier.«

Beruhigt drehte Elspeth sich wieder um.

Sie dachte daran, wie aufgeregt sie gewesen war, wenn sie zu Hause den Namen New York gehört hatte. Jedes Mal, wenn ihre Eltern von dem bevorstehenden Umzug nach Norden gesprochen hatten, war sie wie ein dummes kleines Mädchen herumgesprungen und hatte gekreischt: »Ich will nach New York, *jetzt gleich!*« Sie hatte sogar vor ihren zwei besten Freundinnen Francey Pat und Jordy damit geprahlt, und dass sie jede Menge Abenteuer erleben und Dinge sehen würde, die *sie* sich nicht einmal ansatzweise vorstellen könnten. Jetzt kam sie sich plötzlich viel erwachsener vor und schämte sich. Gestern noch war sie mit dem Gedanken an das Empire State Building eingeschlafen, das höchste Gebäude der Welt, und wie oft sie dort im Aufzug auf und ab fahren würde. Doch jetzt wollte sie nicht mehr hin.

Sie vergrub die verschränkten Hände tiefer im Schoß und senkte den Blick. »Verzeih, New York. Verzeih.« Es war kaum ein Flüstern, nur die Lippen bewegten sich.

»Du musst Mrs. Sears schreiben und dich für das Portemonnaie bedanken, Ellie. So eine nette Aufmerksamkeit, dir ein Abschiedsgeschenk zu machen.«

»Hm-mh.«

Ihre Mutter stand hinter ihr und strich das weiche hellblonde Haar glatt, das über den runden Baumwollkragen von Ellies Kleid fiel. Bestärkt von den beruhigenden Händen und dem unmelodischen, jedoch vertrauten Lied, das sie summte, als sie die Hände unter das Kinn ihrer Tochter schob, lehnte Elspeth sich mit dem Rücken an sie und sah sich langsam und besorgt im Raum um.

Das Zimmer war kahl wie ein öffentlicher Aufenthaltsraum und das Hab und Gut ihrer Familie nichts als Gepäck in einem Warteraum. Auf dem kalten Grauweiß der Wände gab es Flecken, und Elspeth war bewusst, dass sie wie die abgetretenen Stellen im Teppich von fremden Leuten stammten. Im Badezimmer stand eine Wanne mit richtigen Füßen, und unter den Hähnen hatte das beständig rinnende Wasser braune Streifen hinterlassen. Dabei machte es ein unheimliches Geräusch, als ob Menschen aufgeregt miteinander flüsterten. Sie hatte es letzte Nacht von ihrem Feldbett in der Ecke aus gehört. Auch jetzt hörte sie es hin und wieder, wenn der Kaffeekocher sein Schnaufen unterbrach.

»Warum ist Daddy noch mal weggegangen?«

»Er wollte eine Zeitung kaufen. Er kommt gleich wieder.«

Es war ihre eigene Uhr, die leise auf einer großen Kommode tickte und eine Zeit anzeige, die hier nichts bedeutete. Halb elf. Zu Hause würde sie an einem Sonntag um halb elf kerzengerade auf der Verandaschaukel sitzen, um ihr Kleid nicht zu zerknittern, und auf Onkel John, Tante Lettie und ihren Cousin Paully warten, die sie abholen und mit in die Sonntagsschule nehmen würden. Sie würde den

Sonntags-Comic überfliegen und sich schon darauf freuen, ihn nach der Sonntagsschule richtig zu lesen.

»Werden die Zeitungen denn hier nicht nach Hause geliefert?«

»Doch, natürlich, wenn die Leute lange genug hier wohnen. Wir sind aber erst gestern angekommen, Ellie. Meinst du, sie wüssten schon, dass wir eine Zeitung haben wollen?« Ihre Mutter beugte sich herab und lachte, um auch sie zum Lachen zu bringen.

Elspeths Mund war eine schmale Linie. Was sollte daran komisch sein, wenn niemand wusste oder sich darum kümmerte, ob sie die Sonntagszeitung bekamen oder nicht. Plötzlich wurde die Angst, die sich in ihr ausgebreitet hatte, überwältigend und füllte den ganzen Raum.

»Was ist los mit diesem Haus, Mutter?« Ihre Stimme klang so schrill, als weinte sie.

»Nichts, Schatz! Was meinst du denn?«

Beschämt senkte Elspeth den Kopf, als hätte sie etwas gesehen, das sie nicht hätte sehen sollen. In diesem Augenblick wusste sie, dass ihre Mutter es auch wusste. Irgendetwas stimmte nicht mit dem Haus und dem ganzen Morgen. Man konnte es fühlen, hören, schmecken und riechen – nur nicht sehen. Sie saß ganz still und hielt den Atem an, weil sie ihrer Mutter das Gefühl nicht beschreiben konnte. Wenn *sie* es nicht ansprach, dann gehörte es sich vielleicht nicht, darüber zu reden. Würde es wieder verschwinden?

Das Licht, das durch die beiden hohen Fenster fiel, war schwach und grell zugleich und drang bis in die entferntesten Winkel des Zimmers. Elspeths Mutter war blass, jahrelang hatte sie sich vor einer unerträglichen Sonne schützen müssen, so dass das ungewohnte Licht sie wie einen Grashalm durchdrang. Sie war Ende zwanzig, sah aber noch viel jünger aus.

Schließlich ging ihre Mutter zum Herd hinüber, stellte die Flamme unter dem Speck niedriger, schob den Pfannenwender unter die fünf Speckscheiben und drehte sie vorsichtig um.

Das einsame Gefühl eines feierlichen Neubeginns kam zurück. Dies war die erste Mahlzeit, die sie in New York zubereitete, dies waren die ersten Speckscheiben. Und obwohl der Gedanke absurd war, dies war das erste Mal, dass sie ihren ersten Speck in New York wendete. Die banalen Dinge, die sie alle drei an diesem Morgen taten, hatten etwas so Dramatisches, sie hätte gelacht, wäre nicht auch ein Hauch Verlorenheit mitgeschwungen. Das Gefühl an diesem Sonntag würde sie ihr Leben lang nicht vergessen. Diesen Raum, dem ihre Anwesenheit gleichgültig war, so wie sie dem ganzen Norden gleichgültig war, das Summen draußen, das gelegentlich zu einem Rumpeln anschwoll – die Hochbahn –, oder der Klang eines Grammophons am Ende des Flurs, immer wieder spielte es denselben bekannten Schlager.

Ungläubig begriff sie, dass all ihre Sinne sich an diesen Morgen klammerten, dass diese Stadt dazu bestimmt war, so sehr ein Teil von ihr zu werden, dass andere Morgen und eine andere Stadt ihr fremd werden und sie vielleicht sogar ein wenig ängstigen könnten. Das kurze Stocken ihres Herzens bei der Erinnerung an diesen Sonntag würde ihr das Gefühl für diesen Ort in diesem Augenblick jedes Mal präzise ins Gedächtnis zurückrufen.

Sie schaltete die Flamme unter dem Kaffeekocher zum dritten Mal aus und zündete sie schließlich erneut an, weil A. J. den Kaffee gern stark mochte. An diesem Morgen hatte sie ein richtiges Frühstück machen wollen, so wie sie es sonntagmorgens auch zu Hause gehabt hätten. Es war so lange her, seit sie für sich selbst gekocht hatten, Mama hatte ein großes Abendessen zubereitet am Donnerstagabend, ehe sie den Zug genommen hatten. Eine Ewigkeit schien vergangen zu sein, seit sie die glasierten Möhren selbst zum Tisch gebracht hatte. Und jetzt waren sie hier in einer Wohnung in New York. Sie hatten Glück gehabt, überhaupt eine zu finden, so schäbig sie auch war, denn ein Hotel hätten sie sich nicht lange leisten können.

Am Morgen hatte der Gasanschluss nicht funktioniert, und der Hausverwalter hatte ihr erklärt, dass er sich darum erst am Montag kümmern könne. Sie hatte dagestanden und errötete vor Scham, weil sie ihn so unhöflich drängte: »Aber es wäre wirklich wichtig, könnten Sie nicht doch …« So unfreundlich, wie der Verwalter dann den Hausmeister rief, fühlte es sich wie eine letzte Demütigung an. Kurz bevor A. J. vom Einkaufen zurückkehrte, war das Gas schließlich angeschlossen. Doch das hatte sie A. J. nicht erzählt. Es würde noch genügend Unannehmlichkeiten geben, mit denen sie fertig werden müssten. Sie war stolz auf sich, dass sie dieses Problem allein bewältigt hatte. Im Norden müsse man hartnäckig sein, alle hatten das gesagt, aber am Ende würden die Leute einen dafür mögen. Das musste auch A. J. morgen beherzigen, wenn er auf Jobsuche ging. Hartnäckig zu sein gehörte nicht zu seinen Stärken, doch bestimmt würden seine Arbeitsproben für sich sprechen. Wenn er der beste Schriftsetzer in Birmingham, Alabama, war, war er sicher auch gut genug für einen Job in New York. Ihr wurde klar, wie grenzenlos sie an ihn glaubte. Jetzt, da sie in New York waren, noch mehr als zuvor, als sie überlegt hatten, in den Norden zu ziehen. Wie oft hatten sie darüber gesprochen, ob sie gehen sollten, und später, wann sie gehen sollten, ängstlich wie kleine Vögel, die zum ersten Mal ihr Nest verlassen. »Jeden, der einen Funken Ehrgeiz in sich hat, zieht es nach New York, Lei«, hatte A. J. immer wieder gesagt. Doch jedes Mal folgten Sekunden des Schweigens, in denen sie beide und sogar Ellie in ihren eigenen Traum von New York geblickt hatten, der aus Wolkenkratzern, Menschenmassen und einem irgendwie besseren Leben für sie alle bestand, doch es war nur ein Traum, kristallisiert von der Angst, vielleicht nicht gut genug zu sein, um in New York zu bleiben, wenn sie erst einmal dort waren. Aber jetzt sind wir hier, dachte Leila, und die ersten Hürden liegen hinter uns. Der Hausverwalter am Morgen zum Beispiel war letztlich nicht so abweisend gewesen, wie es ihr anfangs erschienen war. Man bräuchte nur Mut und Ausdauer, und sie war sicher, dass sie alle drei beides hatten.

Ihr Blick flog zu dem Zobelpelz, der an der Innenseite der Schranktür hing. Mama, Lettie und ihr Bruder Reeves hatten ihn ihr am Donnerstagabend geschenkt. Er war zu fein für den Rest ihrer Garderobe und noch zu neu und zu eigen, um ihr zu gehören. Er war als eine Art Rüstung gegen den unbekannten Norden gemeint, die alle Fremden von ihrer Anständigkeit und der ihrer Familie überzeugen sollte. Der Pelz würde – anders als der Raum – mit ihr wachsen. Schon wenn sie ihn das nächste Mal betrachtete, würde sie sich nicht mehr ganz so jung und verletzlich und stolz fühlen.

Rasselnd schlossen sich die Aufzugtüren im Gang, und auf dem Steinboden hörte man A.J.s Schritte. Leila ging ihm lächelnd entgegen, strich sich über das Haar und öffnete die Tür, noch ehe er sie berührte.

Sein schmales, eher ernstes Gesicht lächelte plötzlich. »Hallo, Lei!«, sagte er über einen Arm voller Zeitungen hinweg. Sein Mantel und das glatte blonde Haar strahlten die Kälte von draußen aus, die Zeitungen verströmten den Geruch von frischer Tinte. »Hmm, das Frühstück duftet! Hi, Ellie. Ich sehe, du wartest auf uns, wie üblich.«

Elspeth verdrehte die Hände, doch diesmal vor Freude. »Ja, stimmt!« Sie war froh, gewartet zu haben.

»Das stimmt? Wirklich?«, neckte er sie.

Leilas Blick folgte ihm, als er den Mantel in den Schrank hängte und seine Manschetten ordentlich und schüchtern zurechtzupfte, so wie schon bei ihrer ersten Begegnung. Nie würde sie vergessen, wie er gerade gelächelt hatte, als sie ihm die Tür öffnete. Schon habe ich aus diesem Zimmer ein Zuhause für ihn gemacht, dachte sie und wusste, sie würde ihm auch nie von ihrer Angst erzählen, dass ihm draußen etwas hätte zustoßen können.

»Ich musste ganz schön lange laufen, bis ich die *New York Times* gefunden hatte. Ich wollte sie wegen der Stellenanzeigen haben.« Er lächelte und setzte sich an den Klapptisch, vorsichtig, um nicht gegen die wackligen Beine zu stoßen. »Stell dir vor, Lei, der Mann im Lebensmittelladen wusste nicht, was süße Milch ist«, sagte er. »Wa – as?«

A. J. reckte Elspeth den Hals entgegen, um sie zum Lachen zu bringen.

»Also wirklich!« Leila lachte, schloss halb die Augen und verdrehte den Kopf, wie so oft, wenn sie etwas lustig fand, doch jetzt vor allem, weil A. J. erwartete, dass sie es lustig fand.

»Schließlich hat er kapiert, dass ich Milch wollte, aber süße hatte er nicht. ›Dann geben Sie mir Buttermilch‹, habe ich gesagt. ›Buttermilch haben wir auch nicht‹, antwortete er.« A. J. nahm sich eine Scheibe Toast und lachte, aber ein Schatten lag über den blauen Augen. Er dachte an die drei Leute, die nach ihm in den Laden gekommen waren und sich während seiner unbeholfenen Unterhaltung mit dem Mann hinter der Theke ungeduldig zugelächelt hatten. Da war ihm aufgegangen, dass er eine andere Sprache sprach als sie. »Tja«, sagte er und errötete ein wenig, denn er hatte Leila und Ellie nicht so zum Lachen gebracht, wie er es sich gewünscht hätte. »Also, es gibt keine süße Milch in New York. Es ist entweder Milch oder Buttermilch.«

Elspeth rang sich zum ersten Mal ein kurzes Lachen ab. »Wie lustig«, sagte sie. Und plötzlich hörte sie sich wie eine Erwachsene an, denn das hatte sie nur gesagt, um nett zu sein, weil sie wusste, dass ihr Vater im Laden dasselbe bange Gefühl gehabt hatte wie ihre Mutter und sie hier in der Wohnung. Elspeth war verlegen. Am liebsten hätte sie den Kopf gesenkt, wäre vom Tisch aufgestanden und nach draußen gelaufen. Doch hier konnte man nicht einfach rausgehen.

»Mutter, darf ich auch ein bisschen Kaffee haben?«, fragte sie mutig.

»Aber ja doch, Schatz!« Ihre Mutter lächelte, und Elspeth sah zu, wie sich ihre Tasse mehr als zur Hälfte füllte, während sich ihre Mutter und ihr Vater unterhielten.

Elspeth goss ein wenig Sahne aus einer kleinen Flasche hinein, die genauso aussah wie eine Milchflasche, und beobachtete, wie sie den Kaffee durcheinanderwirbelte und zuerst braun und dann hellbraun färbte. Langsam und vorsichtig gab sie drei Löffel Zucker hinzu und erwartete jede Sekunde, zur Rechenschaft gezogen zu werden. Doch niemand beachtete sie. Elspeth rührte und rührte, dann nahm sie einen Schluck, und plötzlich verzog sich ihr Mund, so dass sie ihn nicht an die Tasse pressen konnte. Sie brach in Tränen aus und verschüttete den Kaffee, als sie versuchte, die Tasse abzusetzen.

»Elspeth!«

»Was ist denn los, Ellie?«

Elspeth senkte den Kopf tiefer und tiefer. Sie wusste nicht genau, was los war, außer dass nichts mehr stimmte. Sie wollte den Kaffee gar nicht. Zu Hause hätte man es ihr nicht erlaubt. Es war ein weiterer Beweis.

»Sie ist müde«, sagte ihre Mutter.

»Nein, bin ich nicht!«, protestierte Elspeth und hob den Kopf so hoch, wie sie ihn zuvor gesenkt hatte. Würdevoll stand sie auf und trat langsam ans Fenster, ohne einen Ton, obwohl sie weinte. Sie wollte ganz beiläufig sagen, dass sie keinen Hunger hatte, traute sich aber nicht zu sprechen.

»Komm, setz dich wieder hin und iss dein Frühstück auf«, rief ihr Vater vom Tisch aus. »Dann schauen wir uns alle zusammen die Zeitung an. So viele Cartoons, wie es hier gibt, hast du noch nie gesehen. Ich habe *drei* Zeitungen mit Comics mitgebracht.«

Elspeth hatte nicht die geringste Lust, Comics zu lesen. Erneut brach sie in Tränen aus, leise, mit verzerrtem, abgewandtem Gesicht. Irgendwas lief wirklich furchtbar schief, wenn Comics nicht mehr wichtig waren. Sie bekam mit, dass ihre Eltern über sie sprachen, hörte aber nicht einmal hin.

Sie stand am Fenster und betrachtete stumpfsinnig die gelbgraue schmutzige Fassade des Gebäudes auf der anderen Straßenseite. Die massiven Fenstersimse waren aus rötlichem Stein. Vom Eingang erstreckte sich eine blaue Markise bis zum Bürgersteig, und sie beobachtete einen dicken Mann im schwarzen Anzug, der darunter verschwand und am anderen Ende wieder herauskam, wie eine Murmel, die durch eine Schachtel mit ausgeschnittenen Löchern rollte.

Aus dem Mietshaus gegenüber war ein kleines Mädchen gekommen und ließ auf dem Bürgersteig in der Nähe der Markise einen Ball auf und ab springen. Elspeths Interesse war geweckt. In regelmäßigen Abständen schwang es erst das eine, dann das andere Bein über den Ball. Ein Mann kam vorbei und rempelte die Kleine an, doch sie ließ den Ball weiter hüpfen, ohne aus dem Takt zu kommen. Das Mädchen war ungefähr so groß wie sie, dachte Elspeth, nur pummeliger. Es trug ein luftiges grünes Kleid, aber keinen Hut, und die wunderschönen dunklen Zöpfe schwangen hin und her. Jetzt fing es an, den Ball gegen die Hauswand zu werfen, von wo er auf den Bürgersteig prallte und direkt wieder in die Hand des Mädchens zurückkehrte, als wäre er an einem Gummiband befestigt.

Als Nächstes ließ es den Ball vor sich aufprallen und schwang *beide* Beine darüber! Plötzlich überlegte Elspeth voller Ehrfurcht, ob das kleine Mädchen die Weltmeisterin im Ballwerfen sein könnte. Eine Weltmeisterin würde ganz bestimmt in New York wohnen.

»Ellie?«, rief ihre Mutter leise von hinten.

Elspeth drehte sich ganz um, ohne die Füße von der Stelle zu bewegen. »Ich schaue aus dem Fenster«, sagte sie und wollte möglichst nichts von dem kleinen Mädchen verpassen. Als ihre Mutter zu ihr trat, sagte sie: »Guck mal.«

»Hm, sie ist ungefähr so alt wie du. Vielleicht könntest du mit ihr spielen.«

»Ja«, sagte Elspeth schüchtern.

Wie sollte sie jemals mit der Weltmeisterin im Ballwerfen spielen?

»Na los, lauf runter und sag ihr hallo, Ellie! Jede Wette, dass sie auf der Suche nach einer Spielgefährtin ist.«

»Lieber nicht«, sagte Elspeth leise.

»Doch, doch, du wirst schon sehen. Nun mach schon, lauf und freunde dich mit ihr an. Sie kann dir alles über New York erzählen, und du kannst ihr von zu Hause erzählen. Würde dir das nicht gefallen?«

Noch ehe Elspeth etwas sagen konnte, kämmte ihre Mutter ihr das Haar und nahm ihren Hut und ihr rotes Bolerojäckchen aus dem Schrank.

»Geh runter und guck nach oben, mal schauen, ob du uns sehen kannst«, sagte sie und schob sie sanft in Richtung Tür. »Wir sind im achten Stock. Aber sei vorsichtig, wenn du über die Straße gehst.«

Elspeth ging mit düsterem Gesicht zum Aufzug und

drückte auf den Knopf, ohne abzuwarten, bis sie genügend Mut gesammelt hatte. Fast im selben Augenblick hielt der Aufzug an.

»Bis gleich, *mein Schatz*«, rief ihre Mutter. Ihre Stimme hallte so liebevoll durch den Gang, dass Elspeth gar nicht fort wollte.

Im Aufzug blieb ihr gesenkter Blick an den Knöcheln und Füßen eines Mannes und einer Frau neben den uniformierten Hosenbeinen des Liftboys hängen. Die langen schmalen Füße der Frau steckten in spitzen schwarzen Pumps.

Schnurstracks ging sie durch die Lobby auf die bunten Glastüren zu, von denen eine sich öffnete, weil gerade ein Mann eintrat. Alles geschah schnell, als wollte die ganze Welt sie da draußen mit der Weltmeisterin im Ballwerfen zusammenbringen. Es gab nicht einmal ein vorbeifahrendes Auto, das sie aufhielt, als sie an der Ecke über die Straße lief.

Auf dem Bürgersteig schwang das pummelige kleine Mädchen erst das eine, dann das andere Bein, füllte das Intervall mit kleinen Tanzeinlagen, scheinbar durch die Luft wirbelnden Beinen in perfektem Einklang mit dem aufspringenden Ball, setzte seine wunderbare Vorstellung fort und hatte vermutlich keine Sekunde innegehalten, während Elspeth sich kämmen, den Hut aufsetzen und hinunter beordern ließ, wo sie nun auf demselben Bürgersteig stand wie das Mädchen.

»Hallo«, flüsterte Elspeth, um ihre Stimme auszuprobieren.

Dann schlich sie sich an die Hauswand, gegen die das Mädchen den Ball warf. Dort presste sie den Rücken an die gelbgrauen Backsteine und sah zu dem Gebäude hoch, wo ihre Eltern waren. Das Muster der unzähligen Fensterreihen verschwamm vor ihren Augen, und ihr Herz begann heftig zu schlagen. Irgendwo da oben standen sie und sahen zu ihr herunter. Sie senkte den Blick, zählte eins, zwei, drei bis acht und ließ ihn gleichzeitig nach oben wandern, wobei sie die Reihe um ein Haar aus den Augen verloren hätte.

Da! Da oben waren sie, am Fenster mit den dünnen weißen Vorhängen, die fast grau aussahen. Sie winkten langsam, als hätten sie das schon eine ganze Weile getan und gewartet, dass sie sie fand. Elspeth hätte am liebsten zurückgewunken, ließ den Arm aber rasch wieder sinken; sie wollte nicht auffallen. Ihre Eltern warteten, dass sie die Weltmeisterin im Ballwerfen ansprach. Sie *musste* es tun.

Elspeth riss sich zusammen und ging mit gesenktem Kopf auf das kleine Mädchen zu. Jetzt war Elspeth nur noch drei Meter von der Kleinen entfernt, und der Ball sprang noch immer auf und ab, als hätte sie sie nicht einmal bemerkt. Elspeths Hals war wieder trocken, und sie fragte sich, ob sie überhaupt sprechen konnte.

»Pock – pock – pock!«, machte der kleine Gummiball nach dem leisen pfeifenden Geräusch zu Beginn eines jeden Wurfs.

Elspeth blieb stehen. Sie war so nah, dass sie die feinen Härchen auf den Beinen des pummeligen kleinen Mädchens sehen konnte. So nah, von so weit her gekommen, dass sie das Gefühl hatte, nun sei das andere Mädchen an der Reihe. Es müsste aufhören, den Ball zu werfen und sie ansehen, doch das tat es nicht. Elspeth stand, solange sie konnte, einfach nur da und rührte sich nicht, bis sie ihre eigene Stimme sagen hörte: »Hallo!«

Der Ball sprang in die Hand des Mädchens und verschwand darin, als wollte er sich beim bloßen Anblick von Elspeth verstecken. Es hatte dunkelbraune, ziemlich große Augen, einen ernsten Mund und sah sie völlig ausdruckslos an, ohne Neugier oder Feindseligkeit. Elspeth konnte nicht einmal sagen, ob es sie überhaupt wahrnahm.

»Guten Tag«, fragte Elspeth verzweifelt.

Das Mädchen starrte sie weiterhin an, seine Augen wanderten langsam von Elspeths Hut mit der breiten Krempe, der auf dem Hinterkopf saß, hinab zu den Lackschuhen mit gekreuzten Knopfriemchen und wieder hinauf zu einer Stelle in der Nähe ihres Kinns. Es trat einen Schritt zurück und konzentrierte sich erneut auf das Ballwerfen. Der Ball flog, prallte auf, genauso unbeeindruckt von Elspeth wie vor ihrer Ankunft.

»Ich heiße Elspeth Levering«, quetschte Elspeth heraus. Der Name blieb in der Luft hängen wie ein empfindliches nacktes Etwas. *Wie sie selbst.*

Die Kleine hielt inne, starrte sie an und trat noch einen Schritt zurück. Sie hob den Arm, als wollte sie den Ball werfen, doch dann musterte sie Elspeth erneut. »Du redest wirklich komisch«, sagte sie.

Elspeth fuhr beim Klang der Stimme zusammen, spürte die Unfreundlichkeit, noch ehe die Worte herauskamen. Das Mädchen hatte so schnell gesprochen, dass Elspeth einen Moment brauchte. Dann sackte sie zusammen, wie in einer tiefen Verbeugung, und ergriff die Flucht.

Sie erinnerte sich nicht, wie sie die Straße überquert oder das rote Gebäude betreten hatte. Sie nahm nichts wahr, bis sie wieder im Aufzug stand. Dann rannte sie durch den Gang und klopfte an die Tür ihrer Eltern. Sie vergrub das Gesicht an der Brust ihrer Mutter und schlang die Arme um ihre Taille.

»Ellie!«

»Schon wieder zurück, Ellie?«

Elspeth ließ ihre Mutter los und schluckte. Sie hatten erwartet, dass sie Erfolg hatte, und sie war gescheitert. Sie hatte ihre Eltern enttäuscht.

»Wie heißt sie?«, fragte ihr Daddy vom Bett aus, wo er die Zeitung las.

»Ist sie nett?«, fragte ihre Mutter.

Elspeth nickte. »Sie heißt Helen«, antwortete sie und senkte den Blick zum Boden. Dann ging sie schnell zum Schrank, löste die Schleife des Huts unter dem Kinn. »Sie ist furchtbar nett. Aber sie hat gesagt, dass sie wohin muss, deshalb bin ich nicht geblieben.«

»Ach, das ist schön«, sagte ihre Mutter und die Zufriedenheit in ihrer Stimme schmerzte Elspeth tief. »Trefft ihr euch wieder?«

»Hm-mh. Morgen. Nach der Schule.«

Bei diesem letzten Wort überschlug sich Elspeths Herz und blieb liegen wie ein schweres Ding. Mit aufgerissenen Augen starrte sie vor sich hin. Die Schule morgen war wirklich etwas, wovor sie sich fürchten musste, eine unbekannte Schule mit unbekannten Jungen und Mädchen. Dort wäre sie ganz allein und müsste sich tausendmal schlimmeren Fremden als der Weltmeisterin im Ballwerfen stellen.

»Ach, Ellie!«

Sie spürte die Finger ihrer Mutter auf ihrem Haar, die ihren Kopf an sich drückte. Elspeth konnte ihr Gesicht gar nicht fest genug an sie schmiegen, denn sie spürte, wie ihr die Tränen über die Wangen liefen, und wollte nicht, dass ihre Mutter es sah. Sie wusste nicht, warum sie sie so festhielt, nur, dass sie sich besser fühlte, weil sie über das Mädchen auf der anderen Straßenseite geschwindelt hatte. Morgen in der Schule würde sie alles wieder gutmachen, indem sie sich mit vielen anderen Schülern anfreundete, selbst wenn sie doppelt so unfreundlich wären wie die Weltmeisterin im Ballwerfen. Sie spürte, wie ihr Vater ihr auf den Rücken klopfte, und wusste, dass auch er sich über sie beugte.

Komisch, dachte Elspeth, sie waren genauso still wie sie, in diesem langen Augenblick, als sie den Atem anhielt.

Die stille Mitte der Welt

Unten im Süden der West Side gibt es einen kleinen Park, kaum größer als ein begrünter Platz, der fast immer menschenleer ist. Ein niedriger Eisenzaun um ihn herum hebt ihn ab von dem Parkplatz eines Gebrauchtwagenhändlers, von einem großen roten Backsteingebäude, das eine Art Notfallklinik zu beherbergen scheint, und von den schmucklosen grauen Rückseiten der heruntergekommenen Apartmenthäuser in diesem Block. An idyllischen Stellen der zwei gewundenen betonierten Wege, auf denen man ihn betreten kann und die sich in seiner Mitte an einem Trinkbrunnen aus Beton treffen, aus dem unablässig ein paar Zentimeter kühlen Wassers sprudeln, sind drei oder vier Sitzbänke aufgestellt.

Aus einer gewissen Entfernung glitzert der kleine Park wie eine smaragdgrüne Insel, wie eine strahlende, einladende Überraschung in einem Meer tristen Graus, wenn man von der Avenue aus hinschaut. Mrs. Robertson erblickte ihn eines Tages von einer Ecke der Castle Terrace Apartments drei Blocks entfernt, wo sie wohnte. An diesem Nachmittag nahm sie ihren kleinen Sohn Philip zum Spielen dorthin mit. Es war genau der richtige Ort für ihn, denn der niedrige Eisenzaun hielt ihn davon ab, wegzulaufen, sobald sie ihm den Rücken kehrte, und der Park war ruhig und sonnig, frei von Abfällen und von Leuten. Für einen städtischen Park war er zudem außergewöhnlich hübsch, als hätte die Gärtner beim Anlegen ein besonderer persönlicher Stolz beseelt. Das feine kurzgeschorene Gras erstreckte sich bis in die äußersten Winkel der vier annähernd dreieckigen Rasenflächen. Sofern der Rasen nicht betreten werden sollte, gab es keine Schilder, die darauf hinwiesen. Gewiss bildete die unmittelbare Umgebung einen hässlichen Kontrast zur nahen Castle-Terrace-Anlage, doch das traf auf die Umgebung von Castle Terrace in jede Richtung zu. Der quadratische Apartmentblock erhob sich wie eine Ritterburg mitten im Land der Vasallen, wo noch die schäbigsten Läden und Kneipen liebedienerische Namen trugen wie King George, Taverne zur Krone, Belvedere Bar- und Grillroom, als wollten sie damit den Schutz des herrschaftlichen Hauses erheischen. Doch die einzigen Menschen, die Mrs. Robertson in der Nähe des Parks zu sehen bekam, waren Lastwagenfahrer, die eine Imbissbude einen Block weiter weg aufsuchten, und vereinzelte alte Männer in falsch zugeknöpften Mänteln, die vorbeischlurften und zu betrunken oder zu müde waren, um den Park eines Blicks zu würdigen. Mrs. Robertson las in ihrem Buch, bis sie es leid wurde, holte dann ihr Strickzeug hervor, und nach einer Weile saß sie nur da und träumte in der Stille vor sich hin. Sie überlegte die Frage, die sie für das Abendessen immer bis zuletzt offenließ, nämlich welches tiefgefrorene Gemüse sie auf dem Heimweg einkaufen wollte.

Sie hatte sich gerade für gewürfelte Möhren mit Erbsen entschieden, als eine junge Frau mit einem Kind in Philips Alter den Park betrat und sich auf eine der Bänke setzte.

Der kleine Junge war dunkelhaarig und hatte einen blau und weiß gemusterten Ball dabei, der Philips Interesse weckte.

Der dunkelhaarige kleine Junge kletterte über die Bögen der Drahtumzäunung auf den Rasen, auf dem Philip spielte. »Hallo«, sagte er.

»Hallo«, sagte Philip.

Keine Minute später spielten sie, Philip mit dem Ball und der dunkelhaarige kleine Junge mit Philips Dreirad. Es passte Mrs. Robertson nicht, dass Philip mit irgendeinem fremden Kind spielte, aber alles war so schnell gegangen, dass sie nicht eingreifen konnte. Ohnedies hatte sie beabsichtigt, in einer Viertelstunde zu gehen. Müßig betrachtete sie die andere Frau und vermutete sofort, dass sie nicht wohlhabend war und in einem der hässlichen Häuserblocks am Parkrand wohnte. Die Frau hatte sehr helles blondes Haar, das aber nicht gebleicht aussah, und war recht hübsch. Sie saß mit den Händen in den Taschen ihres schwarzen Kamelhaarmantels, die Knie aneinandergedrückt, fast als wäre ihr kalt, und sie kümmerte sich nicht viel um ihr Kind, dachte Mrs. Robertson, sofern es ihr Kind war. Sie starrte vor sich hin mit einem schwachen Lächeln auf den Lippen, als wäre sie in Gedanken weit weg.

Bald darauf erhob sich Mrs. Robertson, um Philip zu holen. Er und das dunkelhaarige Kind hatten sich so nett angefreundet, dass Philip zu weinen begann, als sie seine Hände von dem Ball löste und ihn samt Dreirad auf den Weg bugsierte. Mrs. Robertson und die blonde Frau tauschten ein Lächeln des Einverständnisses, wechselten aber kein Wort. Mrs. Robertson sprach nicht mit Fremden, und die andere Frau schien noch immer in ihre Träumerei versunken.

Am nächsten Nachmittag war die blonde junge Frau im Park, als Mrs. Robertson kam, in ihrem schwarzen Kamelhaarmantel auf derselben Bank und in der gleichen Haltung.

»Dickie!«, kreischte Philip, als er den kleinen Jungen erblickte, und seine Kleinkindstimme überschlug sich vor Freude.

Mrs. Robertson verspürte einen Stich der Überraschung, fast des Unbehagens, dass Philip den Namen des kleinen Jungen kannte. Sie beobachtete, wie Philip mit wackeligen Beinen den Weg entlang zu Dickie lief, der ihn mit strahlendem Lächeln erwartete und ihm seinen Ball mit beiden Armen entgegenstreckte. Philip lief ihm in die Arme, und seine stürmische Begrüßung warf ihn zu Boden, woraufhin beide hinter dem Ball her krabbelten. In dem Augenblick, in dem beide zusammen waren, im Spielen wie zu einer Person zusammengeschmolzen, wurde Mrs. Robertson klar, was ihr Unbehagen verursacht hatte: Sie war sich nicht sicher, ob der kleine Junge reinlich war. Vielleicht hatte er sogar Ungeziefer im Haar. Bis vor kurzem hatte Mrs. Robertson in einem Vorort von Philadelphia gewohnt, doch sie hatte von den unhygienischen Lebensbedingungen in den New Yorker Mietwohnungen gehört. Der dunkelhaarige kleine Junge sah in seinem rosa-weiß gestreiften Spielanzug sauber genug aus, doch schließlich konnte man nie wissen, was für Krankheiten Kinder aus solchen Wohnungen übertragen mochten, und Philip war nicht so widerstandsfähig wie ein Kind, das in einer solchen Umgebung aufgewachsen war. Sie würde aufpassen müssen, dass er nichts in den Mund nahm.

Mrs. Robertson nickte der blonden Frau lächelnd zu, als sie sich auf die Bank vom Vortag setzte. Die andere erwiderte den Gruß mit einem kaum merklichen Nicken, und über die kleinen Jungen hinweg, die auf dem Rasen spielten, nahm ihr Blick wieder seinen versonnenen Ausdruck an. Ihre Miene war so selbstvergessen, dass sie Mrs. Robertsons Neugier weckte. Ihr Lächeln deutete an, dass sie einem angenehmen und spannenden Schauspiel beiwohnte, das sich an einem bestimmten Ort zutrug. Sie war noch jung, vermutete Mrs. Robertson, vielleicht einundzwanzig oder zweiundzwanzig. Woran mochte sie denken, fragte sie sich. Und was musste ihr kleiner Sohn anstellen, damit sie auf ihn aufmerksam wurde?

Auf der Bank jenseits des Weges, näher am Trinkbrunnen als Mrs. Robertson, wartete die junge blonde Frau auf ihren Geliebten. Sie dachte, was für ein herrlich sonniger, ruhiger Tag es war, und wünschte sich beinahe, dass diese Treffen in dem kleinen Park an Aprilnachmittagen alles wären, was sie erleben würde, erleben konnte oder erleben wollte. Sie dachte, dass eine bestimmte Stimmung jeden Nachmittag von ihr Besitz ergriff, wenn sie mit Dickie das Haus verließ, wenn sie die Sandsteintreppe hinunterging und die Wärme der Frühlingssonne und ihre gelassene Helligkeit auf sich spürte, bevor sie den Blick von Dickies Füßen heben und sich umsehen konnte. Die Straße, in der sie wohnte, war fast frei von Verkehr, und gegen zwei, drei Uhr nachmittags war es dort fast so ruhig wie in dem Park. Sie bestand aus zwei glatten, geraden Häuserzeilen aus braunem Sandstein, und selbst der blaugraue Streifen Straße zwischen ihnen war klar und deutlich zu sehen. Hie und da belebten eine weiße Milchflasche auf dem Fenstersims oder ein Paar Arme, die auf einem flachgedrückten Kissen ruhten, eines der Fenster. Über den Armen blickten resignierte und milde neugierige Augen her, voller Begierde auf jegliches Geschehen auf der Straße, das sich selten genug ereignete: Eine Frau im Hauskleid, die eine weiße Promenadenmischung am Bordstein ausführte, ein einsames Kind, das seinen Ball gegen ein Straßenzeichen kickte, unter Umständen ein Junge, der einen klappernden Wäschekarren zog, eine vorüberhuschende Katze. Bis auf die Alten und vereinzelte Frauen war jedermann in der Arbeit. Wie ihr Ehemann Charles, der auf dem Broadway Busfahrer war, um acht Uhr morgens das Haus verließ und meistens erst nach fünf zurückkam. Für sie war die Straße sogar menschenleer, denn die Frau mit ihrem weißen Hund oder die Arme auf den vereinzelten Fenstersimsen kamen ihr nicht lebendig vor, wie sie sich lebendig fühlte. Sie konnte sich nicht vorstellen, dass sie alle wie sie den Frieden dieser Straße empfanden, einen ganz eigenen Frieden, der danach verlangte, wahrgenommen zu werden, oder auch nur seine blitzende nachmittägliche Sauberkeit im April. Die Frau mit dem Hund empfand nicht das, was sie empfand, wenn sie ihre Treppe zum Gehsteig hinunterkam, sie empfand nicht, dass der Nachmittag dort den Frauen gehörte, den Ehefrauen, die jetzt mit den Pflichten allein waren, über die sie nach eigenem Belieben verfügten, deren Zeiteinteilung sie mit der Flexibilität eines Frauentages verändern konnten um eine Stunde vorverschieben oder hinausschieben oder sogar bis auf den nächsten Tag, ganz wie sie wollten –, eine Welt der Frauen war die Straße mit ihren zwei, drei schmächtigen Bäumen in Eisenumzäunungen, deren spärliche Wipfel frisches Grün zeigten, die Straße mit ihrem unbenennbaren Frieden. Dennoch betrachtete sie sich nicht als gewöhnliche Hausfrau. Und die Ruhe der Straße oder die des Parks beseelte sie nicht an den Nachmittagen, an denen sie ihn erwartete, obwohl ihre Wahrnehmung dieser Ruhe von ihm abhing. An den Nachmittagen, an denen sie ihn erwartete, schaute sie über Straße und Park hinaus. Sie blickte nach Osten, wo die Straße in einem schroffen Gebäudewirrwarr verschwand, und stellte sich Lärm und Menschenmengen vor. Sie blickte nach Westen, und etwas in ihr bäumte sich auf beim Anblick des Flusskais und eines hohen Schiffsmasts, der als Kreuz wie ein machtvolles und mystisches Versprechen die rußige Gebäudefront der Dockanlagen überragte und den viereckigen Pfeiler, der die Nummer des Kais trug. Von diesem Kai aus, ganz nahe dem Ort, wo sie jede Nacht schlief, konnte sie an jeden Punkt der Welt aufbrechen. Und dann fragte sie sich, ob sie und Lance wirklich jemals an fremde Orte reisen würden. Wenn sie ihn fragte, antwortete er in so festem und überzeugtem Ton: »Aber gewiss doch. Warum nicht?«, dass sie ihm glaubte und nicht länger zweifelte. Hob die Frau mit dem Hund jemals den Blick bis zum Kai? Oder die Frau, die heute wieder in den Park gekommen war, die mit dem sauber gewaschenen und gekämmten kleinen Jungen, die sicher in Castle Terrace wohnte – überlief es sie jemals kalt beim Anblick und beim Geruch und bei den Geräuschen des Flusses? Aber sie hatte sicher schon die ganze Welt bereist und war so oft in Europa gewesen, dass sie wusste, wie alles aussah und was einen erwartete. Warum sollte sie zu dem Kai hinschauen?

Die blonde junge Frau sah sie jetzt an, wie sie dasaß, in ihrem Buch las und ab und zu aufblickte, um nach ihrem kleinen Sohn zu sehen. Was sollte einem in diesem Park schon passieren? Die Strickjacke, die sie über ihrem Kleid trug, hatte im Sonnenlicht die herrliche Farbe von Traubeneis, das man ins Licht hält. Kaschmir. Sie war jung, dachte sie, und wirkte nur älter, weil sie sich so gravitätisch benahm. Sie hatte sich nicht mit ihr unterhalten, vermutlich, weil sie sich für etwas Besseres hielt, aber ihr machte das nichts aus. Sie war nicht zum Reden aufgelegt. Sie war auch nicht zum Lesen aufgelegt. Sie hätte den ganzen Tag stillzufrieden auf ihrer Bank sitzen können, träumen und ins Leere schauen, über das Grün des Parks hinweg, das sich in ihren Augen spiegelte. Sie wartete auf Lance. Und konnte sie das in diesem Park nicht auch an den Tagen tun, an denen er nicht kommen konnte? Nach den hier verbrachten Stunden konnte sie ganz leise lächeln, als fände sie es amüsant, wenn Charles völlig betrunken und sehr aufgeräumt spät nach Hause kam, nachdem er seinen ganzen Lohn vertrunken hatte. Sonderbarerweise machte sie ihm keinen Vorwurf daraus, wenn sie ihren Nachmittag im Park verbracht hatte. Seine Arbeit hatte seine Nerven aufgerieben – die drängelnden Menschenmengen, das ständig unterbrochene Fahrkartenverkaufen, die Zeitpläne, die eingehalten werden mussten, die Ausweichmanöver, wenn Fußgänger unerwartet vor dem Bus auftauchten –, und deshalb trank er, um seine Nerven zu betäuben. Er trank, um die Ruhe zu finden, die sie im Park fand. Einmal, vor ein paar Monaten, bevor sie Lance kennengelernt hatte, war sie mit Charles in den Park gegangen, aber ihm hatte es dort nicht gefallen, weil er nicht mehr stillsitzen konnte. Und jetzt gehörte der Park ihr und Lance. Nach den im Park verbrachten Stunden konnte sie weder Charles noch sich selbst einen Vorwurf aus dem machen, was geschehen war. Sie hatten einfach aufgehört, einander zu lieben, zuerst Charles, dann sie. Vielleicht hatte das Fehlen der Stille sie so erschöpft, seit Anbeginn ihrer Ehe, als sie in der Parterrewohnung auf der East Side gewohnt hatten; vielleicht lag es daran, dass Charles die Kraft verloren hatte, sie weiterzulieben. Hätte man ihn in Stille tauchen, ihn sie trinken und hören lassen, sie sehen und atmen lassen, ihn stundenlang in ihr schlafen lassen können, dann wäre es möglich gewesen, ihn sich wieder mit glatter Stirn vorzustellen und sich auszumalen, wie er die Augen öffnete und sie ansah, als liebe er sie wieder. Aber jetzt wünschte sie sich das gar nicht mehr, denn es war zu spät. Sie hatte Lance gefunden, und sie liebte ihn. Und Lance würde sie lieben, egal wo er oder sie sich befand, zusammen oder getrennt, in Lärm oder Stille, Bewegung oder Ruhe. Lance besaß etwas, was Charles nicht besaß und nie besessen hatte. Das wusste sie jetzt. Sie war nicht mehr achtzehn wie damals, als sie Charles geheiratet hatte.

»Philip!«

Philip stand auf und blickte schuldbewusst zu seiner Mutter, die darauf wartete, dass er sagte: »Ja, Mama«, was er tat, die letzte Silbe betonend.

»Mach deinen Spielanzug nicht schmutzig, mein Schatz! Pass gut auf!«

»Ja, Mama.« Und er wandte sich ab und hockte sich neben seinen Freund, um das Wasser aus dem Blechbecher des Brunnens in die kleine Grube zu gießen, die sie in den gepflegten Rasen gegraben hatten. Dickie hatte den Becher am Ende des Weges gefunden, und Philip hatte ihn automatisch hinter seinem Rücken versteckt gehalten, als er mit seiner Mutter sprach. Sie wussten nicht, was sie mit der kleinen Grube anfangen sollten, die das Wasser aufsog, aber sie waren glücklich und hatten einander dauernd etwas zu erzählen, so dass sie fast die ganze Zeit gleichzeitig plapperten. Keiner der beiden hatte je zuvor in seinem Leben jemanden kennengelernt, der ihm so gut gefiel wie der neue Freund.

Mrs. Robertson blickte unwillkürlich auf, als der Mann in den Park kam, weil so wenige Leute sich in den Park verirrten. Er trug einen dunklen Anzug und keinen Hut; er hielt inne und stand eine Weile auf dem betonierten Weg und sah die Frau auf der Bank an. Zuerst empfand Mrs. Robertson leise Furcht: Die Eindringlichkeit, mit der er die blonde Frau betrachtete, ein Lächeln unterdrückend, hatte etwas Bedrohliches, genau wie seine tief in die Taschen vergrabenen Hände, als fröre er –, und als ihr diese einzige Ähnlichkeit zwischen den beiden auffiel, begriff sie, dass sie einander kannten, obwohl keiner Anstalten machte zu grüßen. Jetzt trat er mit starren, vorsichtigen Schritten auf die Frau zu und setzte sich ungezwungen neben sie, ohne die Hände aus den Taschen oder den Blick von ihrem Gesicht zu nehmen. Und der Gesichtsausdruck stillen Behagens, der Mrs. Robertson gestern und heute an ihr aufgefallen war, veränderte sich nicht im Geringsten. Die Lippen des Mannes bewegten sich, die Frau sah ihn an und lächelte, und abermals fand Mrs. Robertson das, was sie zu sehen bekam, etwas verstörend. Es war etwas verstörend, dass überhaupt ein Mann in den Park gekommen war und sich auf eine Bank gesetzt hatte. Dass es sich um einen Fremden handelte, der Avancen machen wollte, war ihr in den Sinn gekommen und von ihr verworfen worden, weil die beiden eine Aura der Vertrautheit umgab. Beide schauten jetzt vor sich hin, einander unmerklich zugeneigt, obwohl sich zwischen ihnen eine der Eisenstreben befand, mittels deren die Bänke in vier oder fünf Sitzplätze unterteilt waren, und dann streckte der junge Mann die Hand aus, zog behutsam die der jungen Frau aus der Manteltasche, führte sie unter der Eisenstrebe hindurch und umfasste sie mit der eigenen Hand, die nun auf seinem übergeschlagenen Bein ruhte. Und mit einem Mal dämmerte es Mrs. Robertson: Sie waren ein Liebespaar! Natürlich! Warum hatte sie so lange gebraucht, um das zu begreifen? Jetzt begann sie fasziniert, sie heimlich zu beobachten. Anfangs war sie gerührt von dem offenkundigen und anziehenden Glücksgefühl, das beide ausstrahlten, von dem Stolz, mit dem sie den Kopf hoben, um – auch er nun mit dem blicklosen, entrückt lächelnden Gesichtsausdruck, der ihr an der Frau aufgefallen war – starr geradeaus zu schauen, als betrachteten sie etwas weit jenseits der eisernen Parkumzäunung. Ganz gewiss sahen sie nicht aus wie ein Ehepaar, dachte sie mit einem merkwürdigen Anflug von Erregung, doch gleichzeitig betrugen sie sich nicht leidenschaftlich, wie sie es von einem Liebespaar erwartete, obwohl ihr einfiel, dass sie noch nie ein heimliches Pärchen zu sehen bekommen, sondern nur darüber gelesen hatte. Und hier handelte es sich zweifellos um ein heimliches Pärchen. Sie sah alles vor sich: Den Ehemann (dunkelhaarig), der um sechs Uhr abends von der Arbeit kam, ohne zu ahnen, dass seine Frau den Nachmittag mit einem anderen verbracht hatte. Mrs. Robertson verspürte einen Stich des Mitleids mit dem Betrogenen. Ja, die blonde Frau sah eindeutig nach einem Flittchen aus – die Stöckelschuhe, das höchstwahrscheinlich mit Wasserstoff gebleichte Haar. Ob sie ihren Liebhaber wohl mit nach Hause nahm? Mrs. Robertson hoffte, das nicht miterleben zu müssen. Und im nächsten Augenblick musste sie sich eingestehen, dass sie genau das liebend gerne miterleben würde, wie die beiden miteinander fortgingen. Sie blätterte eine Seite um, die sie nicht gelesen hatte; schuldbewusst hörte sie ihr dünnes goldenes Armband an ihre Uhr klimpern. Sie spähte erneut über ihre Lesebrille. Der Mann sprach, doch so leise, dass sie nicht einmal sein Murmeln hören konnte. Er hatte den Kopf zurückgelegt, auf die Rücklehne der Bank, und die Frau betrachtete sein Gesicht, aufmerksamer, als Mrs. Robertson sie bisher erlebt hatte, doch noch immer mit ihrem leisen, verträumten Lächeln. Der Mann spreizte seine Finger und umfasste ihre Hand mit festerem Griff, und Mrs. Robertson verspürte eine kleine Welle des Entzückens. Sie fragte sich, was er der Frau wohl erzählte. Oder täuschte sie sich am Ende ganz und gar? War die Frau gar nicht die Mutter des Kindes, sondern nur eine bezahlte Aufpasserin oder ein Kindermädchen? Doch weder die Frau noch das Kind sah gut gekleidet genug aus, um das wahrscheinlich zu machen. Und wie um sie zu bestärken, kam das Kind plötzlich über den Weg hergelaufen, und sie sah, wie die Frau es in die Arme nahm, aus ihrer Handtasche ein Taschentuch holte und dem Kind energisch die Nase putzte, und aus beider Verhalten las sie etwas ab, was ihr unmissverständlich sagte, dass sie Mutter und Kind waren. Der Mann hatte seine freie Hand aus der Tasche gezogen, ebenfalls mit einem Taschentuch, und nachdem er es wieder weggesteckt hatte, hielt er jetzt ein kleines blaues Spielzeugauto auf der Handfläche, als hätte er es gerade gefunden. Die Frau sagte etwas, und der kleine Junge legte dem Mann die Arme um den Hals und gab ihm einen Kuss auf die Wange, bevor er davonsprang, alles so schnell, dass Mrs. Robertson ihren Augen nicht trauen wollte. Aber sie hatte es gesehen, fraglos, und auch das hatte den unmissverständlichen Charakter eines vertrauten Rituals gehabt. Unverhohlen starrte sie die beiden an, die sich vorbeugten und lächelnd den Kindern zusahen.

Philip! Er spielte auch mit dem Automobil. Der kleine Junge teilte es mit ihm. Unwillkürlich stand Mrs. Robertson auf und setzte sich wieder. Sie wollte nicht, dass er mit dem Automobil spielte; undeutlich hatte sie den Eindruck, dass es nicht in Ordnung war und auch nicht ganz sauber, genau wie der kleine Junge. Wieder blickte sie zu dem Paar auf der Bank – das sich so wenig um sie scherte, dass sie ganz unverhohlen hinschauen konnte –, und wieder hatten beide sich gemütlich zurückgelehnt, gemütlicher, als auf der harten Bank möglich zu sein schien, und ihre Arme waren jetzt verschränkt, und ihre Hände hielten einander unter der Eisenstrebe fest umschlossen. Der Mann redete, und die Frau erwiderte hin und wieder etwas. Es war ungewöhnlich, dass er das Kind offenbar so gern hatte. Oder tat er nur so? Worüber mochten sie sprechen? Wie störend musste ihnen die Eisenstrebe zwischen ihnen vorkommen! Und sie verspürte eine erboste, selbstgerechte Befriedigung darüber, dass die Eisenstrebe sich dort befand. Wie würde der Park ohne solche Streben aussehen? Männer, die auf den Bänken schliefen. Pärchen …

»Halb ist er du, nicht wahr?«, sagte Lance gerade.

»Eines Tages werden wir ein Kind haben, das ganz wir ist.«

Dann schwiegen sie eine Zeitlang. Ein Vogel in einem benachbarten Baum sang ein paar zaghafte Triller – in dem ganzen Park gab es nicht mehr als drei oder vier Bäume – und schoss dann an ihnen vorbei, so dass beide ihn sehen konnten. Nicht weit entfernt ließ ein Schiff auf dem Fluss sein Tuten ertönen, weniger tief als das eines Ozeandampfers und weniger hoch als das eines Schleppdampfers: Ein Schiff mittlerer Größe, dessen Tuten jedoch stolz verkündete, dass es überall hinfahren konnte und obendrein dort gewesen war.

»Wir werden viel reisen«, bemerkte er.

»Ich möchte nach Schottland fahren«, sagte das Mädchen noch gelassener, doch in einem Ton, als hätte es die Fahrkarte schon in der Tasche.

»Schottland muss unvorstellbar sein. Wir werden ganz bestimmt nach Schottland fahren … auf die Hebriden.«

»Hebriden?«

»Wie wir in Träumen die Hebriden schauen.«

»Was sind das? Berge?«

»Berge und Inseln. Berge.« Er sagte die Worte so langsam und volltönend, als erschüfe er Inseln und Berge vor ihren Augen.

»Sag nicht Träumereien«, tadelte ihn das Mädchen. »Oder ist das auch ein Gedicht?«

»Es ist ein Gedicht. Aber Gedichte sind wahr.«

»Manchmal, nehme ich an.«

Er widersprach nicht. Sie schwiegen längere Zeit.

»Und dann, wenn wir mit dem Reisen fertig sind, baust du mir ein Haus?«

»Ich baue dir nicht ein Haus, sondern drei … vier Häuser«, sagte er entschieden. »Eines für jede Jahreszeit. Ein weißes für den Frühling, ein rotes für den Winter. Für den Herbst ein braunes –«

»Braun mag ich nicht.«

»Für den Herbst ein *lohfarbenes.*«

»Lance, hast du auf die Zeit geachtet?«, flüsterte sie fast unhörbar, wie nebenbei.

»Ja, ich achte auf die Zeit. Die Kirchturmuhr sagt fünf vor vier.«

Die Turmuhr der kleinen Kirche befand sich nur einen halben Block entfernt an der Avenue, aber sie hatte ihm erklärt, dass sie keinen einzigen Blick dorthin richten werde, solange er mit ihr zusammen im Park war. Die Uhr ging immer sechs Minuten nach. Um neun nach vier würde er daher aufbrechen müssen, um sich wieder in der großen Buchhandlung an der Nassau Street in Downtown einzufinden, in der er arbeitete. Morgen würde er nicht kommen können und auch am Tag darauf nicht. Er trug nur dienstags und freitags Bücher aus, eine unbeliebte Tätigkeit, für die er sich freiwillig gemeldet hatte, um es so bewerkstelligen zu können, eine halbe oder eine Dreiviertelstunde mit ihr zu verbringen. Nur bei diesen Anlässen konnte er sie sehen. Solange sie mit Charles verheiratet war, würde sie sich nie abends mit ihm treffen. Er legte seine freie Hand über ihre und lächelte sie mit impulsiver Zärtlichkeit an. Er wusste, dass ihren Begegnungen in diesem Park etwas Schicksalhaftes eignete. Das einzige Mal, dass er sie abends gesehen hatte, war der Abend ihres Kennenlernens gewesen, vor dem Park am Gramercy Square, den sie nicht betreten konnten, weil er zugesperrt war. In der Dunkelheit hatte er sie vor den hohen Streben des Zauns stehen sehen, und mit einem durch seine eigene Einsamkeit und Verlorenheit geschärften Sensorium hatte er gespürt, dass – wer und was sie auch sein mochte – etwas sie verband, und deshalb hatte er Guten Abend gesagt. Sie hatten an diesem Abend denselben Film in einem Kino in der Twenty-third Street angeschaut, jeder für sich allein. Das war ihr einziger gemeinsamer Abend gewesen, und dennoch bezeichnete er sich in Gedanken als ihren Liebhaber. Wie nannte sie ihn wohl? Gewiss nicht so, dachte er. Er hob den Kopf höher, ließ ihn wieder auf die Rücklehne sinken, und man hätte meinen können, er wäre der sorgloseste Mensch der Welt und würde den ganzen restlichen Nachmittag im Park vertrödeln.

»Dieser Park ist der ruhende Punkt im Drehen der Welt«, sagte er mit leiser und ehrfürchtig fester Stimme.

»So kommt es mir auch vor. Ja. Und die Straße, in der ich wohne. Und diese Tage.«

»Diese Tage.« Doch plötzlich schämte er sich für sein Faulenzen, sogar für die halben Stunden mit ihr, weil es so viel zu tun gab. Nicht weil er die Zeit mit ihr verbrachte, sondern weil er zuließ, dass sie beide so törichte Träume träumten. Oder waren die Träume etwa nicht töricht? Es war schwer zu sagen. Er schämte sich, weil der kleine Park sich so gut zum Träumen eignete, zu gut, das wusste er, zu friedvoll und einem imaginären Himmel zu ähnlich. Und liebevoll – wie jedes Mal, wenn er hier saß – betrachtete er die zierliche Krümmung der kleinen Rasenflächen und den schroffen Kontrast zwischen den Biegungen der Umzäunung und ihren leuchtendgrünen Flächen. Sein Blick wanderte müßig über Dickie und den anderen kleinen Jungen, die mit dem neuen Automobil spielten. Dickie gehörte zum Park als Cherub dieses Himmels. Heute sah er glücklicher aus als sonst, weil er einen Spielkameraden hatte. Er schaute zu der Frau auf der Bank drüben, die schon wieder zu ihnen herblickte, und lächelte sie an, doch sie senkte den Blick sofort auf ihr Strickzeug.

Mrs. Robertson hatte eine Masche fallen lassen und ribbelte nervös an der Wolle. Sie hatte ein Gefühl von innerer Unordnung und Verärgerung, was sie dem Strickfehler zuschrieb. Undeutlich verspürte sie den Wunsch, Philip zu holen, den Park zu verlassen und sich zu Hause um das Strickzeug zu kümmern, und zugleich den Wunsch zu bleiben, weil Philip sich hier so wohl fühlte und weil der Park – oder, wie sie sich eingestand, der Anblick des Pärchens auf der anderen Bank – ihr ein Vergnügen bereitete, das etwas Berauschendes hatte. Über diesen inneren Konflikt war sie sich keineswegs im Klaren, nur darüber, dass sie mit sich im Unreinen war, während sie an ihrem Strickzeug zupfte; trotz dieses inneren Aufruhrs saß sie ruhig und beherrscht da, und nur ihre Finger bewegten sich gewandt, um den bisher untadeligen Fäustling für Philip zu retten. Als der Fehler ausgebessert war und sie weiter-stricken konnte, als die mysteriösen Scharmützel in ihrem Inneren ausgetragen waren, da war auch das Ergebnis des Kampfes mysteriös und hinterließ in ihr nur ein undeut-liches Gefühl der Verärgerung, der Ungeduld und auch der Enttäuschung. Hierher werde ich nicht wieder kommen, dachte sie unvermittelt, und diese bloße Entscheidung, die sich wie aus heiterem Himmel eingestellt zu haben schien, hatte etwas Beruhigendes. Aber ein paar Minuten würde sie noch bleiben. Es gab nichts, wovor man weglaufen musste.

Das Sonnenlicht regte sich mit einem Mal wie ein Lebe-wesen, kletterte über die Bögen der Einzäunung und fiel schwerelos und geräuschlos über den halben Weg. Jetzt lag es auf den Füßen von Lance und dem Mädchen neben ihm. Ein langer Streifen zog sich diagonal über den Weg zu der Frau auf der Bank. Im Hinsehen sah er, dass auch sie hin-sah, doch sie hob ihren Blick nicht.

»Der ruhende Punkt der Welt«, flüsterte das Mädchen.

»Im Drehen der Welt.« Und wieder schämte er sich: Die Welt um sie herum auf dieser grünen Insel der Zuflucht drehte sich, Maschinen bewegten sich, Uhren, doch er und sie bewegten sich nicht, obwohl so vieles zu tun war und erkämpft werden musste.

»Ja, ›im Drehen der Welt‹ klingt schöner. Ich kann es spüren – aber ich könnte es nie so ausdrücken wie du. Ich habe es gespürt, als ich heute Nachmittag aus dem Haus ging –« Doch sie wusste, dass sie es nicht beschreiben konnte. »Und jetzt.«

»Aber es ist nicht von mir. Es ist von Eliot. Es gibt noch eine Stelle: › … am ruhenden Punkt ist der Tanz‹.« Er hielt inne, weil ihm bewusst wurde, dass neben dem geliebten Menschen nichts Bestand hat, obgleich die Stille jegliche andere Stille und jeglichen vorstellbaren Frieden übertrifft, und weil er plötzlich erkannte – als wäre ihm als Erstem eine unumstößliche Wahrheit bewusst geworden –, dass neben dem geliebten Menschen die Schönheit eines Tagtraums niemals dürftig und leblos und flach wie ein Bild sein kann, wie sie es für den Einsamen ist, weil neben diesem Menschen die Luft von etwas Voranschreitendem erfüllt und mit elektrischer Energie aufgeladen ist und die Dinge, echte wie eingebildete, ganz und makellos sind. Er wandte sich zu ihr und sah sie einen vorsichtigen Blick auf die Frau auf der Bank werfen. Doch er hatte nicht vorgehabt, sie in diesem Augenblick zu küssen.

Glöckchen erklangen. Ferne Glöckchen von Schafen, dachte er, auf vom Nebel halb verhüllten wogenden Hügeln: den Hebriden.

»Da kommt der Eismann«, sagte sie.

Der Wagen des Eismanns kam an der Südseite des Parks zum Vorschein, geschoben von einem schlanken jungen Mann in weißen Hosen und weißem Hemd und mit weißer Mütze.

»Mutter«, sagte Dickie, der über das Geländer geklettert kam, »darf ich ein Eis haben?«

Lance langte in die Tasche.

Mrs. Robertson sah zu, wie der Mann dem kleinen Jungen eine Münze gab und der kleine Junge damit zum Eismann lief. Philip blieb stehen und schaute zu; er wusste, dass er so kurz vor dem Abendessen kein Eis essen durfte.

»Darf er auch eins haben?« Der Mann war aufgestanden und lächelte sie an, während er die Hand in die Tasche steckte.

»Oh, vielen Dank«, erwiderte Mrs. Robertson. »Aber er bekommt gleich sein Abendessen.«

Ihr Herz klopfte merklich schneller. Die paar Worte, die sie mit ihm gewechselt hatte, hatten sie erregt, auf eine Weise, die weder angenehm noch unangenehm war. Sein Auftreten und sogar sein Aussehen waren sympathischer, als sie zuerst gedacht hatte, als sein ungebügelter Anzug ihr suggeriert hatte, wie sie jetzt fand. Der dunkelhaarige kleine Junge kletterte über das Geländer zurück, während er in sein Eis biss, und lief auf Philip zu. Sie stand instinktiv auf, um Philip daran zu hindern, von dem Eis zu essen.

»Philip, ich glaube nicht – «

Zu spät. Philip hatte die ganze obere Hälfte des Eises im Mund, und sein Spielkamerad hielt ihm das Eis hin. Sie wollte Philip nicht mit Gewalt wegreißen, doch genau das passierte, und das Eis, das auf einmal von niemandem gehalten wurde, fiel zwischen den Kindern ins Gras.

»Oh«, sagte Mrs. Robertson und meinte es auch so, »das tut mir wirklich leid.«

Nach der ersten Verblüffung bückte sich der dunkelhaarige kleine Junge, um das Eis aufzuheben. Aber das zermatschte Eis rutschte von seinem Stiel, und nicht einmal für einen Dreijährigen gab es etwas zu retten. Vor seinen Augen zerbrach der Rest der Schokoladenkruste, als wollte sie vorsätzlich im dichten weichen Gras verschwinden. Er stand auf und sah ihr nach und wischte sich schüchtern die Hände hinter dem Rücken ab.

»Wo ist der Eismann?« Mrs. Robertson sah sich nach

ihm um, doch er war fort. Sie hörte sein Bimmeln auf der Avenue.

»Hast du dein Eis verloren, Dickie?«, rief der Mann verständnisvoll.

»Ach, das macht nichts«, sagte der kleine Junge, halb zu ihm, halb zu ihr. Er war nicht wütend, aber er lächelte auch nicht.

»Das war meine Schuld, es tut mir leid«, sagte Mrs. Robertson. Dann kam sie sich plötzlich lächerlich vor und ergriff mit einer Hand Philip am Arm und mit der anderen den Lenker seines Dreirads und bugsierte beide zur Umzäunung des Parks.

»Musst du nach Hause gehen, Philip?«, fragte der dunkelhaarige kleine Junge.

»Ja«, sagte Philip seufzend und resigniert. Doch vom Zaun aus blickte er traurig zurück, an dem Arm vorbei, den seine Mutter entschieden festhielt, als hätte er erst jetzt begriffen, dass es wirklich nach Hause ging.

»Wir sehen uns morgen wieder, Philip«, sagte der andere kleine Junge in so frühreifem Ton, dass Mrs. Robertson überrascht war.

Sie würden sich morgen nicht wiedersehen. Sie wollte nicht, dass Philip wieder mit ihm spielte. Sie wusste nicht genau warum, aber sie wollte es nicht. Es war falsch gewesen, nicht sofort mit ihm wegzugehen, sobald sie gemerkt hatte, was für eine Person diese Mutter war. An dem kleinen Jungen war irgendetwas Unreines, das spürte sie, mochte er noch so sauber gewaschen sein, weil seine Mutter unrein war. Dennoch ertappte sie sich dabei, dass sie an der Frau und dem Mann auf der Bank vorbeiging, obwohl es der längere Weg aus dem Park war, und dabei, dass sie einen weiteren verstohlenen Blick auf die beiden warf, beinahe unwillkürlich und zu ihrer eigenen Verärgerung, einen so verstohlenen Blick, dass es ihr vorkam, als wäre der Blick nicht ihrer. Doch Mann und Frau schienen wieder ganz in ihre eigene Welt versunken, Händchen haltend. Sie war erleichtert, dass sie sie nicht gesehen hatten. Als sie am Ende des Wegs ankam, wusste sie, dass sie den Mann und die Frau, den kleinen Jungen und den Park nie wiedersehen würde.

Das blonde Mädchen hatte den Blick gesehen und darin trotz all seiner Flüchtigkeit den alten, unverkennbaren Blick erkannt, mit dem eine Frau eine andere bedenkt, die sie geliebt weiß – einen Blick voller Begehren, Bewunderung, Sehnsucht, Neid und widerwilligem Wohlgefallen, für eine Sekunde enthüllt und sofort wieder verborgen. In diesem Augenblick hatte sie in einem Reflex des Stolzes Lance' Hand fester gedrückt. Hatte Lance ihn auch gesehen? Wahrscheinlich konnte so etwas nur eine Frau erkennen. Sie hätte es ihm gerne erzählt, doch die Worte dafür wären noch schwerer zu finden gewesen als die über ihren inneren Frieden, wenn sie nachmittags die Sandsteinstufen hinunterging, und deshalb sagte sie: »Ich glaube, sie mag mich nicht. Sie war gestern schon da.«

Lance lächelte nur und zog ihren Arm enger an sich. Er hatte noch sieben Minuten Zeit. Er zog ihren Arm an sich, bis er ihn an seinem Körper spürte statt des eisernen Arms, der durch den Stoff seines Jackettärmels in das feste Fleisch der Muskeln schnitt. »Jetzt ist niemand da«, sagte er.

Es war niemand da. Die lange Spitze des Sonnenlichtkegels hatte die Bank erreicht, auf der die Frau gesessen hatte, und eines der Metallbeine erfasst. Der Vogel schoss abermals herunter, tauchte in ihr Gesichtsfeld und bestätigte ihnen ihre ungehinderte Freiheit und Sicherheit in dem winzigen Park. Kein Lebewesen war auf der Avenue zu sehen, nicht einmal ein augenloser unpersönlicher Lieferwagen hinter der Grenze der niedrigen eisernen Umzäunung. Doch, eine Nonne kam die Treppe der Kirche einen halben Block entfernt hinunter, schwarzgekleidet und mit schwarzer Haube, eine aufrechte, archaisch anmutende Gestalt, deren schwarze Röcke im Gehen wogten, als wären sie das geschnitzte Gewand einer Galionsfigur. Sie sahen einander an, und ihre Lippen begegneten sich über den verschränkten Händen und Armen, über der eisernen Strebe, und ihr Kuss wurde zum Mittelpunkt der Stille. Der Kuss wurde zum alleinigen Mittelpunkt des ruhenden Punktes im Drehen der Welt, so dass sich sogar der Park um den stillen Frieden ihrer Lippen zu drehen schien.

Dann, weil nur noch drei Minuten blieben, bis er gehen musste, begann er ungezwungen, aber ernsthaft und schnell von ihren Plänen zu sprechen, von seiner Arbeit, ihrem Geld, als wollte er sich in diesen letzten Augenblicken, bevor sie sich für zwei Tage und Nächte trennen mussten, Mut machen. In drei Monaten würden sie genug Geld haben, um den nächsten Feldzug in ihrem Kampf zu eröffnen, ihre Scheidung. Es war nicht möglich, mit ihrem Ehemann über die Scheidung zu sprechen, solange sie mit ihm zusammenlebte. Nur noch drei Monate. Vierundzwanzig weitere nachmittägliche Begegnungen wie diese, dachte er zum ersten Mal, und er wusste, dass er sie von nun an unwillkürlich zählen würde. Vierundzwanzig …

Mrs. Robertson ging am nächsten Tag nicht in den kleinen Park an der Avenue. Sie ging mit Philip in einen Hof der Castle-Terrace-Anlage, wo es einen großen Sandkasten und viele kleine Kinder gab, mit denen er spielen konnte.

Philip blieb stehen, wo seine Mutter ihn losgelassen hatte, sah zu dem Gebäude hoch, das sich wie ein großes braunes ausgehöhltes Gebirge um ihn herum erhob, und fragte: »Gehen wir nachher in den Park?«

»Gehen wir nachher in den Park, Mama?«, fragte er wieder, als seine Mutter sich in einen bequemen Metallstuhl gesetzt hatte. »Ich will Dickie sehen.«

»Nein, Schätzchen, heute gehen wir nicht in den Park.« Sie bemühte sich, ihre Stimme freundlich und neutral klingen zu lassen, was ihr schwerfiel. Vielleicht war es ihr nicht gelungen, dachte sie, als sie beobachtete, wie Philip auf seinem Dreirad langsam davonfuhr und aussah, als nähme er nichts um sich herum wahr.

Auf dem Spielplatz waren viele junge Mütter, und Mrs. Robertson war schon bald in Gespräche vertieft. Sie hatte das Gefühl, hier, im Hof ihrer eigenen Wohnanlage, am richtigen Ort zu sein. Warum hatte sie versucht, sich abzusetzen und einen besseren Ort zu finden? Der Park war hübsch, und Philip würde er zweifellos ein paar Tage lang fehlen, aber sie bereute ihren Entschluss nicht. Hier schien ebenfalls die Sonne, es gab Spielgeräte für Philip und genug Kinder, mit denen er sich anfreunden konnte, Kinder, über deren Sauberkeit und Erziehung sie sich keine Sorgen zu machen brauchte. Und Frauen wie sie selbst, mit denen sie Gedanken austauschen konnte.

»Ich will Dickie«, sagte Philip, der sich auf seinem Dreirad langsam näherte. Er hatte den Spielplatz besichtigt und verworfen.

»Schätzchen, dort drüben am Sandkasten sind kleine Jungen. Willst du nicht mit denen spielen?« Sie wandte sich wieder der Frau zu, mit der sie sich unterhalten hatte, um nicht den Eindruck zu erwecken, dass sie Philip gegenüber das schlechte Gewissen hatte, das sie hatte.

»Ich will Dickie!«, sagte Philip zwei Minuten später. Jetzt war er vom Dreirad abgestiegen und stand daneben, als würde er es nie wieder besteigen, außer um seinen Freund zu besuchen. Er hatte Tränen in den Augen. Er schaute seine Mutter vorwurfsvoll und anklagend an, entschlossen und verständnislos.

Das, so begriff Mrs. Robertson, war der Moment, wo es Festigkeit zu beweisen galt, ihn zu ignorieren oder das zu sagen, was ihn für alle Zeiten zufriedenstellen oder zum Schweigen bringen würde. Ratlos zauderte sie.

»Wer ist Dickie?«, fragte eine der Frauen.

»Ein kleiner Junge, den er auf der Straße kennengelernt hat«, antwortete Mrs. Robertson.

Als wäre er über ihre Erwähnung seines Freundes verärgert, wandte Philip sich ab und ging hocherhobenen Hauptes davon, was seiner Mutter die Antwort ersparte, die sie nicht geben konnte.

Am nächsten Nachmittag fragte Philip wieder nach Dickie und auch am Tag darauf und am übernächsten Tag. Doch am fünften Nachmittag fragte er nicht mehr.

Primeln sind rosa

Freudestrahlend stürmte Mr. Theodore Fleming in die Lobby seines Wohnhauses, grüßte den Liftboy und trat in den Aufzug. Im zwölften Stock stieg er aus und ging aufgekratzt in sein Apartment. Seine Frau saß im Wohnzimmer.

»Schau mal«, rief er, entfernte das braune Packpapier von einem zusammengerollten Papierbogen und zeigte ihr triumphierend seinen Schatz. »Das ist genau das, was ich seit Monaten suche.«

Seine Frau schien nicht sonderlich beeindruckt. Sie sah nur das graue Bild eines Jockeys auf einem Pferd. Am unteren Rand des Bildes befand sich eine verschnörkelte Inschrift.

»Was soll das sein?«, fragte sie zögerlich.

»Das ist Sainfoin«, erwiderte ihr Mann. »Es war eines der berühmtesten Rennpferde Englands.«

»Oh«, sagte Catherine, die sich keine große Mühe gab, Interesse zu zeigen. »Sieht ziemlich trist aus.«

»Natürlich, es ist ja auch nicht farbig, aber warte, bis es koloriert und lackiert ist.«

Mr. Fleming trug seine Errungenschaft in sein Zimmer, hielt sie an die Wand und betrachtete sie wohlwollend. Das Bild war groß, etwa 70 mal 100 Zentimeter.

»Wo hast du es gefunden?«, fragte Catherine.

»In einer der Kunsthandlungen in Greenwich Village. Bei Brentano hätte es mindestens zehn Dollar gekostet.« Dann las er ihr die Inschrift vor. »Im ersten Jahr der garantierten Wetteinsätze ...«

»Welche Farbe soll es haben?«

Mr. Fleming hielt inne; ein besorgter Ausdruck erschien auf seinem ohnehin schon nervösen Gesicht.

»Hm, keine Ahnung. Ich nehme an, der Ladenbesitzer weiß das. Die Farben müssen selbstverständlich authentisch sein.«

Catherine wusste, was jetzt kommen würde. In den fünf Jahren ihrer Ehe hatte sie häufiger die Gelegenheit gehabt, die Detailversessenheit ihres Mannes zu beobachten.

Mr. Flemings Gesicht verdüsterte sich. Sein Schnurrbart zuckte unruhig. Gedankenverloren ging er zum Garderobenschrank, nahm seinen Hut und verabschiedete sich unvermittelt von seiner Frau.

Der Inhaber der kleinen Kunsthandlung war dick und gut gelaunt. Mr. Fleming sprach ihn voller Zuversicht an.

»Ich würde gern ein koloriertes Exemplar des Sainfoin-Druckes sehen, den ich am Nachmittag gekauft habe, falls Sie eins dahaben.«

Der Ladenbesitzer presste die Lippen fester zusammen, so dass sich das Lächeln in seinem rundlichen Gesicht ein wenig verbreiterte. Langsam, bedauernd schüttelte er den Kopf.

»Was soll das heißen? Sie haben kein koloriertes Exemplar?«

Der Kopf bewegte sich noch immer sehr langsam hin und her.

»Ich habe es noch nie in Farbe gesehen«, sagte er mit einer behäbigen Baritonstimme. »Muss man wohl seine eigenen Farben wählen.«

Mr. Flemings Zartgefühl war verletzt. Hastig verließ er den Laden und eilte zurück zur U-Bahn. An der 42nd Street stieg er aus und ging entschlossen auf die Stadtbibliothek zu. Nach einigem Hin und Her führte man ihn in einen Raum mit einem großen Tisch und ein paar Stühlen in der Mitte. Das sei die auf Drucke von englischen Pferden und Pferderennen spezialisierte Abteilung, erklärte man ihm. Die nächsten zwei Stunden verbrachte er damit, die gut zwanzig Bücher zu sichten, die ihm ein stummer Angestellter, wie ein schemenhafter Geist aus der Flasche im Märchen, nach und nach an den Tisch brachte. Am Ende hatte er sämtliche Bücher und die Sammlung der Drucke durchsucht und wusste alles über Sainfoin, bloß nicht, in welchen Farben er am 4. Juni 1890 das Derby gewonnen hatte.

Es war Abend, als er nach Hause zurückkehrte. Catherine sah von ihrer Illustrierten auf.

»Wo warst du, Theodore?«

»Überall«, antwortete ihr Mann. »Ich kann sie nicht finden.«

»Was denn?«

»Die Farben«, antwortete Mr. Fleming und ließ sich in den Sessel fallen. Er fühlte sich müde und zerschlagen.

»Müssen es unbedingt die echten Farben sein? Den Unterschied erkennt doch ohnehin kein Mensch. Ich dachte Blau und Weiß …«

»Catherine, das ist kein gewöhnliches Bild«, erklärte Mr. Fleming geduldig. »Es ist ein besonderes Rennen. Es ist ein authentisches Porträt von Jockey und Pferd.« Bedrückt verstummte er.

Catherine sah ihren Mann an, der schlaff und mit geschlossenen Augen in seinem Sessel saß. »Du könntest an den Jockey Club schreiben und dort nachfragen«, schlug sie vor. Es klang, als spräche sie mit einem Kind.

»Ich glaube kaum, dass man dort Informationen über ein englisches Pferderennen hat.«

Catherine sagte, das könne man nie wissen, doch er antwortete nicht.

Mr. Fleming schrieb dann doch an den Jockey Club, als ihm nichts anderes mehr einfiel. Eine Woche später riss er begierig das Antwortschreiben auf.

»Das kastanienbraune Pferd Sainfoin gehörte Sir James Miller und trug die Farben ›Primel‹ und Weiß …«

Er jubelte. Er entrollte den Druck, versuchte, ihn sich farbig vorzustellen, und erkannte, dass er nicht genau wusste, was »Primel« für eine Farbe war. Rasch schlug er in seinem Lexikon nach.

Er las: »Ein blasses Grünlich-Gelb; eine Blume dieser Farbe.«

Mr. Fleming hatte etwas Kräftigeres erwartet. Erneut betrachtete er den Druck und tröstete sich mit dem Gedanken, dass es wenigstens die korrekten Farben wären.

Zwei Wochen später holte er den Druck vom Einrahmen ab. Auch dieses Mal packte er das stattliche Bild vor Catherine aus.

»Ist das ›Primel‹?«, fragte sie nur.

Er hatte keinen Freudenschrei von ihr erwartet, aber eine so kühle Reaktion war nun wirklich ärgerlich. Natürlich sei das »Primel«, antwortete Mr. Fleming. Was denn sonst?

»Primeln sind rosa«, sagte sie trocken.

Theodore Fleming hatte keine Lust, mit seiner Frau zu streiten.

»Im Lexikon steht Grünlich-Gelb, und das hier ist Grünlich-Gelb, oder nicht?« Es war offensichtlich, dass er nicht weiter darüber sprechen wollte.

»Mutter hatte immer Primeln in ihrem Garten«, gab Catherine ruhig zurück. »Und die waren rosa. In *dieser* Farbe habe ich sie noch nie gesehen.«

»Schlag im Lexikon nach«, sagte Mr. Fleming, zunehmend gereizt.

»Dafür brauche ich kein Lexikon. Ich weiß, welche Farbe Primeln haben. Grünlich-Gelb ist sowieso viel zu blass für Rennfarben.«

Zum ersten Mal bedachte Mr. Fleming, was seine Frau da sagte. Er sah sich den Druck noch einmal an und musste mit einem leichten Zittern zugeben, dass die Primelfarbe sich nicht besonders abhob und der aufgetragene Firnis sie sogar noch etwas mehr gedämpft hatte. Er stürzte in einen Abgrund voller Zweifel. Auch er schien sich von irgendwoher an rosa Primeln zu erinnern.

Eine ganze Woche verstrich, bis er den Mut aufbrachte, in einem größeren Lexikon nachzuschlagen. Dort fand er dieselbe beruhigende Definition: Grünlich-Gelb. Catherine hielt trotzdem hartnäckig an ihrer Meinung fest, und er sah sich genötigt zuzugeben, dass die Farben nicht so

auffällig waren, wie man sie von der Abbildung eines Renn-
pferds erwartet hätte.

Seitdem sind fast zwei Jahre vergangen. Das Bild hängt
noch immer in seinem Zimmer, doch Mr. Fleming zeigt es
nicht besonders gern. Obwohl er nie darauf angesprochen
wurde, ist ihm jedes Mal etwas mulmig zumute, wenn einer
seiner Freunde sich den Druck näher ansieht. Meistens sagt
er dann schüchtern: »Primeln haben diese Farbe. Englische
Primeln sind gelb, weißt du.«

Blumen für Louisa

Schon der Anblick ihres Namens als »Trott« auf dem quadratischen weißen Briefumschlag mit eingesteckter Lasche hatte fast bewirkt, dass Louisa Trotte den Umschlag ungeöffnet wegwarf. Es war nur eine Reklame des Kaufhauses, bei dem sie ein Kundenkonto unterhielt. Doch weil sie so selten Post bekam, zog Louisa, die an dem langen Tisch in Mrs. Holperts schwach erleuchtetem Flur stand, die Broschüre aus dem Umschlag, hielt sie schräg zur gelblichen Glühbirne der Wandlampe in Kerzenhalterform und betrachtete die Pelzmäntel mit ziemlich kurzsichtiger, nachdenklicher, doch letztlich zerstreuter Aufmerksamkeit. Eine Strähne ihres kupferbraunen Haars löste sich langsam aus dem Knoten an ihrem Hinterkopf, ragte waagerecht ab und hing herunter.

»Hallo, Miss Trott.«

Louisa Trotte rückte die Brille auf dem Rücken ihrer langen, dünnen Nase zurecht und spähte in die kimmerische Finsternis am Ende des Flurs. »Guten Morgen, Jeannie!«, rief sie, als ein unscharfes helles Etwas sich näherte.

»Hast du einen Brief bekommen?«, fragte Jeannie und zerrte schüchtern am Saum ihres Nachthemds, bis er über ihren Nabel hochgerutscht war.

Louisa warf einen Blick zu der breiten braunen Treppe,

um sicherzugehen, dass keiner der männlichen Logiergäste gerade die teppichverkleideten Stufen herunterkam, trat zu Jeannie und zog das Nachthemd herunter. Sie drückte das Kind impulsiv an sich, so dass sein weicher Bauch ihre knochigen Knie berührte, und ließ es dann mit einem Klaps auf den Po los. »Ja, Jeannie, ich habe einen Brief bekommen. Willst du ihn mit mir lesen?«

»Ja, will ich«, erwiderte Mrs. Holperts kleine Enkelin, die ihr Nachthemd abermals hochzuziehen begann.

»Nur einen Augenblick«, sagte Louisa, die die letzten Seiten nicht minder sorgfältig als die ersten überflog. Einer der Mäntel gefiel ihr nicht übel, ein schwarzer Persianer mit weiten, zurückgeschlagenen Manschetten. Aber vierhundertneunundvierzig Dollar!

Louisa verbannte die Pelzmäntel so abrupt aus ihrem Geist, wie sie die Broschüre zuschlug, beugte sich zu dem kleinen Mädchen und hielt ihm das Heft hin. »Bitte schön! Such dir einen schönen warmen Pelzmantel aus und zeig ihn mir, wenn ich von der Arbeit komme. In Ordnung?«

»Ordnung.«

Im Hintergrund des Flurs hörte man ein Kind husten, ein fernes, schwaches Geräusch.

»Wie geht's deiner kleinen Schwester?«, fragte Louisa und rückte die Jacke ihres schwarzen Kostüms mit einer Bewegung der Schultern zurecht.

»Schlechter, sagt Oma«, antwortete Jeannie.

»Ach, wirklich?« Louisa mochte Eleanor nicht so gut leiden wie Jeannie, obwohl es sicher albern war, so von einem Kleinkind zu denken, das nicht einmal drei Jahre alt war. »Pass gut auf, dass du dich nicht ansteckst, mein Herzchen!« Sie drückte Jeannie noch einmal an sich, tätschelte ihr den Kopf mit ihrer knochigen Hand und wandte sich zur Tür.

»Hast du ein Stück Ssucker?«

Louisa blieb stehen und griff in die Seitentasche ihrer Jacke. »Aber selbstverständlich! Hier!« Sie legte einen eingepackten Zuckerwürfel in Jeannies offenes Patschhändchen und sah zu, wie die Finger mit den unvorstellbar kleinen Nägeln sich darum schlossen. Es war einer der Zuckerwürfel, die sie beim Lunch für Al, das Pferd des Blumenhändlers, aufsparte, dem sie meistens auf der West End Avenue begegnete, wenn sie von der Arbeit nach Hause kam. Doch heute Abend würde sie neue Zuckerwürfel haben.

»Auf Wiedersehen, Jeannie!«

Sie ging über die gebohnerten Eichendielen zu der hohen Flügeltür mit farbigem Glaseinsatz, die in einen quadratischen gefliesten Empfangsraum führte, ging durch die Doppeltür dahinter und trat auf die sonnenwarmen Steinstufen. Schnellen Schritts begab sie sich zum Riverside Drive und zu der Bushaltestelle einen Häuserblock weiter.

»Mich Trott zu nennen!«, murmelte sie, während sie den leeren Umschlag in einen Abfallbehälter warf. Schlimm genug, dass die amerikanische Aussprache in den fünfzehn Jahren, seit sie hier lebte, den Kampf gegen das End-»e« gewonnen hatte, doch man hätte zumindest erwarten dürfen, dass die Leute den Namen richtig schrieben.

Nicht dass die Falschschreibung ihres Nachnamens sie wirklich irritierte – sie war weder eitel noch ein Kleingeist –, doch sie verabscheute Ungenauigkeit, und an diesem Morgen beschäftigte nichts Wichtigeres ihre Gedanken. Die Arbeit im Büro verlief reibungslos; Louisa verschwendete keinen Blick an die wechselnden Farben des Frühherbstes, die der Streifen Grünfläche neben dem Drive zeigte. Ihre lange, gebogene Nase empfand keinen Genuss an der kühlen, frischen Luft um halb neun Uhr morgens.

Merkwürdigerweise quälte das Unvermögen desjenigen, der ihren Brief beschriftet hatte, sie bei ihrer Fahrt auf dem Oberdeck des Busses undeutlich und erinnerte sie vage an andere kleine Misshelligkeiten ihres Lebens, an ihren trinkfreudigen Bruder, der in Europa herumstreunte, an die wachsende Schwierigkeit, von einem bescheidenen Gehalt wie dem ihren in New York zu leben, an den Umstand, dass sie heute Morgen fast zehn Minuten lang hatte warten müssen, bis Mr. Noenzi ihr das Badezimmer frei gemacht hatte, und an den Hebel, der aus dem finsteren Ventilationsschacht über der Badewanne herausragte, einen ungeschlachten Holzprügel, der etwas Gewalttätiges ausstrahlte und sie jedes Mal, wenn sie ihn sah, das Wort »Mord« assoziieren ließ. Er sah aus, als hielte ihn jemand in der Hand. Doch keines dieser Ärgernisse ärgerte sie wirklich. Sie gingen ihr lediglich im Kopf herum und brachten einen Ausdruck leiser Besorgnis in ihr Mienenspiel, während sie die Titelseite der *Times* überflog. Sich über Nebensächlichkeiten den Kopf zu zerbrechen, war für Louisa unbewusst eine *raison d'être*.

Als der Bus aus der Fifty-seventh Street in die Fifth Avenue bog, stieg sie aus und ging zu Fuß weiter. Sie hätte bis zur Forty-eighth Street mit dem Bus fahren können, doch sofern es nicht regnete, ging sie die neun Häuserblocks jeden Morgen zu Fuß, um Bewegung zu haben.

Ihre große und relativ knochige Gestalt, die einer ledigen, beruflich kompetenten, weitgehend zufriedenen Frau Mitte vierzig, eilte die Fifty-fifth Street entlang. Der Saum ihres schwarzen Kostümrocks, der dank einer Reihe sechs Zoll langer Falten ringsum nach unten weiter wurde, umspielte kühn ihre dahineilenden knochigen Beine, und die widerspenstige Strähne kupferbraunen Haars, die der großen Schildpatthaarnadel entschlüpft war, wippte bei jedem angriffslustigen Schritt hinter ihrem Kopf, auf dem ein zylindrischer kleiner Hut mit Krempe saß, unaufdringlich und unbedeutend, eine ehrerbietige Reverenz vor der Schicklichkeit. Ihre Schultern beugten sich angespannt vor unter der schwarzen Jacke, deren Schnitt durch vier eng aneinandergesetzte Knöpfe vorne aufgelockert war. Fünfzehn Jahre Sekretärinnendasein hatten ihre Hüften nur unmerklich in die Breite gehen lassen, wenngleich all ihre Röcke um ihren flachen Hintern leicht spannten.

Jedermann, der Miss Louisa Trotte morgens die Fifth Avenue entlangeilen sah, ordnete sie nicht nur unwillkürlich als Sekretärin ein, sondern dachte auch an Europa. Ihre flachen Schuhe, ihr altes Schneiderkostüm und ihr schimmernder kupferfarbener Knoten strahlten etwas aus, was über bloße Zweckmäßigkeit hinausging. Etwas Individualistisches prägte sie, etwas Romantisches und Abenteuerliches, wie man es bisweilen an einem alten, abgetragenen Koffer findet, der mit verblassten Aufklebern verunziert ist. Es kam einem vor, als lebte sie in möblierten Zimmern, weil ihr die Beweglichkeit des Reisenden innewohnte, in Zim-

mern, an deren Wänden sich Fotografien vom Schwarzwald, von einem holländischen Kanal, einem dänischen
Hafen oder norwegischen Fjord befanden. Ihr Bad lag am
Ende des Flurs in dem ruhigen, makellos sauberen und ehr-
baren alten Haus, zu dem Instinkt und lange Erfahrung sie
so sicher geleitet hatten, wie sie eine Taube zu ihrem hei-
mischen Schlag zurückführen. Man konnte sich vorstellen,
dass sie im Frühling einen kleinen Blumenkasten bestellte,
wenn sie an schönen Samstagnachmittagen in einem Cam-
pingstuhl auf dem rußigen Dachdreieck vor ihrem Fenster
zum Hof im zweiten Stock saß, einem Dach, das den brief-
markengroßen Garten ihrer Vermieterin überragte, während sie ihr Haar sorgsam mit einem weißen Frotteetuch
trocknete. Denn mit ihren zwei freien Tagen in der Woche
würde sie geizen, durch lange Gewohnheit die eigene Gesellschaft der ihrer besten spärlichen Freunde vorziehen.
Wenn man sie des Morgens auf dem Weg in die Arbeit sah,
konnte man sie sich ein paar Minuten früher vorstellen,
neben ihrer Kochplatte, wo sie ein Korinthenbrötchen in
eine Tasse schwarzen Kaffees tauchte und ins Leere starrte.
Und hätte man sich all das über Louisa Trotte vorgestellt,
so hätte es fast gänzlich der Wahrheit entsprochen. Bis auf
den Umstand, dass die Bilder an ihren Wänden kleine Öl-
gemälde ihrer Tante vom Hafen Kopenhagens und seiner
Umgebung waren und Aquarelle von Gloucester, die sie bei
einem ihrer Sommerurlaube erstanden hatte. Die verblei-
chenden Fotografien vom Schwarzwald und vom Spree-
wald, die sonderbaren, willkürlichen Schnappschüsse, die
ihr Bruder in Holland gemacht hatte und die sie sorgsam
hütete, weil sie von ihm waren, bewahrte Louisa in einem

ledergebundenen Album auf, das seit den letzten zehn oder zwölf Jahren nur halb voll war. Und jedermann mit genügend Vorstellungsvermögen hätte auch erkannt, dass mehr an ihr war als eine frustrierte Junggesellin, eine exzentrische alte Jungfer. Ihre Unabhängigkeit, Zufriedenheit und die Aura eines älteren Kontinents, die sie umgab, forderten den Amerikanern Respekt ab. Sie sah aus wie jemand mit eigenen Gedanken und Besitztümern, den es nach denen anderer Leute nicht gelüstete.

»Wer weiß, vielleicht ist er tot!«, dachte Louisa von ihrem Bruder, als sie in die Forty-eighth Street einbog. »Ich werde einfach nicht mehr an ihn denken.« Letztere Bemerkung machte sie häufig über Dinge, die zu Ende zu denken sie sich fürchtete, weil sie sich so allein und machtlos vorkam.

Dann stieg ein altes Bild von Europa und ihrem Bruder vor ihrem inneren Auge auf: Ein betrunkener Gerd, der auf einer Wirtshausbank saß, und alles Chaos der Hitlerzeit und des Weltkriegs, das wie ein Brecher über ihn hereinstürzte, so dass ihm der Kopf wackelte, weiterfloss und ihn durchnässt an der gleichen Stelle zurückließ. Was konnte Gerd schon umbringen? Wer sollte sich die Mühe machen, ihn umzubringen?

Sie hatte seit zwei Jahren nicht mehr von ihm gehört, seit er sich ausgerechnet im trockenen Haag befunden hatte. Sein letzter Brief war unter Alkoholeinfluss geschrieben, teils Holländisch, größtenteils Dänisch, und nicht etwa über ihn oder darüber, was geschehen war oder was er zu tun beabsichtigte, sondern über irgendwelches Sonnenlicht auf Steinstufen. In einem normalen Menschen mit einer

Spur Interesse und Verantwortungsgefühl für das, was in Europa vor sich ging, konnte so etwas nur Empörung wecken. Louisa fühlte sich im Recht, diesen Bruder aus ihrem Leben zu streichen. Nur manchmal, wie an diesem Morgen, wenn sie eine Inventur ihrer Kümmernisse vornahm, hatte Louisa den Eindruck, dass sie etwas für ihn tun sollte, einfach deshalb, weil er eine Sorge mehr war, mit der ihr energisches Temperament es aufnehmen konnte.

»Morgen, Miss Trott«, sagte der Fahrstuhlführer.

»Guten Morgen, George«, erwiderte Louisa.

Ihre sanften, haselnussbraunen Augen zwinkerten gedankenverloren hinter den Brillengläsern. Ihr kleines Gesicht mit dem spitzen Kinn und den runden Wangen, so weich wie der schlaffe Baumwollkragen ihrer Bluse, der am Hals mit einer kleinen zuchtperlenbesetzten Nadel geschlossen war, verlor allmählich den bekümmerten Ausdruck, und als sie den Aufzug im elften Stock verließ, wirkte es freundlich und aufgeweckt.

Louisa war tief in die Arbeit des Vormittags versunken, bevor Mr. Bramford ihr gemeinsames Büro in den Räumen der Pioneer Engineering and Design Company betrat. Der Anblick seiner bedächtigen, untersetzten Gestalt im Pfeffer-und-Salz-Anzug zerstreute die letzten Spuren von Beunruhigung in Louisas Geist. Sie hätte sich keinen anständigeren, freundlicheren und doch zugleich unpersönlicheren Vorgesetzten vorstellen können als Mr. Clarence Bramford, den geschäftsführenden Leiter der Public-Relations-Abteilung. In den vergangenen zehn Jahren hätte sie oft genug für ein höheres Gehalt zu einer anderen Firma gehen können, aber Louisa wusste, was Charakter bedeutet – auch der einer Firma –, und sie wusste, wo sie es gut hatte.

»Ein schöner Tag, nicht wahr, Miss Trotte?«, sagte Mr. Bramford, als er seinen Hut oben auf den Kleiderständer legte, an dem Louisas Hut und Handtasche hingen.

»In der Tat, Mr. Bramford.«

»Ich nehme an, dass der Drive richtig hübsch aussieht.«

»O ja, das tut er.« Sie hatte das Gefühl, dass Mr. Bramford ein wenig deprimiert wirkte. Normalerweise war er nicht so redselig.

Louisa wunderte sich, dass Jeannie nicht nach oben kam, während sie ihre Tasse Tee zubereitete. Sie trank stets eine Tasse Tee und ruhte sich kurz aus, bevor sie zum Abendessen das Haus verließ, und Jeannie pflegte zu ihr hereinzukommen und einen der Kekse zu essen, die Louisa ihretwegen immer da hatte. Die bestrumpften Füße bequem ausgestreckt, saß Louisa lange Zeit in ihrem einzigen Sessel und wartete auf Jeannies leises Klopfen unten an der Tür, aber es kam nicht. Sie war enttäuschter, als sie sich eingestehen mochte, denn sie erinnerte sich an die Kaufhausbroschüre und daran, dass sie und Jeannie sich Pelzmäntel aussuchen wollten. Dann rang sie sich ein Lächeln ab, um sich aufzuheitern. Wahrscheinlich hatte das Kind etwas Amüsanteres zu tun, als sie zu besuchen. Und der Persianermantel – falls er ihr wirklich gefallen haben sollte – wäre ohnedies den Weg aller ihrer Wünsche gegangen, so wie die Zugreise nach Norden zum Skifahren – selbstverständlich mit Skiern und allem Drum und Dran – oder die Woche, die sie gern im Plaza-Hotel verbracht hätte. Komische Wünsche bei einer Frau, die jedes Jahr älter wurde. Und ärmer! Was hieß, dass der Betrag, den sie regelmäßig von ihrem Gehalt zurücklegen konnte, jedes Jahr geringer wurde.

Gewaschen und komplett umgezogen, was das Vergnügen an ihrer täglichen Hauptmahlzeit noch steigerte, stieg Louisa gegen halb sieben Mrs. Holperts Treppe hinunter. Sie hörte, wie die Eingangstür geschlossen wurde, und sah Mrs. Holpert in ihre Wohnung am Ende des Flurs zurückgehen.

»'n Abend, Miss Trott«, sagte Mrs. Holpert.

»Guten Abend, Mrs. Holpert. Geht es Eleanor heute Abend etwas besser?«

Mrs. Holperts üppige Gestalt blieb stehen. »Das war eben der Doktor. Jeannie hat den gleichen Husten gekriegt, und der Doktor sagt, es sieht nach Scharlach aus.«

»Scharlach! Damit ist nicht zu spaßen, nicht wahr?«

»Richtig.« Mit ihrer geduckten Haltung in der schmucklosen Kittelschürze und den flachen Pantoffeln sah Mrs. Holpert heimgesucht und schicksalsergeben aus. »Er kommt morgen wieder nachsehen, und wenn es stimmt, dann habe ich alle Hände voll zu tun; schließlich ist Helen nicht da.«

Louisa hatte fast vergessen, dass Mrs. Holpert nicht die Mutter, sondern die Großmutter der Kinder war. Helen war wegen ihrer Arbeit am Theater fast nie da. Louisa war der Ansicht, dass Helen zu sehr hinter den Männern her war. »Das tut mir aber leid«, sagte Louisa etwas steif, da sie zu Mrs. Holpert keine nähere Beziehung pflegte. »Sagen Sie Jeannie, dass Miss Trotte ihr schöne Grüße ausrichten lässt und ihr gute Besserung wünscht, damit wir uns zusammen die Pelzmäntel anschauen können. Sie weiß, was ich meine.«

Am nächsten Morgen begegnete Louisa auf dem Weg zum Badezimmer Miss Eldstahl, die das Zimmer neben ihr bewohnte.

»Haben Sie schon gehört, Miss Trott?«, flüsterte Miss Eldstahl. »Die Kleinen von Mrs. Holpert haben Scharlach!«

»Tatsächlich? Kommen sie ins Krankenhaus?«, fragte Louisa beiläufig und entschlossen, sachlicher als Miss Eldstahl zu sein.

»Nein, man hat sie in Quarantäne gesteckt. Mrs. Dusenberre hat gesagt, dass sie vor Fieber richtiggehend glühen, und Mrs. Holpert hat mir gestern Abend erzählt, dass sie glaubt, sie hätte sich auch angesteckt. Ich werde jedenfalls einen weiten Bogen um ihre Wohnung machen; das können Sie den anderen Gästen weitersagen.« Miss Eldstahl riss die Augen auf und rauschte den Flur entlang zu ihrem Zimmer, wobei ihr frischgewaschenes Gesicht und ihr langer Bademantel ihrem Auftritt ein dramatisches Flair verliehen.

Als Miss Eldstahls Tür sich hinter ihr geschlossen hatte, trat Louisa an die breite braune Treppenbrüstung und lehnte sich darüber. Sie war sich nicht sicher, ob sie Miss Eldstahl wirklich glauben sollte. Miss Eldstahl und Mrs. Holpert, erwog sie, waren Schwarzseher. Dennoch war es unten verdächtig still. Der Gedanke, dass Jeannie nicht zu ihr kommen würde, wenn sie die Post durchsah, der Umstand, dass sie sie am Vorabend nicht besucht hatte, löste in Louisa Besorgnis aus.

Als sie unten geistesabwesend die Post durchsah, die nicht wie sonst vorsortiert auf dem langen Tisch lag, fragte

Louisa sich, ob sie zurückgehen und sich bei Mrs. Holpert nach Jeannies Befinden erkundigen solle. Sie sah auf die Armbanduhr, sah, dass ihr weniger Zeit als gewöhnlich blieb, und ging eiligen Schrittes in die Finsternis am Ende des Flurs. Es freute sie, dass in diesem Augenblick Miss Eldstahl die Treppe herunterkam.

»Herein«, rief Mrs. Holpert mit schwacher Stimme als Antwort auf Louisas Klopfen.

Louisa trat in einen dunklen Eingangsraum; durch eine halbgeöffnete Tür konnte sie Mrs. Holpert sehen, die in ihrem Himmelbett saß. Das Licht der Nachttischlampe sorgte für eine düstere Stimmung. In Mrs. Holperts Wohnung herrschte stets Dämmerlicht, weil die Fenster auf Nebengassen gingen und auf den Garten, den eine Mauer umschloss.

Mrs. Holpert wedelte mit der Hand über der Bettdecke. »Kommen Sie nicht näher. Ich dachte, Sie wären der Doktor.«

Louisa wusste zuerst nicht, was sie sagen sollte. Mrs. Holperts Gesicht war nicht gerötet, wie sie es sich bei den Kindern vorstellte. Und die unförmige Masse ihres Körpers unter den zerknüllten Laken hatte etwas Unappetitliches. »Geht es den Kindern schon besser, Mrs. Holpert?«

»Es muss ihnen erst noch schlechter gehen, bevor es besser wird.«

»Nun ja, aber es ist doch eher unwahrscheinlich, dass Erwachsene sich anstecken, oder?«, fragte Louisa, die sich töricht vorkam mit dem Rücken an der Zimmertür, wohin Mrs. Holpert sie verwiesen hatte.

»Mich hat es erwischt«, sagte Mrs. Holpert warnend.

»Und der Himmel weiß, ob mein Herz das aushält. Ich habe gehört, für Leute mit schwachem Herzen soll es lebensgefährlich sein.«

»Tatsächlich!« Louisa hätte fast hinzugefügt: »Wenn ich irgendetwas tun kann …« Doch sie war davon überzeugt, dass Mrs. Holpert allein zurechtkam. Sie sah zu der geschlossenen Tür, hinter der gedämpft Jeannies Husten zu hören war. Sie hätte gern nach Jeannie geschaut, aber nicht einmal um diesen Gefallen mochte sie Mrs. Holpert bitten.

»Geben Sie mir das Wasserglas, Miss Trott?«, bat Mrs. Holpert und streckte unsicher einen Arm aus.

Louisa reichte ihr das Glas vom Nachttisch. Dann sah sie auf die Armbanduhr, wie um zu verstehen zu geben, dass auch sie zu tun habe.

Mrs. Holpert nahm die Geste jedoch nicht zur Kenntnis. Sie nippte behutsam an dem Glas, das sie mit beiden Händen hielt, und hatte die Augen geschlossen. »Könnten Sie nach den Kindern sehen, Miss Trott? Nur einen Blick zur Tür hinein?«

Louisa ging zur Tür. Ihre gertenschlanke Gestalt stand in scharfem Kontrast zu Mrs. Holperts unförmiger Masse. Das Zimmer hinter der Tür war verdunkelt; Jeannie setzte sich auf und blinzelte ins Licht, das durch die geöffnete Tür hereindrang.

»Jeannie, Schätzchen, ich bin's, Miss Trotte.«

Als erinnere sie der Anblick ihrer Freundin an die Vergnügungen, auf die sie verzichten musste, verzog Jeannie das Gesicht und begann zu heulen.

»Jeannie, du darfst doch nicht weinen!« Mit Mrs. Holpert in Hörweite, kam Louisa sich sehr hilflos und ungeschickt vor. Sie warf einen Blick auf die jüngere Eleanor, die schlafend in ihrem großen hölzernen Laufstall am anderen Ende des Zimmers lag, die Arme neben dem blonden Lockenkopf nach hinten geworfen. Louisa kam es vor, als sei ihr Gesicht dunkelrosa überhaucht. Scharlach! Mit Eleanor zusammen eingesperrt, hatte Jeannie sich zweifellos anstecken müssen. Besaß Mrs. Holpert nicht genug Verstand, die Kinder auseinander zu halten? Etwas in Louisa wehrte sich mit kämpferischem Mitgefühl dagegen, dass die Kinder leiden mussten. Vielleicht war es ihre Verachtung aller Inkompetenz, ihre Verachtung der Indolenz von Mrs. Holpert. Am liebsten hätte sie Jeannie die Hand auf die Stirn gelegt, aber sie war sich nicht sicher, ob das vernünftig war. Außerdem verspürte sie leisen Ekel. Sie hatte das Gefühl, als könne sie die Bazillen beinahe sehen, von denen es in diesem Raum wimmeln musste. Ein sonderbarer Geruch hieß sie auf der Hut sein, nicht nur der Geruch von Medizin, sondern Krankheitsgeruch.

»Ach, Jeannie, im Handumdrehen sind wir wieder gesund. Und dann können wir uns zusammen die Pelzmäntel anschauen. Weißt du noch? Wäre das nicht fein?« Sie kam sich vor wie eine Heuchlerin.

»Nee. Bin krank!«, sagte Jeannie; es war der Schmerzensschrei der Betrogenen.

Louisa ging zurück in Mrs. Holperts Zimmer und schloss die Tür. Am liebsten hätte sie die Frau aus ihrem Bett gezerrt. »Sie bekommen doch sicher eine Krankenschwester, oder?«

Mrs. Holpert schüttelte den Kopf. »Bisher nicht. Aber ich werd's schon schaffen.«

Will kein Geld ausgeben, aber was ist mit den Kindern, dachte Louisa, als sie sich von Mrs. Holpert verabschiedete und langsam den Flur entlangging. Sie blieb bei der ersten Doppeltür stehen und starrte auf die vielfarbigen Glasrauten. Dann wandte sie sich plötzlich um und ging zum Münztelefon unter der Treppe. Im gelblichen Licht der Glühbirne konnte sie mit Mühe die Wählscheibe erkennen.

»Hallo, Miss Freeman? Hier spricht Louisa Trotte. Würden Sie bitte Mr. Bramford ausrichten, dass ich heute etwa eine Stunde später komme?«

Als Louisa den Hörer auflegte, kam sie sich vor wie ein entgleister Zug. Zum ersten Mal seit fünf oder sechs Jahren würde sie nicht um neun Uhr im Büro sein. Sie hatte beschlossen, auf den Arzt zu warten und ihn zu fragen, wie es wirklich um Jeannie stand.

»Sie geben den Kindern jeweils eine alle zwei Stunden und Mrs. Holpert zwei alle zwei Stunden. Das senkt das Fieber.«

Louisa nickte und warf einen Blick auf die Flasche mit weißen Pillen, die der Arzt auf den Tisch im Eingangsraum gestellt hatte. Er war ihr nicht sympathisch. Zum einen fand sie ihn zu jung und zu überheblich. Außerdem hatte er sich Mrs. Holperts Namen nicht merken können, obwohl sie ihn zweimal korrigiert hatte. Und ohne mehr von ihr zu wissen, als dass sie zu den Logiergästen gehörte, hatte er ihr die Tabletten anvertraut.

»Alles klar?«, sagte Dr. Marlowe und warf sich seinen Tweedmantel über.

»Ja.« Louisa zauderte. Sie sah zu Mrs. Holperts Zimmertür. »Wissen Sie, ich … ich gehe normalerweise ins Büro.«

»Oh. Aber heute nehmen Sie sich doch frei, oder?«

»Ja. Das werde ich wohl tun.«

»Prima. Ich versuche, bis heute Abend eine Pflegerin zu bekommen. Ich schaue gegen – sagen wir mal – halb sieben wieder vorbei.«

Louisa lauschte seinem festen Schritt den Flur entlang. Dann schlug er die Tür zu, und danach herrschte Stille. Sie war mit den drei Bettlägerigen eingesperrt, und es gab niemanden im Haus, dem sie die Tabletten aufs Auge drücken konnte. Mr. Noenzi ging als Einziger nicht arbeiten, doch er war so alt, dass er sich kaum rühren konnte. Und natürlich Mrs. Dusenberre, aber die war dümmer, als die Polizei erlaubte. Mrs. Dusenberre wäre in der Lage, alle drei Patienten umzubringen.

»Louisa?«, ertönte klagend Mrs. Holperts Stimme.

Nun gut, dachte sie, Mr. Bramford konnte einen Tag lang auch ohne sie auskommen. Nach all den Jahren! Sie drehte sich um und ging zu Mrs. Holperts Schlafzimmer mit dem gleichen kraftvollen Schritt, mit dem sie an diesem Morgen die Fifth Avenue entlanggegangen wäre.

Der Vormittag war in den Nachmittag übergegangen, bevor Louisa auf ihre Armbanduhr sah, um die Uhrzeit festzustellen. Es war Viertel nach eins. Mrs. Holpert war nach einer für Louisas Begriffe recht herzhaften Mahlzeit eingeschlafen. Mr. Bramford würde jetzt vom Lunch zurückkommen und seinen braunen Filzhut auf den kahl wirkenden Kleiderständer hängen. Louisa sah sich in

Mrs. Holperts Schlafzimmer um, das sie soeben abgestaubt und gekehrt hatte, sah die Gegenstände an, die ihr in den letzten vier Stunden vertraut geworden waren, und es kam ihr sonderbar vor, an Mr. Bramfords Büroräume zu denken, die fünfzig Häuserblocks entfernt lagen. Es war sonderbar zu denken, dass es Viertel nach eins an einem Donnerstagnachmittag und sie nicht dort war. Mr. Bramford nahm wahrscheinlich an, dass sie beschlossen hatte, den ganzen Vormittag freizunehmen, und nach der Mittagspause kommen würde. Doch nun, da sie nicht erschienen war …

Sie ließ sich in Mrs. Holperts Sessel sinken; plötzlich war sie von der ungewohnten körperlichen Arbeit des Vormittags richtig erschöpft, und für einen Augenblick überließ sie sich, was sie seit ihrer Kindheit nicht mehr getan hatte, der müßigen Vorstellung, was eine ferne Person jetzt gerade von Moment zu Moment tun mochte … Mr. Bramford stand jetzt sicher am Fenster und glättete bedächtig sein graues Haar, das der Hut zerzaust hatte. Er würde sich fragen, ob sie unterwegs war oder was passiert sein mochte. Er würde sich setzen, etwas zu lesen anfangen und dann beschließen, sie anzurufen. Er würde den Hörer abnehmen und Miss Freeman die Nummer nennen …

Das Telefon kam Louisa um Sekunden zuvor, so dass sie aus dem Sessel aufschrak. Sie lief in den Flur, und ihr Herz klopfte unerklärlich, als sie sich sagte, dass es unmöglich Mr. Bramford sein könne.

Doch er war es. Der Klang seiner gelassenen Stimme beruhigte sie.

»Sie sind doch nicht etwa krank?«, fragte Mr. Bramford besorgt, als Louisa ihm die Umstände erklärt hatte.

»Nein, nicht die Spur! Es ist nur sonst niemand da, der sich um sie kümmern kann, bis heute Abend eine Pflegerin kommt … O ja, Mr. Bramford, morgen bin ich wieder da. Ich hoffe, ich mache Ihnen nicht zu viele Ungelegenheiten … Ja, vielen Dank, Mr. Bramford. Das ist sehr freundlich von Ihnen. Ach, und die Phipps-Motor-Briefe, die sind in der linken oberen Schublade meines Schreibtischs …«

Geistesabwesend und mit starrem Lächeln ging Louisa zurück in Mrs. Holperts Zimmer, durch das Kinderzimmer und den Flur entlang bis in die Küche, aus deren Fenster sie in den kleinen Garten sehen konnte, den sie nur von ihrem Dachfenster im zweiten Stock kannte. Das Sonnenlicht fiel jetzt senkrecht auf die Wildnis aus spitzen Blättern und spärlichem Efeu, der einen Teil der Ziegelmauer auf einer Seite bedeckte. Sie sah, dass einige der Blätter sich braun verfärbt hatten, und begriff, dass es wirklich Herbst war und nicht mehr Spätsommer. Eigentlich war es nett, einen Tag zu haben, an dem sie nicht wie üblich arbeitete. Seit sie mit Mr. Bramford gesprochen hatte, empfand sie nicht die geringsten Schuldgefühle. Sie konnte sich an dem Tag freuen, weil er so anders war, obwohl sie schwierigere Aufgaben als sonst zu erledigen hatte. Wie komisch, dachte sie, dass das Abweichen von der Routine ihr so gut gefiel, ihr, die sie die Routine über alles schätzte.

Am Abend fand der junge Arzt seinen Verdacht bestätigt, dass Mrs. Holpert ebenfalls Scharlach hatte.

»Tja«, seufzte er im Flur, wo er mit Louisa allein war, »sie wird mit ihrem schwachen Herzen anfangen, aber solange Sie dafür sorgen, dass sie im Bett bleibt, gibt es keinen Grund zur Beunruhigung.«

»Das dürfte nicht schwer sein«, sagte Louisa, die nach dem langen Tag ein wenig gereizt war. »Soll ich mich um eine Pflegerin kümmern?«

Dr. Marlowe schüttelte den Kopf auf eine Weise, die Louisa verärgerte. »Miss Trotter, für solche Fälle bekommen Sie keine Pflegerin, außer Sie inserieren in allen Zeitungen. Ich weiß Bescheid. Ich habe es in fünf Krankenhäusern versucht.«

»Aber – ich muss wieder in die Arbeit gehen«, protestierte Louisa.

Er nickte. »Versuchen Sie, jemanden im Haus zu finden, der Sie ablösen kann. Die Kranken müssen ja nicht pausenlos betreut werden. Ich schaue morgen früh wieder vorbei.« Er schraubte seinen Füllfederhalter zu und reichte Louisa einen Zettel, auf den er etwas gekritzelt hatte. »Die Gebrauchsanweisung für die neuen Tabletten. Sie machen das ganz prima. Bis morgen dann.«

Louisa rümpfte die Nase, während er sich entfernte. Dennoch hatten seine nonchalanten Worte über ihre Effizienz ihr geschmeichelt. Sie wusste sich gebraucht. Sie wusste, dass man sie auch im Büro brauchte, aber hier wurde sie dringender gebraucht. Jeannie brauchte sie. Es gab niemanden im Haus, der in ihren Augen Jeannie so pflegen konnte, wie es erforderlich war. Sie lächelte mit einem Gesichtsausdruck strenger Zufriedenheit und beugte sich näher zur Lampe, um die neuen Anweisungen zu lesen, die sie vor lauter Verschämtheit zerknüllt hatte.

Die roten Flecken sprossen wie Erdbeeren an verzweigten Ausläufern. Die roten Flecken füllten ihr ganzes Gesichts-

feld aus, begannen vor Hitze zu glühen und zu schwä-
ren. Sie spürte ihre heiße Ausstrahlung überall, und von
irgendwo unter den wuchernden scharlachroten Tupfen
hörte sie Jeannies Stimmchen hilflos rufen. Louisa riss sich
zusammen, öffnete die Augen, und die roten Tupfen flossen
zusammen, ließen das Kinderzimmer erkennbar werden
und befanden sich jetzt nur mehr auf Jeannies Schultern,
ihrem Hals und ihrem Kopf oberhalb der weißen Bettlaken.

Louisa war sofort bei ihr. »Schon gut, ich dreh dein Kissen um, dann ist es wieder schön kühl. Stimmt's?«

Jeannie ließ sich zurückfallen und drehte den Kopf auf
dem umgewendeten Kissen hin und her. »Miss Trott, Miss
Trott – mir ist gar nicht gut.«

Louisas Brust verkrampfte sich, und der Schmerz dieser
Verspannung wiederholte sich pochend in ihrem Kopf.
Alles konnte sie ertragen, dachte sie, als sie Jeannies Oberkörper einrieb, bis auf den Anblick eines leidenden Kindes,
ihrer armen Jeannie. Wie entsetzlich, dass Mütter mit ansehen mussten, dass ihre Kinder so viele Krankheiten durch-
litten! Windpocken, Keuchhusten, Masern – wie quälend
musste das sein! Sie strich dem Kind das blonde Haar aus
der Stirn; es war so heiß, dass ihre Fingerspitzen daran
kleben zu bleiben schienen. Sollte sie noch einmal die Temperatur messen? Vor einer Stunde hatte sie 39 Grad betragen. Dr. Marlowe hatte am Morgen gesagt, bei den Kindern
werde die Krise innerhalb von vierundzwanzig Stunden
eintreten. Louisa blickte auf ihre Armbanduhr und dachte,
dass sie normalerweise um diese Zeit in ihrem Zimmer Tee
trank, dass Jeannie kam und klopfte und die Hand für das
Schokoladenplätzchen ausstreckte, das Louisa ihr aus einer

länglichen Schachtel reichte … Louisa schob nervös das Uhrenarmband an ihrem Handgelenk auf und ab, das in den letzten zwei Tagen schmaler geworden war.

»Wasser«, sagte Jeannie im selben Moment, in dem die kleine Eleanor im Laufstall zu wimmern begann.

Jeannies Wasserglas war voll kleiner Luftblasen, und Louisa lief ins Badezimmer, um ein frisches Glas Wasser zu holen. Durch das Geräusch des laufenden Wassers hörte sie, wie Eleanor die Milch erbrach, die sie ihr vor wenigen Minuten eingeflößt hatte.

»Miss Trott?«, erklang Mrs. Holperts Stimme nörglerisch aus dem Nebenraum.

»Einen Augenblick.« Louisa wrang einen Waschlappen aus, ergriff eine Schüssel mit Wasser und Jeannies Glas und eilte ins Kinderzimmer zurück.

»Mir tun die Füße weh«, murmelte Mrs. Holpert.

Die Vorstellung der totenbleichen, mit geplatzten Äderchen überzogenen Füße und Knöchel von Mrs. Holpert trat zwischen Louisa und Jeannies rötlich- und rotgetupftes Gesicht. Die Krankheit hatte Mrs. Holperts Füße schwellen lassen, wie Dr. Marlowe vorausgesagt hatte. Letzten Endes waren alle seine düsteren Voraussagen vom einen oder anderen der drei Patienten eingelöst worden. Es fehlte nur noch der Ausfluss aus dem Ohr, den Louisa von Mrs. Holpert befürchtete.

Jemand klopfte an die Flurtür.

»Einen Augenblick, bitte!«, rief Louisa und wischte Eleanor das Gesicht ab.

An der Tür stand Mrs. Dusenberre mit dem Arm voller Gladiolen. Sie wirkte neugierig, aber nicht aufdringlich, und traf keine Anstalten einzutreten. »Ich dachte – ich meine, die wollte ich Mrs. Holpert bringen«, sagte sie und starrte Louisa mit ihrem langen Schafsgesicht an.

Louisa nahm die Blumen, die sie ihr hinhielt. »Was ist denn?«, fragte sie, als Mrs. Dusenberre ihren Blick so unverwandt auf sie gerichtet hielt, als hätte eine von ihnen den Verstand verloren. Am liebsten hätte Louisa gesagt: Aber helfen, das wollen Sie nicht, o nein! Doch Mrs. Dusenberre sah nicht aus, als könnte sie in irgendeiner Weise eine Hilfe sein. »Danke, Mrs. Dusenberre. Ich gebe sie ihr und sage ihr, dass Sie sie gebracht haben.«

Mrs. Dusenberre nickte. »Sind alle gesund?«

Louisas drei Pfleglinge riefen wieder nach ihr, und entnervt schlug sie im Halbdunkel Mrs. Dusenberre die Tür vor ihrer dummen Nase zu.

Als sie sich zu Mrs. Holperts Zimmer umwandte, überfiel sie ein Schmerz wie ein Hammerschlag in ihrem Kopf. Sie hielt sich an einer Tischkante fest und sah vor Augen ein Universum pulsierender Flecken und widerhallender Räume. Einen Augenblick lang war ihr zumute, als müsse sie sterben. Hatte die Krankheit sie erwischt? fragte sie sich. Doch das war undenkbar. Einfach undenkbar … Sie hob den Kopf und setzte eine entschlossene Miene auf. Sie starrte geradeaus, bis sie die Flecken verjagt hatte und Mrs. Holperts Zimmertür und das Licht in ihrem Zimmer sehen konnte. Ob sie krank werden würde oder nicht, war etwas, woran sie einfach keinen Gedanken verschwenden durfte, weil sie nichts daran ändern konnte.

Was geschah in einer Krise? fragte sich Louisa. Woran erkannte man eine Krise? Ihrer Ansicht nach blieb man während einer Krise die ganze Nacht auf, was sie tat; sie las, döste und wachte am Bett der drei, deren Fieber sich zu einer erschreckenden Explosion zu steigern schien. Ob es Nacht oder Tag war, hatte nicht mehr viel zu bedeuten, und ebenso wenig der Umstand, dass heute Samstag war, ihr geliebter Samstag, an dem sie normalerweise ihr Haar wusch, mit einem Buch in den Park ging und im Haus herumtrödelte und alles erledigte, wofür sie unter der Woche keine Zeit hatte. Jetzt war es Samstagnachmittag, und ihr Zimmer oben schien Meilen entfernt zu sein. Als sie irgendwann am Nachmittag an sich als Bewohnerin des Zimmers im Obergeschoss dachte, empfand sie ein Gefühl der Orientierungslosigkeit. Sobald jemand sich von seinen Besitztümern verabschiedet hat, von seinen gewohnten Pflichten, seinen Augenblicken des Alleinseins, wo ist er dann? Wer ist er? fragte sie sich, als sie im Sessel in Mrs. Holperts Zimmer saß, halb vor sich hin dösend und gleichzeitig merkwürdig wach. Sie hatte das sonderbare, aber nicht unangenehme Gefühl, ein Stäubchen zu sein, das im Weltall schwebte. Sie verspürte ein ungewohntes Gefühl der Freiheit und Bewegungsfreiheit, das ihre Wahrnehmung der Dinge und sogar ihre Freude an ihnen steigerte, beispielsweise an der Vermeer-Reproduktion über Mrs. Holperts Bett oder an dem engen Hinterhofgarten, dessen Blätter sie immer länger betrachtete. Aus irgendeinem Grund fühlte sie sich auch Gerd näher. Vielleicht, dachte sie, hatte sich ihr Verhältnis zu allen Dingen verschoben. Oder die Erklärung lag in der mysteriösen Aufhebung des Zeitbegriffs.

Den ganzen Nachmittag hindurch blieb sie in diesem entrückten Zustand; wie unbeteiligt hörte sie Dr. Marlowe zu, der ihr erklärte, der Wendepunkt sei noch nicht eingetreten und werde sich wahrscheinlich in der Nacht ereignen. Offenbar hatte sie ihn gefragt, womit sie zu rechnen habe, denn ihr war bewusst, dass er sie sonderbar ansah, als er im Ablesen von Jeannies Thermometer innehielt.

»Das Fieber wird unvermittelt nachlassen. Und dann wollen sie wahrscheinlich etwas zu essen haben«, sagte er zu ihr.

»Oh.« Es klang wie ein freudiges Ereignis, überhaupt nicht so, wie sie es sich vorgestellt hatte.

»Und wie geht es Ihnen?«, fragte Dr. Marlowe. »Sie sehen nicht ganz gesund aus. Ich glaube, ich sollte Ihre Temperatur messen.«

»O nein. Mir geht es prima«, erwiderte Louisa.

»Okay.« Er steckte das Thermometer ein, ohne Louisa das Ergebnis mitzuteilen. »Ich weiß wirklich nicht, was die ohne Sie getan hätten. Sie sind ein Schatz.«

Als er gegangen war, ließ Louisa sich in den Sessel sinken. Sie ärgerte sich darüber, dass sie müde war, doch andererseits, dachte sie, gab es ohnehin nichts anderes zu tun, als zu warten, bis man sie brauchte. Sie zog eine alte *National-Geographic*-Ausgabe aus dem Zeitungsständer neben dem Sessel und versuchte, sich auf einen Artikel über phosphoreszierende Kleinstlebewesen zu konzentrieren. Doch sie fiel in einen Halbschlaf voller Albträume von rötlichen Feldern, einer großen fledermausartigen Kreatur mit schwarzen Flügeln, die sich halb fliegend, halb kriechend über hohe schneebedeckte Berggipfel bewegte, die sich schließlich in zerknitterte weiße Bettwäsche verwandelten. Sie erwachte in völlig verdrehter Haltung im Sessel.

Die Türklingel am Eingang wurde ungeduldig betätigt.

Louisa ging mit ihrem üblichen federnden Schritt – allerdings ein wenig unsicher – den Flur entlang. Undeutlich war ihr bewusst, dass ihr Haar fürchterlich aussehen musste; sie konnte sich nicht entsinnen, wann sie es zuletzt gekämmt oder wann sie zuletzt in den Spiegel geschaut hatte.

»Blumen für Miss Trott«, sagte der Botenjunge.

»Miss Trott bin ich«, erwiderte Louisa.

Die längliche weiße Schachtel wurde ihr in die Arme gelegt, und sie trug sie automatisch in Mrs. Holperts Wohnung und legte sie auf den Sessel. Sie richtete sich auf und rieb bedächtig ihre Hände, während sie überlegte, was sie als Nächstes zu tun hatte.

Dann zog das Weiß der Schachtel ihren Blick auf sich und verlangte Aufmerksamkeit, ein gleißendes Weiß im Licht der Leselampe neben dem Sessel. Der Lampenschein auf dem weißen Papier erfüllte Louisa plötzlich mit eigenartiger Aufregung. Die schlichte Reinheit der Form dieser Schachtel war das Schönste im ganzen Zimmer. Sie beugte sich über die Schachtel und las ihren Namen in großen Buchstaben auf einer großen Karte. Blumen. Für *sie*.

Sie hob den Deckel ab, und Wachspapier quoll heraus und offenbarte einen zarten, nostalgischen Duft. Sie schlug das Papier auseinander und entdeckte weiße Rosen, eine große Wolke weißer Rosen, am einen Ende der Schachtel. Sie hob sie behutsam heraus, denn die langen Stiele besaßen dicke Dornen. Louisa war, als hätte sie noch nie solche Rosen erblickt. Sie waren kraftvoll, fast übergroß, wie etwas aus einem ihrer Träume.

Ein kleiner Umschlag fiel ihr vor die Füße. Sie hielt die

Rosen an sich gedrückt und öffnete den Umschlag. Es war Mr. Bramfords vertraute Handschrift.

Mit den herzlichsten Grüßen von jemandem, dem Sie sehr fehlen.

Clarence Bramford

Und in kleinerer, etwas verkrampfter Schrift:

Sollte es Ihnen möglich sein, Ihre Pfleglinge am Sonntagabend eine Zeitlang allein zu lassen, könnten Sie vielleicht mit mir essen gehen. Werde Sie am Sonntagvormittag aufsuchen.

C. B.

Und plötzlich weinte sie, die Schultern hochgezogen und Karte und Umschlag an die Stirn gepresst. Das sind nur die Nerven, dachte sie, weiter nichts. Doch sie argwöhnte, es könne Selbstmitleid sein, und versuchte die Tränen zu unterdrücken. Es *war* Selbstmitleid, denn Blumen hatte ihr niemand geschickt, seit … Sie wollte es gar nicht genau wissen. Vor allem, dachte sie, hatte es sie überrascht, dass Mr. Bramford ihr Blumen schickte. Er gehörte nicht zu denen, die so etwas tun. Zweifellos pflegte er eine spartanische Lebensweise. Louisa war angesichts dieses unerwarteten, unvorstellbaren Zeugnisses seiner Anteilnahme abermals den Tränen nahe. Abendessen am Sonntag. Morgen! Wie nett es wäre, mit ihm essen zu gehen, dachte sie. Und gleichzeitig wie erschreckend, denn sie konnte sich nicht wirklich vorstellen …

Jeannies Jammern beförderte sie abrupt in die Realität zurück, und sie merkte, dass ein Dorn der Rosen, die sie an sich gedrückt hielt, ihr in einen Finger gedrungen war. Sie legte die Rosen ab und ging hinüber. Dies, dachte sie, war wohl der Beginn der Krise.

Die Nacht bestand im Auswringen kalter Waschlappen, im Abwischen von Gesichtern, im Halten von Wassergläsern und im Leisten der gleichen Dienste, die sie an den letzten drei Tagen geleistet hatte. Nur dass jetzt die Frau und die zwei Kinder sie mehr oder weniger alle zur gleichen Zeit zu benötigen schienen. Einmal während dieser Nacht ertappte Louisa sich selbst dabei, dass sie eine halbleere Schüssel Hühnersuppe und überbackene Cracker mit Käse auf dem Tisch neben dem Lehnstuhl anstarrte, ohne zu wissen, woher sie kamen, bis ihr langsam dämmerte, dass Mrs. Dusenberre sie vorbeigebracht hatte. Sie sah auch die Blumen und erinnerte sich.

»Was für eine Schande, was für eine Schande«, murmelte sie im Selbstgespräch, als sie die Rosen vom Sessel nahm. »Sie sind sicher alle verwelkt!«

Aber die Rosen waren kein bisschen verwelkt. Sie bildeten ein stattliches Ensemble in der großen blauen Vase auf dem Tisch im Eingangsraum. Louisa trat ein paar Schritte zurück, um sie anzuschauen, taumelte gegen einen Türpfosten und fand ihr Gleichgewicht wieder. Sie nahm die Vase in das Kinderzimmer mit, wo sie sie besser sehen konnte. Die Kraft der Rosen hatte etwas Belebendes. Jetzt fiel ihr auf, dass es nicht zwölf, sondern doppelt so viele Rosen waren. Wie nett Mr. Bramford war, dachte sie, und wünschte, er wäre jetzt hier und würde ihr Gesellschaft leisten.

»Unsinn! Was sollte er schon tun können?«, sagte sie laut. Es wäre einfach nur nett gewesen, einen Freund zu haben, der einem seelischen Beistand leistete. Denn sie war sehr erschöpft.

»Hunger.«

Louisa drehte sich um.

»Miss Trott, ich habe Hunger«, sagte Jeannie mit gerunzelter Stirn, als wäre dieser Zustand nicht weniger unvernünftig als der des Krankseins.

»Der Herr segne dich, mein Herzchen!«, sagte Louisa. »Mein Herzchen, mein Herzchen!«

Sie ging in die Küche und bereitete ein Rührei und Toast mit Butter zu und goss ein Glas Milch ein – so schnell, dass sich alles auf dem Tablett befand, bevor sie wusste, was sie tat. Sie war wie benommen und voller Seligkeit. Die Krise war vorbei!

Sie fütterte Jeannies rosa Gesicht mit klitzekleinen Bissen, während Gedanken an Mr. Bramford, Mrs. Dusenberre, den Morgen, der energisch durch das Hinterfenster hereinbrach, und an ihren Bruder Gerd in ihrem Kopf durcheinanderwirbelten. Sie schaltete das elektrische Licht aus und sah zu, wie das stumpfere, doch zuverlässigere Tageslicht den Raum zu erfüllen begann. Sie stand mitten im Zimmer, groß und lächelnd und siegreich, und ihr glattes kupferfarbenes Haar stand von ihrem Kopf ab wie wirrer Draht. Sie fühlte sich sehr ruhig und gelassen und aller Vernunft zum Trotz voll glücklicher, unerschöpflicher Kraft.

»Jeannie. Jeannie?«, sagte Louisa, als sei sie im Begriff, Jeannie etwas zu erzählen. Doch sie wollte nur die Stimme des Kindes hören, die ihr antwortete.

»Mehr«, sagte Jeannie ruhig.

Louisa ging zu dem Teller mit dem Rührei und der Gabel zurück. Sie dachte an ihren Bruder Gerd, dachte, dass sie ihm umgehend, heute noch, schreiben sollte, selbst wenn sie den Brief ins Leere schickte, dass sie sogar versuchen sollte, ihm ein Päckchen zu schicken. Auch ihrer Schwester Mina in Kopenhagen wollte sie ein Päckchen schicken. Ein paar Mal waren ihre Päckchen nicht angekommen, und sie hatte das Vertrauen in den transatlantischen Postverkehr verloren. Aber man musste es eben immer wieder versuchen! Großer Gott, ihre eigene Schwester! Ihr Bruder! Und sie war hier in Amerika und lebte wie die Made im Speck!

»Miss Trott?«

»Ja, Mrs. Holpert«, rief Louisa. »Meinen Sie, Sie könnten ein bisschen Toast in Milch und etwas schwachen Kaffee vertragen?«

»Das wollte ich gerade vorschlagen«, sagte Mrs. Holpert seufzend.

In der Küche, wo sie Mrs. Holperts Frühstück zubereitete, summte Louisa vor sich hin, wie sie es sonst samstagnachmittags tat, wenn sie dies und jenes erledigte. Sie schnitt eine der Rosen ab und stellte sie in einer passenden Vase auf Mrs. Holperts Tablett.

Sie dachte an Mrs. Dusenberre, daran, wie sie ihr die Tür vor der Nase zugeschlagen hatte und wie nett es von Mrs. Dusenberre gewesen war, ihr die Suppe und die Cracker zu bringen. Und mit einem Lächeln, das ihr ziemlich einfältig vorgekommen wäre, hätte sie es in einem Spiegel zu sehen bekommen, trat Louisa zu der großen Vase und nahm fünf der weißen Rosen heraus.

Die bringe ich Mrs. Dusenberre, dachte sie und machte einen Schritt zur Tür.

Dann erinnerte sie sich, wie früh es war, blieb stehen und sah auf die Uhr. Es war erst zwanzig nach sechs. Sie wartete besser noch, bevor sie die Blumen hochbrachte.

Außerdem sah sie sicher fürchterlich verwahrlost aus. Sie stolperte in das Badezimmer, holte Waschlappen und Handtuch, die sie aus ihrem Zimmer mitgebracht hatte, stieg die Treppe hoch und ging zum Badezimmer am Ende des Flurs. Im Haus herrschte Stille. Weder Mr. Noenzi noch sonst wer würde ihr an diesem Morgen im Weg sein.

Sie schloss die Badezimmertür und genoss die Vertrautheit, die der Raum ausstrahlte. Und als sie die Badewanne einlassen wollte, fiel ihr Blick auf den Hebel des Ventilators. Doch merkwürdigerweise ging jetzt nichts erschreckend Gewalttätiges mehr von ihm aus. Er sah keineswegs aus, als hielte ein Mörder ihn in der Hand. Es war nur ein improvisierter Hebel. Vielleicht bewies das, wie erschöpft sie war, dachte sie. Sie fragte sich, wann der Arzt an diesem Vormittag kommen würde, und malte sich aus, wie erfreut er über seine drei Patienten sein würde. Dann erinnerte sie sich an Mr. Bramford. Er würde heute Vormittag kommen und sie fragen, wo sie gerne essen gehen würde. Und sie würde das Plaza vorschlagen.

Das Plaza-Hotel!

Louisa ließ Waschlappen und Handtuch fallen und lehnte sich an die Tür. Sie konnte jetzt vor sich sehen, wie Mr. Bramford und sie einander an einem weißgedeckten Tisch mit Silberbesteck und Kerzenlicht gegenübersaßen in einem großen Raum, den diskrete Musik erfüllte. Selbstver-

ständlich würde es im Plaza auch Mr. Bramford gefallen …
Der Skiausflug mit dem Zug, der schwarze Persianermantel, sogar die Woche im Plaza … plötzlich schien all das schwach, doch zuverlässig, so wie das Morgenlicht, das sie vorhin in Mrs. Holperts Hinterfenster hatte eindringen sehen, möglich zu sein und im Bereich der Realität zu liegen.

Ein wahnsinnig netter Mann

Das Kind Charlotte saß auf der schmalen Bordsteinkante, die Wange ans Knie geschmiegt, und kritzelte
mit einem Stecken im Straßenstaub herum. Sie schnüffelte
an ihrem Bein, roch den Staub und den Schweiß auf der
Haut. Dann seufzte sie und warf den Stecken weg.

»Emilie«, sagte sie.

Die neunjährige Emilie stand hinter ihr, den Rücken an
den sonnenwarmen Holzpfosten gelehnt, die Zehen am
Bordstein festgekrallt.

»Hm?«, schnaufte Emilie.

»Wir spielen, ich hab einen Laden. Ich hab einen Krä-
merladen, und du musst einkaufen … hm, Emilie?«

Emilie gab vor Langeweile und Schläfrigkeit keine Antwort. Ihre grauen Augen blickten verdrossen die Straße
entlang, vor sich nichts als Gelb – den Straßenschmutz, das
niedrige Haus auf der anderen Straßenseite, die verdorrten
Felder: gelbe zitternde Hitze und Stille.

»Emilie! Spinnst du? … Sag was!« Charlotte drehte sich
auf der Bordsteinkante um und funkelte Emilie an.

»Was ist?«, fragte Emilie und stieß sich vom Pfosten ab.

»Ich hab einen Laden, und du musst Sachen einkaufen.«
Charlotte langte nach dem kleinen roten Lastwagen, der
ihnen beiden gehörte, und füllte ihn mit Steinen. »Und ich

muss die Sachen liefern. Du musst zuerst nach Hause gehen und dann anrufen.« Sie umklammerte den Wagen mit einer schmutzigen Hand, während sie Emilie mit einem finsteren Blick bedachte.

Sie hörten Schritte auf dem Straßensplitt. Charlotte vergaß ihr Spiel, und beide sahen die abschüssige Straße hoch. Emilie strich sich das schmutzigblonde Haar aus den Augen und blinzelte ins Sonnenlicht. Sie schielte auf dem linken Auge, und deshalb verzog sie die linke Gesichtshälfte immer, wenn sie etwas ansah.

»Ich wette, das ist ein Untermieter von Mrs. Osterman«, sagte Charlotte. »Und ich wette, er ist aus New York.«

Er trat auf den Gehsteig, der einen halben Block von Charlottes Haus entfernt begann. Emilie konnte ihn jetzt erkennen, eine gedrungene Gestalt in ungebügelten weißen Hosen. Er sah die beiden ebenfalls und begann, eine Melodie zu pfeifen.

»Hallo«, sagte er und sah beide an.

»Hallo«, erwiderten sie im Chor.

Er blieb stehen und sah sich um. »Seid ihr noch da, wenn ich zurückkomme?« Er sprach gelassen und lächelte dabei. »Ich bringe euch was Süßes mit.«

Charlotte und Emilie musterten ihn schweigend.

»Ich mag ... ich mag *alles* Süße«, erklärte Charlotte.

Er lachte, zwinkerte ihnen zu und ging den Gehsteig entlang. Einmal drehte er sich um und winkte, doch nur Charlotte sah es. Beide schauten ihm lange nach, ohne sich zu rühren.

»Glaubst du, dass er wiederkommt, Emilie?«

»Hm?«

»Glaubst du, dass er den gleichen Weg wiederkommt?«

»Hm?«

»Ich habe gesagt ... glaubst du, dass er *wiederkommt?*«

Aber Emilie ging wortlos zu ihrem Haus, und Charlotte blieb auf der Bordsteinkante sitzen, das Gesicht an ihr Knie gelehnt, während sie im Staub zeichnete. Bald darauf quietschte die Fliegengittertür von Emilies Haus, schlug einmal zu, zweimal, und Emilies nackte Fersen tappten über die Veranda.

»Hm«, sagte Emilie und reichte Charlotte einen kleinen blassen Pfirsich. Charlotte nahm ihn schweigend entgegen und biss mit bräunlichen Milchzähnen in die Frucht.

»Wette, der Mann hat ein Auto.«

»Hm?«

»Du«, sie holte tief Luft, »ich wette, der Mann hat ein Au-to.«

»Welcher Mann?«

»Der Ma-ann ... der eben da war.«

Emilie leckte den Pfirsichsaft von ihren Fingern. »Der kommt nicht wieder.« Sie seufzte, schaute über die heiße Straße zu den verschwommenen gelben Feldern. Die Insekten im Gras und in den Bäumen sirrten rhythmisch. Zwei Zirpgeräusche und ein langes Summen. Unten, wo die Straße in die Hauptstraße mündete, die in die Stadt führte, hörten sie Mr. Wynecoops Kombiwagen. Den konnten sie von allen anderen Autos in der Nachbarschaft unterscheiden. Charlotte und Emilie saßen auf der Bordsteinkante und schauten.

Als Mr. Wynecoop vorbeifuhr, winkte er ihnen mit seiner steiffingrigen Hand zu, und sie johlten: »Hallo, oller Mr. Wynecoop.«

Der Wagen fuhr den Hügel hoch und ächzte oben, als er die Steigung gemeistert hatte. Charlotte hielt Ausschau nach dem Mann in Weiß. Einmal stand sie auf und schaute zur Stadt, doch die Sicht war durch die Bäume am Gehsteig weitgehend versperrt.

Emilie verzog das Gesicht und grunzte verächtlich.

Charlotte hielt den leeren Spielzeuglaster in der Hand und starrte den Gehsteig entlang. »Selbst wenn er käme, könnte man ihn nicht sehen.« Unvermittelt sog sie die Luft ein. »Er kommt, er kommt«, flüsterte sie und lief gebückt zu Emilie am Bordstein. Sie begann im Staub zu stochern; ihr Herz klopfte.

Dann hörte Emilie seine Schritte und verdrehte ihren Hals und spähte ins Gelb. Er pfiff wieder vor sich hin. Der weiße Schimmer kam näher.

»Er hat Süßigkeiten dabei!«, sagte Charlotte.

Der Mann nahm die Zigarette aus dem Mund und warf sie auf den Boden. »Hallo«, sagte er ruhig und sah zu den Häusern und zurück zu den zwei kleinen Mädchen auf der Bordsteinkante. Er gab Charlotte die Tüte. Zwei Lakritzstangen lugten heraus, und enttäuscht sah sie, dass es nur billige Zuckersachen waren, lose Karamellbonbons und Zuckerherzen, fünf Stück für einen Cent. Ein alter Untermieter von Mrs. Osterman hatte ihr einmal Schokoriegel für fünf Cent das Stück mitgebracht.

Langsam steckte sie sich das Ende einer Lakritzstange in den Mund. Der Mann trat unruhig von einem Fuß auf den anderen, lehnte sich an einen Baum und zündete sich eine neue Zigarette an. »Du hast mir nicht gesagt, wie du heißt«, sagte er schließlich.

Sie sagte es ihm, und er sagte, er heiße Robbie.

»Ich hab ein Auto … Willst du mal mitfahren?« Er trat immer noch von einem Fuß auf den anderen und steckte die Hände in die Taschen und nahm sie wieder heraus. »Ich wette, du fährst gern Auto, Charlotte.«

»Klar tu ich das«, sagte sie, und eine dunkle Spur von Lakritzsaft lief ihr am Kinn hinab.

Der Mann, der am Baum gelehnt hatte, sprang zu ihr und zog ein zerknülltes Taschentuch aus der Hosentasche. Er fasste sie mit einer Hand am Hinterkopf und rieb heftig an ihrem Gesicht. »Du bist … ganz schön vollgeschmiert.« Dann richtete er sich wieder auf und steckte das Taschentuch ein. Emilie sah ihm unverwandt und neugierig zu. Er spürte die Feindseligkeit in ihrem verzogenen Mund.

Er zog hektisch an seiner Zigarette. »Wie wär's mit einer Autofahrt heute Abend?«, flüsterte er. »Nach dem Abendessen.«

»Das wäre schön«, sagte Charlotte.

Dann schlenderte er freundlich lächelnd davon.

Charlotte war stolz auf sich. Sie stützte sich auf ihre Hände, und unter der von Schmutz streifigen Haut ihrer Oberschenkel wurden die mageren Muskeln sichtbar.

»Dich hat er nicht gefragt.«

Emilie seufzte. »Der kommt nicht wieder. Wart's nur ab.«

Und Charlotte wartete. Sie aß die Süßigkeiten allein auf, stocherte in ihrem Mittagessen herum und summte glücklich und versonnen im Schatten des Hauses vor sich hin. Später lag sie in der geflickten Hängematte auf der Veranda und schaute die Bilder in einem zerlesenen Heftchen an. Es war ein heißer, langer und stiller Nachmittag.

Nach dem Abendessen ging Charlotte auf die Straße und wartete neben dem Baum. Ihre Mutter hatte sie mit dem Schwamm gewaschen, und sie trug ein Baumwollkleid anstelle des dünnen Turnanzugs, in dem sie den ganzen Tag herumlief. Ihrer Mutter hatte sie nichts von Mrs. Ostermans Untermieter erzählt. Die Sonne, die schnell unterging, sandte warme waagerechte Strahlen in Charlottes Gesicht. Sie war überzeugt, dass er kommen würde. Sie versuchte sich das Auto vorzustellen, ein Auto, wie sie es in Filmen gesehen hatte. So ein Auto würde er haben. Und sie würde sich auf den breiten Vordersitz setzen, und sie würden beinahe geräuschlos davonfahren. Sie würden schnell fahren.

Doch nach einer Weile wurde sie müde und kam auf die Veranda zurück. Das Holz brannte unter ihren nackten Füßen. Sie lehnte sich gegen die Hängematte, ließ sich hineinfallen. Noch immer lauschte sie, doch von einem Auto war nichts zu hören. Dann quietschte die Fliegengittertür von Emilies Haus, verstummte und quietschte wieder. Emilie erschien, ungewaschen und verstrubbelt, damit beschäftigt, ihr Butterbrot aufzuessen. Sie trat geradewegs auf Charlottes Veranda und blieb nachdenklich kauend stehen, während sie Charlotte in der Hängematte anstarrte. Charlotte würdigte Emilie keines Blicks.

»Oh … der kommt nicht wieder«, sagte Emilie, drehte sich um und ging zur Treppe. Vom Gehsteig hörte sie ein Geräusch. »Kommt da deine Mutter? Wetten, dass sie nichts davon weiß.«

Charlotte sprang aus der Hängematte. »Emilie, pass bloß auf …« Sie runzelte zornig die Stirn. »Wenn du ihr …

188

wenn du ein Wort …« Sie stemmte die geballten Fäuste in die Hüften, und Emilie schaute sie ernst an.

»Hm!«

Aber Charlotte hatte gewonnen.

Die Sonne war untergegangen, aber es war noch hell. Charlottes Mutter kam aus dem Laden nach Hause. Keine von ihnen sagte etwas. Die Frau ging ins Haus, und Charlotte hörte, dass sie für das Baby Wasser laufen ließ. Und schließlich hüpfte Emilie durch den Vorgarten und in ihr Haus zurück.

Charlotte lag in der Hängematte und horchte nach ihm. Jemand kam pfeifend des Weges. Sie lief zum Gehsteig und sah ihn kommen. Er trug wieder Weiß, das Jackett offen. Als er Charlotte sah, blieb er stehen, lächelte und machte ihr ein Zeichen. Und sie warf einen kurzen Blick zu ihrem Haus und lief dann den warmen Gehsteig entlang zu ihm.

»Wo ist Ihr Auto?«

Er sah sich um, grinste und legte den Kopf schief. »Oben an der Straße … Muss ja niemand was von wissen. Du hast doch keinem was gesagt, oder?«

»Nein.«

Sie gingen nebeneinander. Sie konnte kaum Schritt mit ihm halten, und da nahm er sie bei der Hand. Wo das Straßenpflaster endete, erstreckten sich zu beiden Seiten die Felder. Charlotte reckte sich, um das Auto zu sehen, und dann machte die Straße plötzlich eine Biegung, und es stand vor ihnen, am Straßenrand geparkt. Es war groß, aber nicht so überwältigend wie die in den Filmen. Er öffnete die Tür und setzte sie hinein; ihre Füße baumelten über die Sitzkante. Dann stieg er auf der anderen Seite ein.

»Alles in Ordnung?«

»Hm – hm.« Charlotte beäugte das Wageninnere.

»Gefällt's dir?«, fragte er und wischte sich die Nase mit dem Handrücken.

Sie fuhren nicht sofort los. Charlotte betrachtete eingehend das grellbunte Armaturenbrett, die Uhr mit den grünen Ziffern und silbernen Zeigern. Die anderen Anzeigenscheiben konnte sie nicht deuten, aber allesamt waren sie schön, bunt und glänzend. Unvermittelt ergriff der Mann ihre Hand, und sie spürte, dass seine Finger warm und feucht waren, spürte, wie ihr Mund sich verzog, als müsste sie gleich losweinen. Dann wünschte sie, sie wäre nicht gekommen, wünschte, sie wäre wieder mit Emilie auf der Veranda. Aber er lächelte und lachte sogar, als er den Wagen anließ.

»Fährst du gern schnell?«

Charlotte wollte antworten, aber ihre Lippen wollten sich nicht bewegen. Er drückte wieder ihre Hand.

»Ich mag's, wenn's schnell ist.«

Dann hörte sie durch das Dröhnen des Motors, wie jemand ihren Namen rief. Der Mann hörte es auch und ließ ihre Hand los. Doch der Wagen fuhr auf ihr Haus zu.

»Charlotte! Char-lotte!«

»Das ist meine Mutter«, sagte Charlotte leise.

Sie sah, dass der Mann die Stirn runzelte und dass seine Hände sich um das Steuer krampften. Sie spürte den kühlen Fahrtwind auf ihrem Gesicht, und sie wollte weiterfahren, aber sie fuhren nicht schnell, und sie wollte schnell fahren. Als sie sich dem Haus näherten, drückte sie sich in den Sitz in der Hoffnung, ihre Mutter würde sie nicht sehen.

Die Frau hatte einen Fuß auf die Bordsteinkante gestellt; ihre Schürze hing fast bis zum Boden. Sie winkte ihnen zu, und der Mann bremste. Sie trat näher, die Hände unter der Schürze versteckt.

»Charlotte«, sagte sie verlegen grinsend, sah jedoch den Mann an, beinahe kokett. »Emilie hat gesagt, dass du spazieren fährst. Ich wollte nur wissen, wo du steckst ... du musst mir jetzt mit dem Baby helfen.« Sie schob ein paar Haarsträhnen hinters Ohr.

Der Mann am Steuer lächelte breit und sagte: »Wie geht's?«

Charlottes Mutter nickte ihm zu. »Charlotte hilft mir immer nach dem Essen mit dem Baby ... Ist wahnsinnig nett von Ihnen, sie mitzunehmen, Mister, aber sie hat mir gar nichts davon gesagt.« Sie lachte nervös.

»Klar, weiß ich«, sagte er. Er streckte einen Arm aus und öffnete zuvorkommend die Wagentür. »Dann vielleicht morgen. Ich bin noch ein paar Tage in der Gegend.«

Die Frau blickte ehrfürchtig auf die blinkenden Anzeigen und Knöpfe, die gepolsterten Sitze. »Tja, ich hätte nichts dagegen, wenn sie mit Ihnen fährt, wann Sie wollen.«

Dann gingen Charlotte und ihre Mutter Hand in Hand den Gehsteig entlang. Die Frau warf noch einen schüchternen Blick zum Wagen zurück. »Das ist ein wahnsinnig netter Mann für einen aus der Stadt, Charlotte. Wo hast du den kennengelernt? ... Und das Auto, ist das nicht schick?«

Charlotte beobachtete, wie der Boden unter ihren nackten Füßen vorbeizog. Mit der freien Hand fuhr sie durch das struppige, hohe Gras.

»Vielleicht kommt er morgen wieder«, sagte ihre Mutter.

Heftig fasste Charlotte einen Grashalm, der durch ihre Finger glitt. Als sie ihren Daumen ansah, bildeten sich zwei dünne rote Striemen auf dem Fleisch.

Die Geschichte von Sydney

Es war einmal ein junger Spinnerich namens Sydney, der mit seiner Mutter in einer Ecke des Verandadachs wohnte. Dass er sich mit einem y statt einem i schrieb, hat folgenden Grund: Als seine Mutter noch mit *ihrer* Mutter im Dachboden wohnte, stand dort ein großer Koffer. Auf diesem Koffer klebten viele bunte Papierchen mit seltsamen und unaussprechlichen Namen. Doch einen hatte seine Mutter nie vergessen: »Sydney«. Und als sie dann ihren ersten Sohn bekam, nannte sie ihn Sydney, denn für sie war es der schönste Name der Welt.

Sydney und seine Mutter führten ein behagliches Leben und hingen sehr aneinander. Es gab nur eins, was Sydney überhaupt nicht mochte, und das war das Essen.

»Mutter«, sagte er, »muss ich denn immer nur Fliegen essen? Nichts als Fliegen, Fliegen, FLIEGEN!«

Und seine arme Mutter machte sich Sorgen, zerbrach sich den Kopf und versuchte, ihm appetitliche Mahlzeiten zuzubereiten. Doch es war eine Tatsache: Die einzigen Insekten, die sich im Dach der Veranda blicken ließen, waren Fliegen, deshalb blieb ihnen keine andere Wahl.

Bei einer dieser eintönigen Mahlzeiten stocherte Sydney in seinem Essen herum und verkündete, dass er in Zukunft eigene Wege gehen wolle. Aber er war nicht der verwöhnte und undankbare Sohn, für den man ihn hätte halten können. Er wollte sich ein eigenes Zuhause bauen, dann wiederkommen und seine Mutter zu sich nehmen. »Wir könnten essen, was wir wollen.«

Doch seine Mutter war traurig. »Ach nein, mein Sohn«, sagte sie. »Du bist jung und willst etwas erleben … und ich bin alt. Ich weiß, dass du mich lieb hast, aber du bist wie alle jungen Spinnen … Du musst deine eigenen Erfahrungen machen.«

Sydney vergoss eine Menge Tränen, doch am nächsten Morgen zog er los, mit nichts weiter als dem Segen seiner Mutter und fünf abscheulichen Fliegen, die sie ihm trotz aller Proteste als Reiseproviant eingepackt hatte.

Er würde in die große Scheune hinter dem Haus ziehen. Natürlich hatte er den hinteren Teil des Hauses nie gesehen, im Gegensatz zu seiner Mutter, und die hatte ihm erzählt, die Scheune sei einfach ideal.

Es dauerte drei Tage, bis er dort ankam. Er streckte sich auf einem Dachsparren der Scheune aus und schlief ein.

Am nächsten Morgen beförderte er als Erstes die Fliegentüte seiner Mutter mit einem kräftigen Tritt und einem männlichen Fluch vom Balken herunter. »Ich habe meine letzte Fliege gegessen, bei Gott!«

Dann lief er hinüber zu einer vielversprechenden Ecke und begann, sein Netz zu spinnen. Sydney hatte seiner Mutter nicht zu viel versprochen: Es war ein riesiges Netz. Vor allem für so einen kleinen Spinnerich.

Prompt verfing sich eine Schnake darin, und Sydney eilte hin, um sie zu essen. Im nächsten Augenblick spuckte er sie wieder aus.

»Pfui Teufel!«, rief er, als wäre er persönlich beleidigt worden. Die kleine Schnake war bitter wie sonst was. Und alle Insekten, die sich in dem Sonnenstrahl neben seinem Netz wärmten, waren von derselben Art. »Vielleicht war die erste krank oder so was«, sagte sich Sydney und schnappte sich die nächste Schnake, doch auch die schmeckte bitter. Sydney verzog sich schmollend in seine Ecke und wurde von Tag zu Tag dünner. Manchmal ging ihm nichts anderes ins Netz als Schnaken. Er drohte zu verhungern.

Eines Morgens wurde er von einer heftigen Erschütterung geweckt. Er sah ein riesiges grünes Ungetüm, das sich langsam und elegant aus den Fäden seines Netzes befreite und es dabei zerstörte. Doch Sydney hatte viel zu viel Angst, um sich zu rühren. Es war das größte Insekt, das er jemals gesehen hatte.

»Sapperlot!«, rief Sydney, als das große Ding den letzten Faden von seinem langen Bein schüttelte und über den Sparren davonstakste. Es hatte Sydney nicht einmal gesehen.

»Himmelherrgott!«, stieß er aus, als er die Fetzen seines schönen Netzes sah. »Wozu die ganze Arbeit, wenn sich solche grünen Dinger hier herumtreiben?« Und er merkte, dass er bedrohlich abgemagert war.

»Ich bin ja nur noch Haut und Knochen!«, klagte er. Dann kletterte er an dem Eckpfosten hinab. Er würde zu seiner Mutter zurückkehren.

Nach vier Tagen kam er an, humpelnd und erschöpft.

»Mutter ... Mutter«, keuchte Sydney. »Ich hatte ein wunderschönes neues Zuhause ... aber es gab nichts zu essen.«

»Macht nichts, mein lieber Sydney«, sagte seine Mutter, überglücklich, ihn wieder bei sich zu haben.

Sie wollte gerade essen. Das Abendbrot bestand aus Fliegen, und er haute tüchtig rein.

Sydney und seine Mutter leben noch immer glücklich zusammen. Sie essen zu jeder Mahlzeit Fliegen. Und es sieht nicht so aus, als würde sich jemals ein anderes Insekt in ihre Ecke der Veranda verirren.

Die Heldin

Die junge Frau war so sicher, dass sie die Stelle bekommen würde, dass sie einfach mitsamt ihrem Koffer nach Westchester gefahren war. Nun saß sie in einem bequemen Sessel im Wohnzimmer der Christiansens, antwortete ernst auf die Fragen, die man ihr stellte, und sah mit ihrem dunkelblauen Mantel und dem Barett sogar noch jünger aus als einundzwanzig.

»Haben Sie schon einmal als Kindermädchen gearbeitet?«, fragte Mr. Christiansen. Er saß mit gefalteten Händen neben seiner Frau auf dem Sofa, die Ellbogen auf die Knie seiner grauen Flanellhose gestützt. »Ich meine, haben Sie irgendwelche Empfehlungen?«

»Die letzten sieben Monate war ich Hausmädchen bei Mrs. Dwight Howell in New York.« Lucille sah ihn an, und ihre grauen Augen weiteten sich. »Wenn Sie es wünschen, könnte ich von ihr bestimmt ein Empfehlungsschreiben bekommen ... Aber als ich heute Morgen Ihre Anzeige las, wollte ich nicht warten. Ich wollte schon immer in einem Haushalt mit Kindern arbeiten.«

Mrs. Christiansen lächelte kaum merklich über den Eifer der jungen Frau. Sie nahm eine silberne Dose vom Sofatisch, stand auf und bot sie ihr an. »Möchten Sie eine?«

»Nein, danke. Ich rauche nicht.«

»Nun«, sagte Mrs. Christiansen und zündete sich eine Zigarette an, »wir könnten natürlich dort anrufen, aber mein Mann und ich halten mehr von unserem persönlichen Eindruck als von Empfehlungen. Was meinst du, Ronald? Du hast doch immer gesagt, dass du jemanden willst, der Kinder wirklich mag.«

Fünfzehn Minuten später stand Lucille Smith in ihrem Zimmer im Dienstbotenhaus hinter dem großen Haus und schloss den Gürtel ihrer neuen weißen Uniform. Sie legte ein wenig Lippenstift auf. »Du fängst noch mal von vorn an, Lucille«, sagte sie zu ihrem Spiegelbild. »Von jetzt an wirst du ein glückliches, nützliches Leben führen und alles vergessen, was früher war.«

Aber schon weiteten sich ihre Augen wieder, so sehr, als wollten sie diese Worte Lügen strafen. Wenn ihre Augen so groß wurden, hatten sie viel Ähnlichkeit mit denen ihrer Mutter, und die gehörte zu dem, was sie vergessen musste. Sie musste sich auch abgewöhnen, die Augen so aufzureißen, denn dann sah sie überrascht und sogar unsicher aus, und beides ging nicht, wenn man mit Kindern zu tun hatte. Ihre Hand zitterte, als sie den Lippenstift hinlegte. Sie machte wieder ihr normales Gesicht und strich vorn über die gestärkte Uniform. Es gab nur ein paar Dinge, die sie sich merken musste, ein paar alberne Angewohnheiten wie die mit den Augen: Dass sie kleine Papierfetzen im Aschenbecher verbrannte oder manchmal die Zeit vergaß – Kleinigkeiten, die jedem mal passierten. Sie musste nur gut aufpassen, und mit der Zeit würden sich diese Marotten von allein legen. Denn sie war genau wie andere Leute (das hatte der Psychologe ihr doch gesagt, oder?), und andere

Leute hatten mit so etwas überhaupt keine Schwierigkeiten.

Sie ging durch das Zimmer, setzte sich auf die Fensterbank unter den blauen Vorhängen und betrachtete den Garten und die Rasenfläche, die zwischen dem Dienstbotenhaus und dem großen Haus lag. Der Garten war länger als breit, in der Mitte befand sich ein Springbrunnen, und zwei gepflasterte Wege zeichneten ein schiefes Kreuz auf den Rasen. Dazwischen standen vereinzelte Bänke, etwa unter einem Baum oder in einer Laube, die aussah, als wäre sie aus weißer Spitze. Ein wunderschöner Garten!

Und das Haus war das Haus ihrer Träume. Ein weißes, zweistöckiges Haus mit dunkelroten Fensterläden, Türen aus Eichenholz, Türklopfern aus Messing, Riegeln, die sich auf Daumendruck öffneten ... Und weite Rasenflächen und Pappeln, so hoch und dicht nebeneinander, dass man nicht hindurchsehen konnte, so dass man nicht zugeben musste, ja nicht einmal glauben konnte, es könne irgendwo dahinter noch andere Häuser geben ... Das Haus der Howells in New York, das mit seinen Regenschlieren, den Granitsäulen und den vielen Ornamenten wie eine altbackene Hochzeitstorte zwischen anderen altbackenen Hochzeitstorten ausgesehen hatte ...

Unvermittelt stand sie auf. Das Haus der Christiansens wirkte frisch, freundlich und lebendig. Hier gab es Kinder. Dem Himmel sei Dank für die Kinder! Dabei hatte sie die noch gar nicht kennengelernt.

Sie eilte hinunter, ging auf dem Weg, der vor der Haustür begann, durch den Garten, blieb kurz bei dem Springbrunnen stehen und betrachtete den pausbäckigen Faun, der aus seiner Flöte Wasser in das Becken spie ... Wie viel wollten ihr die Christiansens bezahlen? Sie hatte es vergessen, und es war ihr auch egal. In einem solchen Haus hätte sie umsonst gearbeitet.

Mrs. Christiansen führte sie nach oben ins Kinderzimmer. Sie öffnete die Tür zu einem Raum, dessen Wände mit bunten bäuerlichen Motiven geschmückt waren, mit tanzenden Pärchen und Tieren und blühenden, knorrigen Bäumen. Es gab zwei Betten aus hellem Eichenholz, und der gelbe Linoleumboden war makellos sauber.

Die beiden Kinder lagen zwischen Bilderbüchern und verstreuten Buntstiften in einer Ecke auf dem Boden.

»Kinder, das ist euer neues Kindermädchen«, sagte ihre Mutter. »Sie heißt Lucille.«

Der kleine Junge stand auf, streckte ihr ernst eine verschmierte Hand entgegen und sagte: »Guten Tag.«

Lucille nahm die Hand und erwiderte den Gruß mit einem langsamen Nicken.

»Und das ist Heloise«, sagte Mrs. Christiansen und führte das Mädchen, das kleiner war als der Junge, zu Lucille.

Heloise sah auf zu der Frau in Weiß und sagte: »Guten Tag.«

»Nicky ist neun, und Heloise ist sechs«, sagte Mrs. Christiansen.

»Ja«, sagte Lucille. Sie bemerkte, dass das blonde Haar beider Kinder einen leichten Stich ins Rötliche hatte, genau wie bei ihrem Vater. Sie trugen blaue Latzhosen und keine Hemden, und ihre Rücken und Schultern unter den Trägern waren sonnengebräunt. Lucille konnte sich von ihrem

Anblick gar nicht mehr losreißen. Es waren die perfekten Kinder in diesem perfekten Haus. Sie sahen sie offen an, ohne Misstrauen oder Feindseligkeit. In ihren Blicken las sie nur Zuneigung und kindliche Neugier.

»… und die meisten Menschen leben lieber draußen auf dem Land«, sagte Mrs. Christiansen gerade.

»O ja. Ja, Ma'am. Hier ist es viel schöner als in der Stadt.«

Mrs. Christiansen strich dem kleinen Mädchen mit einer Zärtlichkeit über den Kopf, die Lucille faszinierte. »Es ist gleich Zeit für ihr Mittagessen«, sagte sie. »Sie werden hier oben mit ihnen essen, Lucille. Möchten Sie Tee, Kaffee oder Milch?«

»Kaffee, bitte.«

»Gut. Lisabeth wird das Essen in ein paar Minuten hochbringen.« An der Tür blieb sie kurz stehen. »Sie sind doch nicht wegen irgendetwas nervös, Lucille?«, fragte sie leise.

»O nein, Ma'am.«

»Dazu besteht auch gar kein Grund.« Sie schien noch etwas hinzufügen zu wollen, lächelte aber nur und ging hinaus.

Lucille sah ihr nach und fragte sich, was es wohl war, das sie noch hatte sagen wollen.

»Du bist viel hübscher als Catherine«, sagte Nicky.

Sie drehte sich um. »Wer ist Catherine?« Lucille setzte sich auf ein Kissen, und als sie all ihre Aufmerksamkeit den Kindern zuwandte, die sie noch immer musterten, spürte sie, dass die Spannung in ihren Schultern nachließ.

»Catherine war unser voriges Kindermädchen. Sie ist wieder nach Schottland gegangen. Ich bin froh, dass du jetzt da bist. Catherine mochten wir nicht.«

Heloise hatte die Hände auf den Rücken gelegt und drehte sich hin und her, während sie Lucille betrachtete. »Nein«, sagte sie, »Catherine mochten wir nicht.«

Nicky starrte seine Schwester an. »Du darfst das nicht sagen! Das hab ich schon gesagt!«

Lucille lachte und legte die Arme um ihre Knie, und dann fielen Nicky und Heloise in ihr Lachen ein.

Ein farbiges Dienstmädchen trat mit einem dampfenden Tablett ein und stellte es auf dem hellen Holztisch in der Mitte des Zimmers ab. Sie war schlank und von unbestimmbarem Alter. »Ich bin Lisabeth Jenkins, Miss«, sagte sie schüchtern, während sie Papierservietten an die drei Plätze legte.

»Und ich heiße Lucille Smith«, sagte Lucille.

»Also, ich stelle es Ihnen hier hin, Miss. Rufen Sie einfach, wenn Sie noch irgendwas brauchen.« Sie ging hinaus. Ihre Hüften unter der blauen Uniform sahen schmal und fest aus.

Die drei setzten sich an den Tisch, und Lucille hob den Deckel der Servierplatte hoch. Darunter lagen drei mit Petersilie garnierte Omeletts, die im Sonnenlicht, das auf den Tisch fiel, gelb leuchteten. Doch zuvor musste sie die Tomatensuppe und dreieckig geschnittene und mit Butter bestrichene Toastscheiben austeilen. Ihr Kaffee war in einer silbernen Kanne, und jedes der Kinder bekam ein großes Glas Milch. Der Tisch war zu niedrig für Lucille, doch das machte ihr nichts aus. Es war so schön, einfach mit den Kindern hier zu sitzen, wo die Sonne warm und freundlich auf den gelben Linoleumboden, den Tisch und das gerötete Gesicht von Heloise fiel, die ihr gegenübersaß. Wie angenehm es war, nicht mehr im Haus der Howells zu sein! Dort war sie sich immer so unbeholfen vorgekommen. Hier dagegen machte es nichts, wenn sie den Deckel einer Schüssel fallen ließ oder die Saucenkelle auf einem Schoß landete. Über so etwas würden die Kinder nur lachen.

Lucille trank einen Schluck Kaffee.

»Willst du gar nichts essen?«, fragte Heloise, die den Mund bereits voll hatte.

Die Tasse entglitt Lucilles Hand, und die Hälfte des Kaffees floss über die Tischdecke, die glücklicherweise nicht aus Stoff, sondern aus Wachstuch war. Das konnte man mit einem Papiertuch abwischen – Lisabeth würde nichts merken.

»Du Schweinchen!«, rief Heloise lachend.

»Heloise!«, wies Nicky sie zurecht und holte ein paar Papiertücher aus dem Badezimmer.

Gemeinsam wischten sie den Kaffee auf.

»Dad lässt uns immer ein bisschen Kaffee trinken«, sagte Nicky, als er sich wieder auf seinen Stuhl setzte.

Lucille fragte sich, ob die Kinder den Zwischenfall ihrer Mutter gegenüber erwähnen würden. Sie spürte, dass Nicky ihr ein Geschäft anbot. »Tatsächlich?«, fragte sie.

»Er gibt einfach ein bisschen in unsere Milch«, fuhr Nicky fort. »Gerade so viel, dass sich die Farbe etwas verändert.«

»So?« Lucille goss etwas Kaffee aus der eleganten silbernen Kanne in die Milchgläser.

Die beiden Kinder schnappten vor Begeisterung nach Luft. »Ja!«

»Ma will nicht, dass wir Kaffee trinken«, erklärte Nicky. »Aber wenn sie es nicht sieht, gibt er uns immer ein bisschen, so wie du gerade. Dad sagt, ohne Kaffee wäre ihm der ganze Tag verdorben, und mir geht es genauso. Catherine hätte uns nie Kaffee gegeben, oder, Heloise?«

»Nie im Leben!« Heloise nahm einen großen, genießerischen Schluck aus ihrem Glas, das sie mit beiden Händen hielt.

Lucille spürte ein Glühen in sich aufsteigen, das schließlich ihr Gesicht erreichte und dort brannte. Kein Zweifel, die Kinder mochten sie. Sie dachte daran, wie oft sie in der Stadt während der drei Jahre, in denen sie als Hausmädchen bei verschiedenen Familien gearbeitet hatte (damals hatte sie gedacht, sie tauge für keine andere Arbeit), in einen Park gegangen war, nur um auf einer Bank zu sitzen und den Kindern beim Spielen zuzusehen. Doch die Kinder dort waren meist schmutzig gewesen und hatten schlimme Ausdrücke gebraucht, und sie selbst hatte sich immer ausgeschlossen gefühlt. Einmal hatte sie gesehen, wie eine Mutter ihr Kind ins Gesicht geschlagen hatte. Sie wusste noch, dass sie vor Schmerz und Entsetzen gleich davongelaufen war.

»Warum hast du so große Augen?«, wollte Heloise wissen.

Lucille zuckte zusammen. »Meine Mutter hatte auch große Augen«, sagte sie langsam und deutlich, als wäre es ein Geständnis.

»Aha«, sagte Heloise zufrieden.

Lucille zerschnitt langsam das Omelett, auf das sie keinen Appetit hatte. Ihre Mutter war jetzt seit drei Wochen tot. Seit drei Wochen, und doch kam es ihr so viel länger vor. Das lag daran, dachte sie, dass sie dabei war, all die hoffnungslose Hoffnung der vergangenen drei Jahre zu vergessen, die Hoffnung, ihre Mutter könnte im Sanatorium vielleicht doch noch genesen. Aber was für eine Genesung hätte das überhaupt sein können? Diese Krankheit war ja etwas Zusätzliches gewesen, etwas, was sie getötet hatte. Es war sinnlos gewesen, auf eine vollkommene Gesundheit zu hoffen, die ihre Mutter, wie Lucille wusste, nie gehabt hatte. Selbst die Ärzte hatten ihr das gesagt. Und sie hatten ihr noch andere Dinge gesagt, und zwar über sie selbst. Gute, ermutigende Dinge: Dass sie so normal war, wie es ihr Vater gewesen war. Lucille sah in Heloise' freundliches Gesicht und spürte, wie das tröstliche Glühen zurückkehrte. Ja, in diesem perfekten Haus, abgeschlossen von der Außenwelt, konnte sie vergessen und von vorn anfangen.

»Möchtet ihr jetzt Pudding?«, fragte sie.

Nicky zeigte auf ihren Teller. »Du bist ja noch gar nicht fertig.«

»Ich war nicht sehr hungrig.« Lucille teilte ihren Nachtisch auf die beiden auf.

»Wir könnten jetzt rausgehen zum Sandkasten«, schlug Nicky vor. »Sonst gehen wir immer nur morgens, aber ich will dir unsere Sandburg zeigen.«

Der Sandkasten war hinter dem Haus, in einem Winkel, der von einem rechteckig angebauten Flügel des Gebäudes gebildet wurde. Lucille setzte sich auf die Holzeinfassung, während die Kinder begannen, wie emsige Zwerge Sand aufzuhäufen und festzuklopfen.

»Ich bin die gefangene Prinzessin!«, rief Heloise.

»Ja, und ich rette sie, Lucille. Du wirst sehen.«

Die Burg aus feuchtem Sand wuchs rasch. Sie hatte drei Türme mit Blechfähnchen, einen Burggraben und eine Zugbrücke, die aus dem mit Sand bestreuten Deckel einer Zigarrenkiste bestand. Lucille sah fasziniert zu. Im Geist hatte sie Brian de Bois-Guilbert und Rebecca vor Augen. Sie hatte *Ivanhoe* in einem Zug gelesen und dabei, genau wie jetzt, alles um sich herum vergessen.

Als die Burg fertig war, legte Nicky ein halbes Dutzend Murmeln knapp hinter die Zugbrücke. »Das sind die Guten, die hier gefangen sind«, verkündete er. Er stellte einen zweiten Zigarrenkistendeckel hochkant vor sie und häufte eine kleine Barriere aus Sand dagegen. Dann nahm er den Deckel weg. Der kleine Sandberg stand da wie ein Wall.

Heloise sammelte inzwischen kleine Steine vom Boden neben der Hauswand. »Wir schießen das Tor ein, und dann stürmen die Guten den Hügel runter und über die Brücke, und dann bin ich gerettet.«

»Nichts verraten! Sie wird schon sehen.«

Konzentriert schnippte Nicky die Steinchen vom Rand des Sandkastens gegenüber dem Burgtor, während Heloise ihm gegenüberhockte und sich mühte, die Schäden an der Burg zu reparieren, denn außer der gefangenen Prinzessin war sie auch die belagerte Armee.

Plötzlich hielt Nicky inne und sah Lucille an. »Dad kann mit einem Stock schießen. Er legt einen Stein auf das eine Ende und schlägt auf das andere. Das nennt man ein Katawult.«

»Katapult«, sagte Lucille.

»Mensch, woher weißt du das?«

»Das hab ich in einem Buch über Burgen gelesen.«

»Toll!« Nicky fuhr fort, Steinchen zu schnippen. Dass er das Wort falsch ausgesprochen hatte, war ihm peinlich. »Wir müssen die Guten da drinnen schnell befreien. Die sind dort gefangen, und wenn sie befreit sind, können sie mitkämpfen, und dann können wir die Burg *einnehmen*.«

»Und die Prinzessin befreien!«, fügte Heloise hinzu.

Lucille sah zu und wünschte sich eine echte Katastrophe, etwas Schreckliches, Gefährliches, das Heloise bedrohte, so dass sie sich zwischen das kleine Mädchen und den Angreifer werfen und ihren großen Mut und Aufopferungswillen beweisen könnte … Sie selbst würde dabei ernsthaft verletzt werden, vielleicht durch eine Kugel oder ein Messer, doch sie würde den Angreifer in die Flucht schlagen. Dann würden die Christiansens sie lieben und nie mehr fortschicken. Wenn jetzt plötzlich ein Wahnsinniger auftauchen würde, ein Mann mit blutunterlaufenen Augen, der unflätige Dinge sagte, würde sie sich keinen Augenblick lang fürchten.

Sie sah, wie die Sandmauer nachgab und der erste Soldat freikam und taumelnd den Hügel hinunterrollte. Nicky und Heloise jubelten. Die Mauer brach vollständig ein, und zwei, drei, vier Soldaten folgten dem ersten. Ihre Streifen wirbelten lustig über den Sand. Lucille beugte sich vor. Jetzt begriff sie: Sie war wie diese guten Soldaten, die in der Burg gefangen gewesen waren. Die Burg war das Haus der Howells in der Stadt, und Nicky und Heloise hatten sie befreit. Nun konnte sie lauter Gutes tun. Wenn doch nur etwas passieren würde …

»Au!«

Das war Heloise. Die beiden Kinder hatten nach derselben Murmel gegriffen, und Nicky hatte einen von Heloise' Fingern am Rand der Zigarrenkiste eingeklemmt.

Lucille nahm die Hand des Kindes. Ihr Herz klopfte, als sie das Blut sah, das in vielen winzigen Tropfen auf der abgeschürften Haut erschien. »Ach, Heloise! Tut es sehr weh?«

»Sie sollte die Murmeln ja sowieso nicht anrühren!« Trotzig setzte sich Nicky in den Sand.

Lucille drückte ein Taschentuch auf den Finger und stützte Heloise, als sie mit ihr ins Haus ging. Sie hatte schreckliche Angst, Lisabeth oder Mrs. Christiansen könnten sie sehen. Sie führte Heloise in das Bad neben dem Kinderzimmer und fand im Medizinschränkchen ein Desinfektionsmittel und eine Mullbinde. Es war nur eine kleine Abschürfung, und Heloise hörte auf zu weinen, als sie sah, wie harmlos die Wunde war.

»Siehst du, es ist nur ein Kratzer«, sagte Lucille, aber damit wollte sie das Kind nur beruhigen. Für sie selbst war es kein kleiner Kratzer. Es war schrecklich, und es war am ersten Nachmittag passiert, an dem sie die Aufsicht über die Kinder hatte – eine Katastrophe, die sie nicht verhindert hatte. Immer wieder wünschte sie sich, die Verletzung möge an ihrer eigenen Hand und doppelt so schlimm sein.

Heloise lächelte, als sie sich den Verband anlegen ließ. »Bitte bestraf Nicky nicht«, sagte sie. »Es war ja keine Absicht. Er ist beim Spielen bloß manchmal ein bisschen wild.«

Doch Lucille hatte nicht vor, Nicky zu bestrafen. Sie

wollte sich selbst bestrafen, sie wollte einen Stock nehmen und sich die Spitze in die Handfläche stoßen.

»Warum machst du so mit deinen Zähnen?«

»Weil … weil ich dachte, ich tue dir weh.«

»Nein, es tut gar nicht mehr weh.« Heloise hüpfte aus dem Badezimmer. Sie sprang auf ihr Bett und lag auf der hellbraunen Tagesdecke, die Ecknähte hatte und bis zum Boden reichte. Ihr verbundener Finger sah vor der gebräunten Haut ihres Armes erschreckend weiß aus. »Wir müssen jetzt Mittagsschlaf machen«, sagte sie zu Lucille und schloss die Augen. »Bis bald.«

»Bis bald«, sagte Lucille und versuchte zu lächeln.

Sie ging hinunter, um Nicky zu holen. Als sie mit ihm die Treppe hinaufging, stand Mrs. Christiansen an der Kinderzimmertür. Lucille erbleichte. »Ich glaube, es ist nichts Schlimmes, Ma'am. Nur ein kleiner Kratzer vom Spielen im Sandkasten.«

»Heloise' Finger? Ach was, machen Sie sich keine Sorgen, meine Liebe. Sie haben ständig irgendwelche Kratzer. Das tut ihnen gut. Es macht sie vorsichtiger.«

Mrs. Christiansen ging ins Kinderzimmer und setzte sich auf den Rand von Nickys Bett. »Nicky, du musst rücksichtsvoller sein. Sieh nur, was für einen Schreck du Lucille eingejagt hast!« Sie lachte und fuhr ihm mit der Hand durch das Haar.

Lucille stand in der Tür. Wieder fühlte sie sich ausgeschlossen, diesmal aufgrund ihrer Unfähigkeit. Und doch – wie sehr unterschied sich diese Szene von denen, die sie in den Parks gesehen hatte!

Im Hinausgehen tätschelte Mrs. Christiansen Lucilles

Schulter. »Bis zum Einbruch der Dunkelheit haben sie es wieder vergessen.«

»Einbruch der Dunkelheit«, flüsterte Lucille, als sie ins Kinderzimmer ging. »Wie schön das klingt!«

Während die Kinder schliefen, blätterte Lucille in einer Bilderbuchausgabe von *Pinocchio*. Sie liebte Geschichten über alles, irgendwelche Geschichten, vor allem aber Abenteuergeschichten und Märchen. Und neben ihr, auf dem Bücherbord der Kinder, standen Dutzende davon. Sie würde Monate brauchen, um sie alle zu lesen. Es machte nichts, dass sie für Kinder bestimmt waren, ja, ihr gefielen diese Bücher sogar noch besser, denn sie waren mit Bildern von hübsch gekleideten Tieren und lebendigen Tischen und Häusern und anderen Dingen illustriert.

Mit *Pinocchio* auf dem Schoß war sie von einem solchen Gefühl des Glücks und der Zufriedenheit erfüllt, dass sie darüber die Geschichte vergaß. Der Arzt im Sanatorium hatte sie ermuntert zu lesen und ihr auch gesagt, sie solle ins Kino gehen. »Seien Sie möglichst oft mit ganz normalen Menschen zusammen und denken Sie nicht an das, womit Ihre Mutter zu kämpfen hatte …« (»Das, womit Ihre Mutter zu kämpfen hatte« – so hatte er es damals umschrieben, doch vorher hatte er stets von »Veranlagung« gesprochen. Eine Veranlagung war etwas, was wie ein roter Faden durch die Generationen lief. Auch durch sie, hatte sie gedacht.) Lucille sah im Geist noch immer den Psychiater vor sich: Er hatte den Kopf ein wenig schräg gelegt und beim Sprechen die Brille in der Hand gehalten und war genau so, wie sie sich immer einen Psychiater vorgestellt hatte. »Dass Ihre Mutter diese Veranlagung hatte, bedeutet ja nicht, dass

Sie nicht so normal wie Ihr Vater sein können. Sie sind eine intelligente junge Frau, Lucille … Suchen Sie sich eine Stelle auf dem Land … entspannen Sie sich … genießen Sie das Leben … Denken Sie nicht einmal mehr an das Haus, in dem Sie mit Ihren Eltern gewohnt haben … Nach einem Jahr auf dem Land …«

Das war vor drei Wochen gewesen, kurz nachdem ihre Mutter im Sanatorium gestorben war. Und was der Arzt gesagt hatte, stimmte. In diesem Haus gab es Liebe und Frieden, Kinder und Schönheit, und sie spürte bereits, dass sie die Widrigkeiten der Stadt abstreifte wie eine Schlange ihre alte Haut. Schon jetzt, nach einem halben Tag! In einer Woche würde sie nicht mehr wissen, wie ihre Mutter ausgesehen hatte.

Mit einem glücklichen, geradezu verzückten Seufzer wandte sie sich zum Bücherbord und zog wahllos sechs oder sieben hohe, dünne, bunt bebilderte Bücher heraus. Eines legte sie aufgeschlagen und mit dem Rücken nach oben auf den Schoß. Ein anderes schlug sie auf und lehnte es an ihre Brust. Sie hielt die anderen Bücher in einer Hand, presste ihr Gesicht in das *Pinocchio-Buch* und schloss halb die Augen. Dann wiegte sie sich auf dem Stuhl langsam vor und zurück und fühlte nichts anderes als Glück und Dankbarkeit. Die Standuhr unten schlug dreimal, doch sie hörte es nicht.

»Was machst du da?«, fragte Nicky höflich, aber neugierig.

Lucille nahm das Buch von ihrem Gesicht. Als ihr die Bedeutung der Frage bewusst wurde, errötete sie und lächelte wie ein glückliches, aber schuldbewusstes Kind. »Ich lese«, sagte sie lachend.

Nicky lachte ebenfalls. »Du gehst aber ganz schön nah an das Buch.«

»Ja«, sagte Heloise. Auch sie hatte sich im Bett aufgesetzt.

Nicky kam zu Lucille und betrachtete die Bücher auf ihrem Schoß. »Wir stehen um drei Uhr auf. Liest du uns jetzt was vor? Catherine hat uns immer bis zum Abendessen vorgelesen.«

»Soll ich euch *Pinocchio* vorlesen?« Lucille freute sich, dass sie vielleicht etwas von dem Glück, das sie nach den ersten Seiten des Buches erfüllt hatte, mit ihnen teilen konnte. Sie setzte sich auf den Boden, damit Nicky und Heloise die Bilder sehen konnten, während sie vorlas.

Die Kinder schoben die Köpfe immer wieder über das Buch, so dass Lucille manchmal gar nichts sehen konnte. Ihr war nicht bewusst, dass sie mit einem angespannten Interesse las, das sich den Kindern mitteilte, und dass dies der Grund war, warum ihnen die Geschichte so sehr gefiel. Zwei Stunden lang las sie ihnen vor, und die Zeit verging so rasch, als wären es zwei Minuten gewesen.

Kurz nach fünf brachte Lisabeth ihnen das Abendessen, und danach wollten Nicky und Heloise, dass Lucille ihnen bis um sieben Uhr, wenn sie zu Bett gingen, weiter vorlas. Bereitwillig griff sie zu einem neuen Buch, doch als Lisabeth das Tablett mit dem Abendessen holte, sagte sie zu Lucille, es sei jetzt an der Zeit, dass die Kinder badeten, und Mrs. Christiansen werde bald kommen, um ihnen gute Nacht zu sagen.

Mrs. Christiansen kam um sieben. Die beiden Kinder waren frisch gebadet, saßen in ihren Bademänteln mit Lucille auf dem Boden und waren in ein anderes Buch vertieft.

»Weißt du«, sagte Nicky zu seiner Mutter, »eigentlich hat uns Catherine diese Bücher ja schon vorgelesen, aber wenn Lucille liest, kommt es einem so vor, als wären sie ganz neu.«

Lucille errötete vor Freude. Als die Kinder in ihren Betten lagen, ging sie mit Mrs. Christiansen hinunter.

»Ist alles in Ordnung, Lucille? Vielleicht haben Sie noch Fragen zum Tagesablauf?«

»Nein, Ma'am. Nur … dürfte ich vielleicht einmal in der Nacht nach den Kindern sehen?«

»Aber wir wollen doch nicht, dass Sie Ihren Schlaf unterbrechen, Lucille. Das ist sehr fürsorglich, aber wirklich nicht nötig.«

Lucille sagte nichts.

»Und ich fürchte, die Abende werden Ihnen lang werden. Wenn Sie sich mal in der Stadt einen Film ansehen wollen, wird Alfred, unser Chauffeur, Sie gern fahren.«

»Danke sehr, Ma'am.«

»Dann also gute Nacht, Lucille.«

»Gute Nacht, Ma'am.«

Sie ging zur Hintertür hinaus und durch den Garten, wo der Springbrunnen noch plätscherte. Als sie die Hand auf den Griff ihrer Tür legte, wünschte sie, es wäre die Tür zum Kinderzimmer und es wäre bereits acht Uhr morgens und ein neuer Tag.

Dennoch war sie jetzt müde, angenehm müde. Wie schön es war, dachte sie, als sie das Licht löschte, abends richtig müde zu sein (dabei war es erst neun Uhr), anstatt hellwach und voller Tatendrang zu sein und wieder nicht schlafen zu können, weil man immer an die Mutter denken oder sich Sorgen über sich selbst machen musste … Sie dachte an einen Tag vor nicht allzu langer Zeit, als sie sich fünfzehn Minuten lang nicht auf den eigenen Namen hatte besinnen können und voller Panik zum Arzt gelaufen war.

Das war nun vorbei! Vielleicht würde sie Alfred sogar bitten, ihr ein Päckchen Zigaretten aus der Stadt mitzubringen – ein Luxus, den sie sich seit Monaten versagt hatte.

Ein letzter Blick aus dem Fenster hinüber zum Haus. Ab und zu bauschten sich die Vorhänge des Kinderzimmers und fielen dann wieder zurück. Der Wind in den nickenden Wipfeln der Pappeln klang wie freundliche Stimmen, wie das helle Auf und Ab von Kinderstimmen …

Der zweite Tag war wie der erste, nur dass es kein Unglück, keine aufgeschürfte Hand gab, und am dritten und vierten Tag war es ebenso. Die Tage glichen einander wie Nickys Zinnsoldaten auf dem Tisch im Kinderzimmer. Das Einzige, was sich veränderte, war Lucilles Liebe zu der Familie und zu den Kindern – eine blinde, leidenschaftliche Hingabe, die sich jeden Morgen zu verdoppeln schien. Sie bemerkte und liebte viele Dinge: Die Art, wie Heloise ihre Milch in kleinen Schlucken ganz hinten im Hals trank; den blonden Flaum auf den Rücken der Kinder, der im Nacken in das Haar mündete; beim Baden die schmerzhafte Verletzlichkeit der beiden Körper.

Am Samstagabend fand sie in dem Kasten an der Tür des Dienstbotenhauses einen an sie adressierten Briefumschlag. Darin waren ein zusammengefaltetes, leeres Blatt Papier sowie zwei neue Zwanzigdollarscheine. Lucille hielt einen der knisternden Scheine in der Hand und betrachtete ihn. Sein Wert bedeutete ihr gar nichts. Um das Geld auszugeben, hätte sie in Läden und Geschäfte gehen müssen, wo andere Menschen waren. Und was sollte sie mit Geld, wenn sie das Grundstück der Christiansens doch nie verlassen würde? Es würde sich einfach ansammeln, jede Woche vierzig Dollar. In einem Jahr würde sie zweitausendundachtzig Dollar haben, in zwei Jahren doppelt so viel. Schließlich würde sie womöglich mehr haben als die Christiansens, und das war nicht in Ordnung.

Würden sie es sehr eigenartig finden, wenn sie sie bat, umsonst arbeiten zu dürfen? Oder vielleicht für zehn Dollar?

Sie musste mit Mrs. Christiansen sprechen, und das tat sie am nächsten Morgen. Der Zeitpunkt war nicht günstig gewählt. Mrs. Christiansen stellte gerade das Menü für eine Abendgesellschaft zusammen.

»Was gibt's?«, fragte Mrs. Christiansen freundlich.

Lucille sah, wie der gelbe Stift in ihrer Hand rasch über das Papier glitt. »Es ist zu viel Geld, Ma'am.«

Der Stift hielt inne. Mrs. Christiansen öffnete überrascht den Mund. »Sie sind wirklich eine komische Frau, Lucille.«

»Wie meinen Sie das – komisch?«, fragte Lucille neugierig.

»Nun, erst wollen Sie praktisch Tag und Nacht für die Kinder da sein. Sie nehmen sich nie einen Nachmittag frei. Sie sprechen immer davon, dass Sie etwas ›Wichtiges‹ für uns tun wollen – obwohl ich mir nicht vorstellen kann, was das sein könnte … Und jetzt sagen Sie, dass Sie zu viel Gehalt bekommen! Wir hatten noch nie eine Hausangestellte wie Sie, Lucille. Sie sind wirklich ganz anders als die anderen.« Sie lachte, und ihr Lachen war leicht und ungezwungen, im Gegensatz zu der jungen Frau, die angespannt vor ihr stand.

Lucille war von ihren Worten wie gebannt. »Wie meinen Sie das – anders?«

»Das habe ich Ihnen doch gerade gesagt, meine Liebe. Und ich weigere mich, Ihr Gehalt zu kürzen, denn das wäre glatte Ausbeutung. Im Gegenteil, wenn Sie Ihre Meinung ändern und um eine Gehaltserhöhung bitten sollten ...«

»O nein, Ma'am! Aber ich wollte, es gäbe noch mehr, was ich für Sie tun könnte ... für Sie alle ...«

»Lucille! Sie arbeiten für uns, oder? Sie kümmern sich um unsere Kinder. Was könnte wichtiger sein als das?«

»Ich meine, etwas Größeres. Ich meine, etwas – «

»Unsinn, Lucille«, unterbrach Mrs. Christiansen sie. »Dass die Leute, für die Sie früher gearbeitet haben, nicht so freundlich waren wie wir, bedeutet doch nicht, dass Sie sich für uns krummarbeiten müssen.« Sie wartete darauf, dass Lucille sich zum Gehen wandte, doch die blieb mit verwirrtem Gesichtsausdruck neben dem Schreibtisch stehen. »Mein Mann und ich sind sehr zufrieden mit Ihnen, Lucille.«

»Danke, Ma'am.«

Sie ging wieder ins Kinderzimmer, wo Nicky und Heloise spielten. Es war ihr nicht gelungen, sich Mrs. Christiansen verständlich zu machen. Wenn sie noch einmal zu ihr ging und ihr erklärte, wie sie sich fühlte, wenn sie ihr von ihrer Mutter erzählte und von der Angst, die sie so viele Monate lang gehabt hatte, wenn sie ihr sagte, dass sie es nicht einmal gewagt hatte, etwas zu trinken oder eine Zigarette zu rauchen … und dass die einfache Tatsache, dass sie mit der Familie in diesem wunderschönen Haus sein durfte, sie wieder gesund gemacht hatte … wenn sie ihr all das erzählte, würde es vielleicht die Last von ihr nehmen. Sie wandte sich zur Tür, doch der Gedanke, Mrs. Christiansen zu stören oder sie mit ihrer Geschichte, einer Dienstbotengeschichte, zu langweilen, ließ sie innehalten. Und so trug sie für den Rest des Tages die Dankbarkeit, die sie nicht hatte ausdrücken können, wie eine schwere Bürde in ihrer Brust.

In dieser Nacht saß sie bis nach Mitternacht in ihrem Zimmer und ließ das Licht brennen. Sie hatte jetzt Zigaretten und gestattete sich nur drei, doch selbst die genügten, um das Blut in ihren Ohren brausen zu lassen, um ihren Geist zu entspannen und Träume von Heldentaten in ihr aufsteigen zu lassen. Und als die drei Zigaretten geraucht waren und sie gern noch eine geraucht hätte, erhob sie sich – ihr Kopf fühlte sich ganz leicht an – und legte das Päckchen in die oberste Schublade, um nicht in Versuchung zu kommen. Beim Schließen der Schublade bemerkte sie auf der Schachtel mit den Taschentüchern die beiden Zwanzigdollarscheine, die sie von den Christiansens bekommen hatte. Sie nahm sie und setzte sich wieder auf den Stuhl.

Sie brach ein Streichholz aus einem Streichholzbriefchen, zündete es an und legte es mit dem brennenden Ende nach unten auf den Rand des Aschenbechers. Langsam zündete sie ein Streichholz nach dem anderen an und legte sie so in den Aschenbecher, dass ein kleines, flackerndes, kontrolliertes Feuer entstand. Als alle Streichhölzer verbraucht waren, riss sie das Briefchen in kleine Stücke und fütterte das Feuer nach und nach damit. Schließlich riss sie die Geldscheine mit einiger Anstrengung in etwa gleich große Fetzen und legte sie ebenfalls in das Feuer.

Mrs. Christiansen hatte sie nicht verstanden, doch wenn sie das hier sehen könnte, würde sie vielleicht verstehen. Dennoch war dies nicht genug. Auch treue Dienste waren nicht genug. Für Geld würde jeder treue Dienste leisten. Sie aber war anders. Hatte Mrs. Christiansen das nicht selbst gesagt? Dann fiel ihr ein, was sie außerdem gesagt hatte: »Mein Mann und ich sind sehr zufrieden mit Ihnen, Lucille.«

Die Erinnerung an diese Worte brachte ein entzücktes Lächeln auf ihre Lippen. Sie stand auf. Sie fühlte sich wunderbar stark und sicher in ihrer Position bei den Christiansens. ›Mein Mann und ich sind sehr zufrieden mit Ihnen, Lucille.‹ Es gab eigentlich nur eines, was ihr zum vollkommenen Glück fehlte: Sie musste sich in einer Krise bewähren.

Wenn nur so eine biblische Plage käme ... »Und so begab es sich, dass eine große Plage das Land befiel.« So ungefähr hieß es doch in der Bibel. Sie stellte sich vor, dass eine Flutwelle heranbrandete und immer höher stieg, bis zum Kinderzimmer. Sie würde die Kinder retten und sie schwimmend in Sicherheit bringen, wo immer das auch sein mochte.

Rastlos ging sie auf und ab.

Oder wenn es ein Erdbeben gäbe ... Sie würde zwischen schwankenden Mauern hindurch ins Haus rennen und die Kinder herausholen. Vielleicht würde sie wegen irgendeiner

Kleinigkeit – wegen Nickys Zinnsoldaten oder Heloise' Malkasten – noch einmal hineingehen, und dabei würde sie verschüttet werden und sterben. Dann würden die Christiansens erkennen, wie groß ihre Liebe gewesen war.

Oder es konnte ein Feuer ausbrechen. Überall konnte ein Feuer ausbrechen. Feuer war etwas ganz Gewöhnliches und bedurfte keines himmlischen Ratschlusses. Für ein schreckliches Feuer brauchte es nicht mehr als das Benzin in der Garage und ein Streichholz.

Sie ging hinunter und durch die Verbindungstür zur Garage. Der Tank war einen Meter hoch und ganz voll, und wenn Lucille nicht so überzeugt gewesen wäre von der Notwendigkeit und Wichtigkeit ihrer Tat, wäre es ihr gewiss nicht gelungen, ihn über die Schwelle der Zwischentür und des Eingangs zum Dienstbotenhaus zu bugsieren. Sie rollte den Tank durch den Garten, wie sie Arbeiter Bierfässer und Aschentonnen hatte rollen sehen. Auf dem Rasen machte er kein Geräusch, und als sie einen der gepflasterten Wege überquerte, hörte man nur ein kurzes Rumpeln, das sich in der Nacht verlor.

Nirgends brannte ein Licht, und selbst wenn noch eines der Fenster erleuchtet gewesen wäre, hätte Lucille sich nicht abhalten lassen. Selbst wenn Mr. Christiansen dort am Springbrunnen gestanden hätte, wäre sie unbeirrt geblieben, denn sie hätte ihn vermutlich gar nicht bemerkt. Und außerdem: War sie denn nicht im Begriff, eine edle, heldenhafte Tat zu vollbringen? Nein, sie hätte wohl nur das Haus und die Gesichter der Kinder in dem Fenster im ersten Stock gesehen.

Sie schraubte den Tankverschluss auf und goss etwas

Benzin an eine der Ecken des Hauses, rollte den Tank weiter und goss hier und da Benzin auf die weißen Schindeln, bis sie die nächste Hausecke erreicht hatte. Dann zündete sie ein Streichholz an und hielt es an die feuchten Stellen. Ohne sich umzudrehen, ging sie zurück zum Dienstbotenhaus, blieb in der Tür stehen und betrachtete ihr Werk.

Die ersten Flammen züngelten blass und begierig, dann wurden sie gelb, mit rötlichen Streifen. Während Lucille zusah, wich der Druck, der auf ihrem Körper und Geist lastete, von ihr und verschwand für immer – er wich der Konzentration und gewollten Anspannung eines Sprinters, der auf den Startschuss wartet. Bevor sie zu Hilfe eilte, würde sie die Flammen bis hinauf zum Kinderzimmerfenster wachsen lassen, damit die Gefahr möglichst groß wäre. Ein Lächeln wie das einer Heiligen spielte um ihren Mund, und jeder, der sie dort im Eingang hätte stehen sehen, wo ihr Gesicht im Licht des flackernden Feuers erglühte, hätte gefunden, dass sie eine schöne junge Frau war.

Sie hatte an fünf Stellen Feuer gelegt, und die Flammen krochen nun an der Hauswand empor wie die Finger einer Hand – warm und flackernd, sanft und streichelnd. Lucille lächelte. Noch hielt sie sich zurück. Die plötzliche Explosion des Benzintanks, der zu heiß geworden war, klang wie ein Kanonenschuss und erhellte einen Augenblick lang die ganze Szene.

Als wäre dies das Signal gewesen, auf das sie gewartet hatte, ging Lucille zuversichtlich und entschlossen auf das große Haus zu.

Mrs. Afton

Dr. Felix Bauer, der aus dem Erdgeschossfenster seiner Praxis in der Lexington Avenue sah, kam es so vor, als wäre der Nachmittag ein träger Fluss, dessen Strömung nicht zu erkennen war und der ebenso gut vorwärts wie rückwärts hätte fließen können. Der Verkehr hatte sich verdichtet, doch im schwer lastenden Sonnenlicht kamen die Wagen an den Ampeln nur im Schritttempo voran, und die Chromteile leuchteten, als wären sie weißglühend. Die Praxis war mit einer Klimaanlage ausgestattet und eigentlich angenehm kühl, doch irgendetwas – seine Logik oder sein Blut – sagte ihm, dass es heiß war, und das deprimierte ihn.

Er warf einen Blick auf seine Armbanduhr. Miss Vavrica hatte einen Termin um halb vier, zu dem sie wieder einmal nicht erschien. Er sah sie vor sich: Vermutlich saß sie mit weit aufgerissenen Augen in irgendeinem Kino und starrte gebannt auf die Leinwand, um nicht daran zu denken, wo sie stattdessen sein sollte. Bis zu seinem nächsten Termin um Viertel nach vier hätte er einiges erledigen können, doch er sah weiter aus dem Fenster. Woran lag es nur, dachte er, dass New York, diese Stadt voller Tempo und Ehrgeiz, ihm so sehr den Schwung raubte? Er arbeitete hart, das hatte er immer getan, doch in Amerika war er sich dessen bewusst.

Hier war es nicht wie in Wien oder Paris, wo er gearbeitet, aber auch gelebt hatte, wo er sich abends mit seiner Frau und Freunden entspannt und dann noch die Energie gehabt hatte, bis in die frühen Morgenstunden weiterzuarbeiten und zu lesen.

Das Bild von Mrs. Afton, einer kleinen, eher untersetzten Frau mit jenem strahlenden hübschen Aussehen, wie man es sehr selten bei Frauen mittleren Alters findet – sie benutzte, wie ihm jetzt einfiel, ein Gardenienparfüm –, schob sich vor seine Erinnerungen an die Abende in Europa. Mrs. Afton war eine sehr sympathische Frau aus den Südstaaten. In ihr bestätigte sich, was er über die Südstaaten gehört hatte: Dass man sich dort einen eigenen Lebensstil bewahrt und Zeit für Essen, Besuche, Unterhaltungen und einfach für das Nichtstun hatte. Er hatte das nicht nur aus einigen Bemerkungen von Mrs. Afton geschlossen, die vielleicht überflüssig gewesen waren, ihm aber dennoch angenehm im Ohr geklungen hatten, sondern auch aus ihren unaufdringlich guten Manieren – gute Manieren gingen ihm sonst auf die Nerven –, die sie trotz ihrer Sorgen keinen Augenblick vergessen hatte. Mrs. Aftons Lebensart wirkte auf ihn wie ein alchimistisches Elixier, das die Welt verwandelte und schöner machte. Unter seinen Patienten gab es nicht viele derart angenehme Menschen, aber andererseits war Mrs. Afton am vergangenen Montag nicht wegen eigener Probleme zu ihm gekommen, sondern wegen ihres Mannes.

Sein Vier-Uhr-fünfzehn-Patient, der ernste Mr. Schriever, der jeden Cent des Honorars für die dreiviertelstündige Sitzung selbst verdiente und das auch keine Sekunde lang vergaß, kam und ging, ohne die Oberfläche des Nachmittags auch nur leise zu kräuseln. Als er wieder allein war, strich sich Dr. Bauer mit der starken, gepflegten Hand über die Stirn, glättete ungeduldig die Falten und machte sich eine abschließende Notiz über Mr. Schriever. Der junge Mann hatte nach anfänglichem Zögern wieder einmal einfach drauflosgeredet und sich durch keine Frage auf einen verheißungsvolleren Kurs steuern lassen. Bei Leuten wie Mr. Schriever musste man einfach daran glauben, dass man ihnen irgendwann helfen konnte. Die erste Barriere, so kam es Dr. Bauer vor, war stets die Anspannung, allerdings nicht die beinahe objektive, aus dem Krieg oder der Armut resultierende Anspannung, mit der er es in Europa zu tun gehabt hatte, sondern die amerikanische Anspannung, die bei jedem anders war und den Patienten, der zu einem Psychoanalytiker ging, um sie zu untersuchen und aufzulösen, nur umso fester im Griff behielt. Bei Mrs. Afton, dachte er, war von dieser Anspannung nichts zu spüren. Ein Jammer, dass eine Frau wie sie, geboren und erzogen zu einem sorgenfreien, glücklichen Leben, an einen Mann gebunden war, der dem Glück entsagt hatte. Ein Jammer auch, dass er nichts für sie tun konnte. Heute, beschloss er, würde er ihr sagen, dass er nicht imstande war, ihr zu helfen.

Um genau fünf Uhr tastete Dr. Bauers Fuß nach dem Knopf unter dem blauen Teppich und trat zweimal darauf. Er sah zur Tür, erhob sich und öffnete sie.

Mrs. Afton trat sogleich ein. Trotz ihrer untersetzten Statur war ihr Gang schnell und beschwingt, und ihr Kopf mit den sorgfältig frisierten, hellbraunen Haaren war hoch erhoben. Es kam ihm so vor, als sei sie an diesem Nach-

mittag das einzige Wesen, das sich aus eigener Kraft fort-
bewegte.

»Guten Tag, Dr. Bauer.« Sie legte das Halstuch aus
blauem Chiffon ab, das genau zu dem Farbton des Tep-
pichs passte, und setzte sich in den Ledersessel. »Diese
herrliche Kühle hier! Wie schade, dass ich nachher wieder
gehen muss.«

»Ja«, sagte er und lächelte, »so eine Klimaanlage ver-
wöhnt einen.« Er beugte sich über den Schreibtisch und las,
was er am vergangenen Montag notiert hatte:

Thomas Bainbridge Afton, 55. Allgem. guter Ges.zu-
stand. Reizbar. Legt übermäßig viel Wert auf körperl. Kraft
und sportl. Training. In verg. Monaten strenge Diät und
Trainingsprogramm. Zimmer in Hotelsuite mit Trainings-
geräten ausgestattet. Große körperl. Anstrengungen. Schi-
zoide, sadomasochistische Züge. Lehnt Behandlung ab.

Mrs. Afton war zu ihm gekommen, um sich zu erkundigen,
wie sie ihren Mann dazu bewegen könnte, seine strenge
Lebensweise aufzugeben oder wenigstens zu mäßigen.

Dr. Bauer lächelte sie über den Schreibtisch hinweg un-
behaglich an. Eigentlich sollte er sie gleich wieder fortschicken, nachdem er ihr nochmals erklärt hatte, dass er unmöglich einen Menschen durch einen anderen Menschen
behandeln könne. Mrs. Afton hatte ihn eindringlich um
einen zweiten Termin gebeten. Und nun war sie offenbar
so hoffnungsvoll, dass es ihm schwerfiel, zu beginnen.

»Wie geht es Ihnen heute?«, fragte er, wie er es bei jedem
Patienten tat.

»Sehr gut.« Sie zögerte. »Ich glaube, ich habe Ihnen fast

alles erzählt, was es zu erzählen gibt. Es sei denn, Sie haben noch Fragen.« Als würde ihr plötzlich bewusst, wie eifrig sie klang, lehnte sie sich zurück, blinzelte mit den blauen Augen und lächelte, und das Lächeln schien auszudrücken, was sie bereits am Montag gesagt hatte: »Ich weiß, es ist komisch – ein Mann, der vor dem Spiegel steht und die Arme anspannt wie ein Zwölfjähriger, der seine Muskeln bewundert, aber Sie können sicher verstehen, dass ich Angst um sein Leben habe, wenn er danach vor Erschöpfung zittert.«

Wenn er jetzt sagte: »Da Ihr Mann sich weigert, in eine Behandlung einzuwilligen …«, würde sie vermutlich mit demselben Lächeln und einem verständnisvollen Nicken die Praxis verlassen, ohne allerdings von der Bürde ihrer Ängste befreit worden zu sein. Mrs. Afton gehörte nicht zu der Sorte reiferer Frauen, die all ihre Sorgen sofort vor ihm ausschütteten, und sie war zu stolz, um irgendwelche peinlichen Dinge zu enthüllen, zum Beispiel, dass ihr Mann sie geschlagen hatte, wovon Dr. Bauer überzeugt war.

»Ich nehme natürlich an«, begann er, »dass Ihr Mann bemüht ist, durch sein Ertüchtigungsprogramm sein verletztes Ego wieder aufzubauen. Unbewusst glaubt er, dass Körperkraft eine Kompensation für sein Versagen auf anderen Gebieten ist – im geschäftlichen, vielleicht auch im gesellschaftlichen Bereich, da er, wie Sie sagten, Grundbesitz in Kentucky verkaufen musste und nicht imstande ist, Ihnen das Leben zu bieten, das er Ihnen bieten will.«

Mrs. Afton wandte den Blick ab, und ihre Augen weiteten sich. Dasselbe hatte Dr. Bauer bei ihr beobachtet, wenn er eine ihrer Aussagen hinterfragt hatte oder wenn sie versucht hatte, sich an etwas zu erinnern, und er hatte gesehen, wie ihre Augen sich ganz plötzlich verengten, wenn etwas sie amüsierte, wobei hinter den geschwungenen braunen Wimpern eine jugendliche Koketterie aufgeblitzt hatte. Jetzt betonte die Neigung ihres Kopfes die breiten Backenknochen, die schmale Stirn und das sanft zugespitzte Kinn – es war ein mütterliches Gesicht, obgleich sie keine Kinder hatte. Schließlich antwortete sie mit deutlich zweifelndem Unterton: »Es klingt logisch.«

»Aber Sie stimmen mir nicht zu?«

»Nicht ganz, jedenfalls.« Wieder hob sie den Kopf. »Ich glaube nicht, dass mein Mann sich für einen echten Versager hält. Es geht uns finanziell noch immer recht gut.«

»Ja, natürlich.«

Sie warf einen Blick auf die elektrische Uhr, deren Sekundenzeiger lautlos die kostbare Dreiviertelstunde fraß. Ihre Knie öffneten sich ein wenig, als sie sich vorbeugte, und die Rundungen ihrer Waden, die wie zwei ornamentale Stützen wirkten, schwangen sich symmetrisch hinab zu den schmalen Knöcheln, die sie dicht beieinander hielt. »Können Sie mir keinen Rat geben, wie ich seinen ... seinen Eifer ein wenig dämpfen könnte, Dr. Bauer?«

»Gibt es denn gar keine Möglichkeit, ihn zu überreden, dass er mich einmal persönlich aufsucht?«

»Ich fürchte nein. Ich habe Ihnen ja gesagt, was er von Ärzten hält: Sie können an ihm herumdoktern, wenn er tot ist, aber für den Rest seines Lebens hat er von ihnen genug. Ach, ich glaube, ich habe Ihnen gar nicht erzählt, dass er seinen Leichnam einer medizinischen Fakultät vermacht hat.« Wieder lächelte sie, doch um ihre Mundwinkel war ein Anflug von Scham oder Wut. »Das war vor etwa sechs Monaten. Ich dachte, es würde Sie interessieren.«

»Ja.«

Eine Spur eindringlicher fuhr sie fort: »Ich bin überzeugt, wenn Sie ihn nur einmal kurz sehen könnten – ich meine, wenn er nicht wüsste, wer Sie sind –, würden Sie sicher sehr viel mehr über ihn erfahren, als ich Ihnen erzählen kann.«

Dr. Bauer seufzte. »Auch dann wäre alles, was ich Ihnen sagen könnte, bloße Vermutungen. Wenn Sie mir von Ihrem Mann erzählen oder wenn ich ihn kurz sehe, kann ich nicht feststellen, auf welchen Motiven seine Obsession beruht. Ich könnte Ihnen Ratschläge geben, wie Sie ihm helfen können, das, was er verloren hat, wiederzugewinnen – seine sozialen Kontakte, seine Hobbys und so weiter. Doch das haben Sie gewiss schon versucht.«

Mit einem unsicheren Nicken bestätigte Mrs. Afton seine Vermutung.

»Dabei wäre das aus psychologischer Sicht lediglich eine oberflächliche Korrektur.«

Sie sagte nichts. Ihre Mundwinkel verspannten sich, und sie betrachtete die vier leuchtend gelben Streifen Sonnenlicht, die durch die Fensterläden in eine Ecke des Raums fielen. Ihre Haltung verriet Aufmerksamkeit, doch aus ihrem Gesicht sprach eine gewisse Hoffnungslosigkeit, und Dr. Bauer senkte den Blick auf den zugeschraubten Füller, den er mit einem Finger auf dem Schreibtisch hin und her rollte.

»Dennoch wäre ich Ihnen sehr dankbar, wenn Sie ihn sich einmal ansehen würden, und sei es nur in der Hotelhalle. Dann hätte ich das Gefühl, dass Sie sich ein sicheres Urteil gebildet haben.«

Ich bilde mir immer ein sicheres Urteil, dachte er, ließ den Gedanken jedoch wieder fallen und konzentrierte sich auf das, was er als Nächstes sagen musste: Dass ihr nichts anderes übrigblieb, als eine gerichtliche Entscheidung herbeizuführen. Der Richter würde den Mann vermutlich zwangseinweisen lassen, und das würde für Mrs. Afton tausendmal schlimmer sein als seine Bemerkung, ihr Mann sei ein Versager. Sie liebte ihn noch immer – eine Scheidung kam, wie sie sagte, nicht in Frage, nicht einmal eine zeitweilige Trennung. Sie liebte ihn nicht nur, sondern war, das wurde Dr. Bauer jetzt bewusst, sogar stolz auf ihn. Plötzlich merkte er, dass ein kurzer Blick auf ihren Mann vielleicht jene letzte Geste der Höflichkeit wäre, nach der er gesucht hatte. Danach würde er das Gefühl haben, alles getan zu haben, was in seiner Macht stand.

»Ich kann es ja mal versuchen«, sagte er schließlich.

»Danke. Ich bin sicher, dass das helfen wird. Ganz bestimmt.« Sie lächelte und richtete sich auf. Die Zigarette, die Dr. Bauer ihr anbot, lehnte sie ab. »Ich werde Ihnen noch etwas erzählen«, sagte sie, und er spürte, wie dankbar sie ihm war. »Am Montag hatte ich, wie Sie wissen, um halb drei einen Termin bei Ihnen, und um allein wegzukommen, sagte ich Thomas, ich sei mit Mrs. Hatfield, meiner ältesten Freundin im Hotel, um halb drei bei Lord & Taylor verabredet. Um zwei Uhr saß ich allein im Speisesaal des Hotels und aß zu Mittag, als auf einmal Thomas hereinkam. Wir essen nie gemeinsam zu Mittag, weil er immer in einer Salatbar an der Madison Avenue isst. Ich saß also da und aß

Hummer Newburg, was nach Thomas' Meinung praktisch Selbstmord ist. Hummer Newburg ist eine Spezialität des Hotels, die jeden Montag serviert wird, und die bestelle ich dann immer zum Mittagessen. Ich hatte Thomas gerade gesagt, ich sei um halb drei mit Mrs. Hatfield verabredet, als Mrs. Hatfield in den Speisesaal trat. Sie ist kurzsichtig und sah uns nicht, aber mein Mann hat sie ebenso gesehen wie ich. Sie setzte sich, bestellte etwas zu essen und hatte offenbar vor, eine Weile zu bleiben. Thomas saß mir gegenüber und sagte kein Wort. Er wusste, dass ich ihn angelogen hatte. So ist er manchmal. Und irgendwann, wenn ich am wenigsten darauf gefasst bin, kommt er damit heraus.« Sie hielt inne. Ihr Atem ging schnell.

»Und wann kam er damit heraus?«, fragte Dr. Bauer.

»Gestern Nachmittag. Er wusste genau, dass ich mit Mrs. Hatfield zum Mittagessen gegangen war, denn sie war zu unserem Zimmer gekommen und hatte mich abgeholt. Wir gingen dann mit ein paar Freunden ins Algonquin. Als ich gegen drei zurückkam, bekam Thomas einen Wutanfall und warf mir vor, ich sei an beiden Nachmittagen ins Kino gegangen, obwohl gestern nach dem Essen gar keine Zeit dafür gewesen wäre.«

»Er will nicht, dass Sie ins Kino gehen?«

Sie schüttelte lachend den Kopf – es war ein nachsichtiges, beinahe fröhliches Lachen. »Nein. Sie wissen schon: die schlechte Luft. Er findet, alle Kinos sollten abgerissen werden. Ach, manchmal ist er wirklich komisch. Die Filme, die mir gefallen, findet er unerträglich kitschig. Hin und wieder sehe ich mir ganz gern ein Musical an, und das werde ich auch weiterhin tun.«

Dr. Bauer war überzeugt, dass das nicht stimmte. »Und was sagte er noch?«

»Tja, nicht allzu viel. Er hat seine goldene Uhr auf den Boden geworfen. Es war eine so trotzige Geste, dass ich meinen Augen nicht traute.«

Sie sah ihn an, als erwartete sie eine Reaktion, griff dann in die Handtasche und zog eine goldene Taschenuhr hervor, deren Kette sie einmal um den Zeigefinger wickelte, um sie besser zeigen zu können. Die Uhr drehte sich um sich selbst, und Dr. Bauer sah, dass sie auf der Rückseite mit einem Monogramm aus ineinander verschlungenen Initialen graviert war.

»Die Uhr habe ich ihm zum ersten Hochzeitstag geschenkt. Ich bin vielleicht altmodisch, aber ich finde, ein Mann sollte eine große Taschenuhr haben. Es ist ein Wunder, dass sie noch geht. Ich habe sie nur mitgenommen, um ein neues Glas einsetzen zu lassen. Ich hab sie einfach aufgehoben, ohne irgendetwas zu sagen, und er hat seinen Mantel angezogen und ist zu seinem gewohnten Nachmittagsspaziergang aufgebrochen. Er geht jeden Tag von drei bis halb sechs spazieren. Danach duscht er kalt, und dann essen wir zu Abend, außer an Abenden, an denen er sich mit Major Sterns trifft. Ich habe Ihnen ja erzählt, dass Major Sterns Thomas' bester Freund ist. Sie spielen an mehreren Abenden in der Woche Binokel oder Schach. Könnten Sie sich meinen Mann irgendwann in dieser Woche ansehen, Dr. Bauer?«

»Ich glaube, Freitagvormittag könnte es gehen, Mrs. Afton«, sagte er. Freitagsnachmittags arbeitete er in einer Klinik; auf dem Weg dorthin würde er in Mrs. Aftons Hotel vorbeischauen. »Soll ich Sie Freitagmorgen noch einmal anrufen? Dann könnten wir die Einzelheiten besprechen. So etwas geht immer am besten kurzfristig.«

Als er aufstand, erhob sie sich ebenfalls. Sie lächelte und hielt sich sehr aufrecht. »Schön, dann erwarte ich also Ihren Anruf. Auf Wiedersehen, Dr. Bauer. Ich fühle mich jetzt sehr viel besser. Allerdings habe ich meine Zeit um zwei Minuten überzogen.«

Er winkte ab und hielt ihr die Tür auf. Dann war sie fort, doch der Duft ihres Parfüms hing noch in der Luft, als er bei der geschlossenen Tür stand und durch das Fenster in den hereinbrechenden Abend sah.

Als Dr. Bauer am nächsten Morgen in die Praxis kam, hatte Mrs. Afton bereits zweimal angerufen. Sie habe um seinen Rückruf gebeten, sagte die Sekretärin, aber noch während er seinen Hut aufhängte, läutete das Telefon erneut.

»Könnten Sie bitte gleich kommen?«, fragte Mrs. Afton. Das ängstliche Zittern in ihrer Stimme ließ ihn aufhorchen. »Ja, sicher kann ich das, Mrs. Afton. Was ist passiert?«

»Er weiß, dass ich mit Ihnen über ihn gesprochen habe. Mit jemandem jedenfalls. Er hat mich heute Morgen, gleich nach seinem Morgenspaziergang, deswegen zur Rede gestellt – als hätte er es gespürt. Er hat mir vorgeworfen, mich ihm gegenüber illoyal zu verhalten, und dann hat er seine Sachen gepackt und gesagt, er werde mich verlassen. Jetzt ist er fort – allerdings ohne Koffer, daher weiß ich, dass er nur einen Spaziergang macht und wahrscheinlich gegen zehn wieder zurück ist. Könnten Sie sofort kommen?«

»Ist er gewalttätig geworden? Hat er Sie geschlagen?«

»Nein, nein, nichts dergleichen. Aber ich weiß, das ist das Ende. Ich weiß, dass es jetzt nicht mehr so weitergehen kann.«

Dr. Bauer überlegte, wie viele Termine er absagen musste. Auf jeden Fall den um Viertel nach zehn, vielleicht auch den um elf. »Können Sie um Viertel nach zehn in der Hotelhalle sein?«

»Natürlich, Dr. Bauer.«

Bei dem Patienten um Viertel nach neun fiel es ihm schwer, sich zu konzentrieren, und bei dem Gedanken an Mrs. Aftons Stimme bereute er, nicht sofort zu ihrem Hotel gefahren zu sein. Ganz gleich, wie die Umstände waren – Mrs. Afton hatte sich an ihn um Hilfe gewandt, und somit war er für sie verantwortlich.

Um zehn saß er im Taxi, steckte sich eine Zigarette an und saß reglos da, ohne auch nur einen Blick in die Zeitung zu werfen, die er mitgenommen hatte. Es war ein Vormittag Mitte Juni, dachte er, und während er tatenlos in einem Taxi saß, das um Ecken bog und an roten Ampeln anhielt, durchlebte Mrs. Thomas Bainbridge Afton die größte Krise ihrer mehr als fünfundzwanzigjährigen Ehe. Und was konnte er ihr anbieten? Er konnte Hilfe holen, falls ihr Mann gewalttätig wurde, und den üblichen Trost, die üblichen Ratschläge geben, falls er inzwischen seine Koffer geholt hatte und gegangen war. Das wäre das Ende des hübschen, angenehmen Lebens von Mrs. Afton, denn ohne ihren Mann würde sie mit ihren Freundinnen nie mehr so glücklich sein wie zuvor. Er hörte schon, wie sie zu ihnen sagte: »Thomas hat eben seine Eigenheiten … Er ist manchmal ein bisschen sonderbar.« Und schließlich, nach vielen Kompromissen und peinlichen Situationen, würde sie sich eingestehen: »Er ist unmöglich.« Dennoch hatte sie es durch Stolz, Erziehung oder Pflichtgefühl geschafft, sich nicht nur ihren Humor zu bewahren, sondern auch den Eindruck zu erwecken, als wäre sie glücklich verheiratet. »Thomas ist ein idealer Ehemann – er war es jedenfalls …«

Das Taxi hielt, und er wurde aus seinen Gedanken gerissen. Sie standen in der Mitte eines Blocks in einer der Vierziger Straßen, zwischen der Fifth und Sixth Avenue. Das Hotel war kleiner und schäbiger, als er es sich vorgestellt hatte. Es war ein schmales, unauffälliges Gebäude, in dem wahrscheinlich viele Leute wie die Aftons wohnten, Leute mittleren Alters, die seit zehn oder mehr Jahren Dauergäste waren.

Mrs. Afton kam mit schnellen Schritten über den schwarzweiß gefliesten Boden der Hotelhalle auf ihn zu, und auf ihrem angespannten Gesicht erschien ein freudiges Lächeln. Sie wischte sich mit einem Taschentuch über die Handflächen und schüttelte ihm die Hand. »Gut, dass Sie da sind, Dr. Bauer! Er ist vorhin gekommen und gleich hinaufgegangen. Ich könnte Sie als einen Freund einer Freundin vorstellen, als Mr. Lanuxe aus Charleston, und sagen, Sie hätten nur kurz vorbeigeschaut und müssten gleich weiter zum Bahnhof.«

»Wie Sie wollen.« Er folgte ihr zum Aufzug und war froh, sie so beherrscht zu sehen.

Sie traten in den winzigen, klapprigen Aufzug, der von einem alten Neger bedient wurde, und schwiegen, während sie langsam hinauffuhren. Jetzt, da er dicht neben ihr stand, konnte Dr. Bauer die grauen Strähnen in ihrem sonst hellbraunen Haar sehen und ihren schnellen Atem hören. In der Hand hielt sie das zerknüllte Taschentuch.

»Hier entlang, bitte.«

Sie gingen durch einen trübe beleuchteten Flur und dann einige Stufen hinunter. Vor einer hohen Tür blieben sie stehen.

»Ich bin sicher, dass er in seinem eigenen Zimmer ist, aber ich klopfe immer«, flüsterte sie und öffnete die Tür. »Das ist das Wohnzimmer.«

Dr. Bauer hatte, ohne es zu merken, die Zeitung in die Jackentasche gesteckt, um die Hände frei zu haben. Nun sah er sich in dem spärlich möblierten, recht deprimierenden Zimmer um, das ein paar Hotelmöbel, einige Bücher, einen elektrifizierten Messingkronleuchter, der früher mit Gas betrieben worden war, und einen zu kleinen, schwarzen Kamin enthielt.

»Er ist hier«, sagte sie und ging zu einer zweiten Tür. »Thomas?« Sie öffnete vorsichtig die Tür.

Keine Antwort.

»Ist er nicht da?«, fragte Dr. Bauer.

Einen Augenblick lang schien Mrs. Afton peinlich berührt. »Er muss wieder ausgegangen sein. Aber kommen Sie doch herein – dann sehen Sie, was ich gemeint habe. Das ist sein Trainingsraum, wie er ihn nennt.«

Dr. Bauer trat in ein Zimmer, etwa halb so groß wie das Wohnzimmer und viel dunkler, da es nur über ein Fenster verfügte, das zur Feuertreppe führte. Es dauerte einen Augenblick, bis er die eigenartigen Gegenstände erkannte, die auf dem Boden lagen und von der Decke hingen: Ein

Punchingball, ein Sandsack, ein Seitpferd mit Holzgriffen und zwei Basketbälle. Er hob einen Boxhandschuh auf, der auf dem Boden lag und an dem der zweite noch mit den Schnürriemen befestigt war.

»Und dann hat er noch ein Rudergerät. In dem Schrank dort drüben«, sagte Mrs. Afton.

»Könnten Sie bitte Licht machen?«

»Oh, natürlich.« Sie zog an einer Schnur und schaltete die nackte Glühbirne ein, die von der Decke hing. »Sonst ist er um diese Zeit immer hier. Es tut mir leid. Er wird bestimmt jeden Augenblick zurückkommen.«

Dr. Bauer bemerkte, dass die Schnürriemen der Boxhandschuhe weiß und steif und nur durch die ersten Ösen gefädelt waren – es sah aus, als seien sie nie benutzt worden. Im Licht der Glühbirne konnte er erkennen, dass alle Geräte ganz neu waren. Das Seitpferd war verstaubt, doch hatte das Leder keinerlei Kratzer. Stirnrunzelnd musterte er den braunen Sandsack, der nur Zentimeter vor seinen Augen hing. Auf der ihm zugewandten Seite war noch der viereckige Aufkleber des Herstellers. Offenbar war keines der Geräte je benutzt worden. Dr. Bauer war so verblüfft, dass ihm die Bedeutung dieser Entdeckung nicht gleich bewusst wurde.

»Und dort ist der Spiegel.« Sie zeigte auf einen hohen Spiegel, der an der Wand lehnte, und schmunzelte. »Vor dem steht er stundenlang.«

Dr. Bauer nickte. Trotz ihres Lächelns sah sie angespannter aus als bei ihrem ersten Gespräch. Es war eine Anspannung, die ihre schmalen Augenbrauen zu hässlichen gequälten Strichen machte. Mit zitternden Händen hob sie ein Maßband auf, wickelte es ordentlich auf zwei Finger und wartete vertrauensvoll darauf, dass er etwas sagte.

»Vielleicht sollte ich lieber in der Hotelhalle warten«, murmelte Dr. Bauer.

»Gut. Wenn er kommt, werde ich unten anrufen und Ihnen Bescheid sagen lassen. Er benutzt immer die Treppe. Deswegen haben wir ihn wahrscheinlich verpasst.«

Als Dr. Bauer auf den Flur trat, lag die Treppe direkt vor ihm, und gedankenverloren ging er hinunter. Ein schmächtiger blonder Mann kam ihm entgegen und schien ihn kurz zu mustern, doch Dr. Bauer war sicher, dass das nicht Mr. Afton war. Er fühlte sich benommen, ohne genau zu wissen, warum. In der Halle sah er sich um und ging schließlich zur Rezeption, die halb hinter einer zweiten Treppe verborgen war.

»Bei Ihnen wohnt eine Mrs. Afton?« Es war weniger eine Frage als vielmehr eine Feststellung.

Der junge Mann, der an der Telefonvermittlung saß, sah von seiner Zeitung auf. »Afton? Nein, Sir.«

»Sie hat Zimmer Nummer 32.«

»Nein, Sir. Hier wohnt niemand mit diesem Namen.«

»Wer wohnt dann in Zimmer Nummer 32?« Wenigstens bei der Zimmernummer gab es keinen Zweifel.

Der junge Mann warf einen Blick auf die Liste über dem Schaltbrett. »Das ist Miss Gorhams Suite.« Er sah wieder Dr. Bauer an, und auf seinem Gesicht breitete sich ein amüsiertes Lächeln aus.

»Miss Gorham? Sie ist unverheiratet?« Dr. Bauer leckte sich über die Lippen. »Lebt sie allein?«

»Ja, Sir.«

»Meinen wir dieselbe Frau? Etwa fünfzig, etwas untersetzt, hellbraunes Haar?« Er wusste es genau, doch er musste sich doppelt vergewissern.

»Ja, das ist Miss Gorham. Miss Frances Gorham.«

Dr. Bauer blickte in die lächelnden Augen des jungen Mannes, der Miss Gorham kannte, und fragte sich, ob er mehr wusste als er. Mrs. Afton musste ihn oft angelächelt und seine Sympathie ebenso gewonnen haben wie seine eigene, als sie ihn in seiner Praxis aufgesucht hatte. »Danke«, sagte er und fügte gedankenverloren hinzu: »Das ist alles.«

Er wandte sich um, starrte ins Leere und biss die Zähne zusammen, bis das Gefühl, dass die Wirklichkeit sich auflöste, verschwand, bis die Welt ins Lot kam und wieder fest wurde – ein wenig schäbig, wie die Halle dieses Hotels, und so klar umrissen wie das Knirschen kleiner Steinchen unter den Schuhsohlen eines Mannes, der gerade vorbeiging –, bis es keine Mrs. Afton mehr gab. Er ging zur Tür, als ihn der Drang, zur normalen Routine zurückzukehren, auf die Uhr sehen ließ. Er stellte fest, dass es noch nicht halb elf war und er den Termin um elf Uhr nun doch würde wahrnehmen können. Er ging zu der sargähnlichen Telefonzelle, die halb hinter einer Palme verborgen war. Unter der Lampe war ein Bord mit Telefonbüchern, und eine störrische, sinnlose Neugier ließ ihn unter A nachsehen und den Namen Afton suchen. Es gab nur einen Eintrag, und der bezog sich auf einen Laden. Dr. Bauer trat in die Telefonzelle und wählte die Nummer seiner Praxis.

»Würden Sie bitte Mr. Schriever anrufen und ihn fragen, ob er nicht doch um elf kommen kann?«, bat er seine Sekretärin. »Sagen Sie ihm, ich bitte wegen der Terminänderungen um Entschuldigung. Und wann hat Mrs. Afton ihren nächsten Termin?«

»Einen Augenblick. Wir haben einen vorläufigen Termin für Montag um halb drei vereinbart.«

»Dann streichen Sie den bitte und geben Sie ihn Miss Gorham«, sagte er langsam und deutlich. »Miss Frances Gorham.«

»Gorham? G-o-r-h-a-m?«

»Ja, ich glaube, so schreibt man es.«

»Ist das eine neue Patientin, Dr. Bauer?«

»Ja«, sagte er.

Miss Juste und die grünen Turnanzüge

Miss Justes Trillerpfeife zerriss zweimal hintereinander gellend die Luft. Die zweihundert kleinen Mädchen in grünen Turnanzügen blieben wie angewurzelt stehen. Zwei Pfiffe bedeuteten: in einer Reihe aufstellen. Aufstellen wie zu Beginn des Unterrichts.

Folgsam bahnten sich die grünen Turnanzüge ihren Weg und fanden ihre angestammten Plätze in gleichmäßigen Reihen, die Länge und Breite der Turnhalle ausfüllten. Mit finsterem Vergnügen musterte Miss Juste die Mädchen. Sie hatte sie erst wegtreten lassen und dann zurückgepfiffen, wie ein Frauchen, das seinen Hund wieder an die Leine nimmt. Mit muskulösen Beinen bestieg sie das Podest vorn in der Turnhalle. Das Podest war wie der Startblock eines Schwimmbeckens, nur ohne das Sprungbrett.

Strammstehend, die unförmigen weißen Turnschuhe nebeneinander, die Knie wie zwei Blumenkohlköpfe unter der voluminösen Pumphose, wartete Miss Juste, bis jede Bewegung in den Reihen zum Stillstand gekommen war. Wie üblich war es Edith Polizetti, die ihren Platz nicht fand. Edith versuchte, unter dem grausamen Blick von Miss Juste, sich irgendwo hineinzuquetschen, doch sie wurde von den anderen gnadenlos verscheucht. Schließlich lief sie verzweifelt nach hinten und suchte am Ende einer Reihe Zuflucht.

Mit einem erneuten Pfiff erzwang Miss Juste Aufmerksamkeit und ließ mit militärischer Achtlosigkeit die Pfeife an ihrem schwarzen Band herunterfallen.

»Nächsten Freitag«, hallte ihre Stimme kratzig von den kahlen Wänden der Turnhalle wider, »also übermorgen ... nehmt ihr eure Turnanzüge zum Waschen mit nach Hause ... *Zum Waschen!* Habt ihr das verstanden? ... Es ist das ganze Wochenende Zeit, und ich werde *keine* Ausreden gelten lassen!«

Als sie innehielt, damit ihre Worte wirken konnten, wanderten ihre blauen Glupschaugen über die Mädchen hinweg. Sie machte eine derart lange Pause, dass die Reihe, die der Eingangstür am nächsten stand, sich aufzulösen drohte. Es war Mittagszeit. Die Mädchen hatten Hunger. Miss Juste stieß einen schmerzhaft schrillen Pfiff aus und musterte die Übeltäterinnen. Sie erstarrten in Reih und Glied.

»Darüber hinaus«, fuhr sie fort, »will ich eure Turnschuhe *blitzen* sehen ... Aber wehe, ihr reibt sie nur mit Kreide ein und verteilt mir dann den ganzen Staub hier ... Nein, *putzen* ... mit einem speziellen Reinigungsmittel! Wenn ihr euch keins leisten könnt, nehmt Wasser und Seife! ... Am Montag bekommen wir Besuch!«

Miss Juste nahm sich Zeit, damit auch diese Bekanntmachung bei allen Mädchen ankam. In der vordersten Reihe kratzte sich eins am Knie.

»Sophie Stephanopolos!«

Sophie Stephanopolos, das zehnte Mädchen in der dritten Reihe, fuhr erschrocken zusammen und hielt den Atem an.

»Bis Freitag hast du das Gummiband in Ordnung gebracht! … Ich habe dich schon einmal ermahnt … und du hast es *missachtet* … das ist *ungeheuerlich!*«

Sophie Stephanopolos' Finger suchten den Hosensaum ihres Turnanzugs, der bis unters Knie gerutscht war, und zogen ihn hoch.

»Grace O'Rourk … Am Freitag will ich einen Gürtel an deinem Anzug sehen … Wenn du ihn verloren hast, besorg dir einen neuen … *Wie,* ist mir egal!« Ein Moment angespannter Stille verging. »Und ich erwarte einen perfekten Tanz am Freitag! … Nach sechs Wochen Arbeit gibt es keinen Grund, warum er nicht perfekt sein sollte. … Wenn ihr einen der Schritte nicht könnt, dann übt ihn mit einer Freundin bis dahin!«

Jetzt rief die Schulglocke alle Schülerinnen zum Mittagessen. Die kleinen Mädchen traten unglücklich von einem Bein aufs andere.

»Im Übrigen«, warnte Miss Juste, »sollte eine von euch am Montag ihren Turnanzug *nicht* gewaschen und die Turnschuhe *nicht* gereinigt haben, braucht sie gar nicht erst zu erscheinen! … Dann kann sie gleich zu Hause bleiben!«, fauchte sie, als wäre das die schrecklichste Verbannung überhaupt.

Anschließend gab sie Miss Pendergast am Klavier ein Zeichen, die daraufhin mit rhythmischem Nachdruck einen mitreißenden Marsch anstimmte. Miss Juste stampfte schwungvoll auf der Stelle, um die Mädchen in Bewegung zu versetzen. Die beiden Reihen nahe dem Ausgang vereinten sich zu einer und zogen, gefolgt von der nächsten, ab. Sie marschierten durch die Turnhalle, und als sie sich der Tür zur Umkleidekabine näherten, wurden sie schneller, passierten den Teil der Wand, der abgewetzt und schwarz von vielen schmuddligen Handabdrücken war, und lösten sich in glückselige Unordnung auf, sobald sie der Turnhalle und Miss Justes strengem Blick entkommen waren. Der Marsch aus der Turnhalle war ausschließlich feierlichen Anlässen vorbehalten, beispielsweise wenn sie Besucher hatten oder sich – wie jetzt – Miss Justes Beschwörungen einprägen sollten.

Miss Pendergasts Marsch dröhnte so lange fort, bis das letzte Paar den Saal verlassen hatte und ein Pfiff ihr das Kommando zum Aufhören gab. Die gleichmäßig metrischen, dumpfen Akkorde brachen mitten im Satz ab. Die hagere Frau erhob sich vom Klavierhocker. In den Tastaturdeckel und das Holz darunter hatte man ein Loch für eine Kette eingelassen. An dieser Kette hing ein großes, verrostetes Vorhängeschloss, mit dem Miss Pendergast nun die Tastatur verriegelte. Dann sammelte sie ihre Notenblätter ein und folgte Miss Juste auf Zehenspitzen und in gebührendem Abstand von gut drei Metern über den Holzboden aus der Turnhalle hinaus.

Am Freitag war Sophie Stephanopolos' Gummiband repariert, aber Grace O'Rourk hatte es nicht geschafft, einen Gürtel für ihren Turnanzug aufzutreiben. Das sagte sie von ihrem Platz aus, als Miss Justes Adleraugen sie erspähten.

»Schon gut! Schon gut! Ich will nichts davon hören!«, unterbrach Miss Juste sie und zeigte unheilverkündend mit dem Finger zur Tür.

Die demütigende Geste ließ Grace O'Rourk verstummen und unter Tränen zum Ausgang laufen.

An diesem, dem letzten Probentag vor dem Besuch der Gäste kannte Miss Justes Zorn über die Tanzkünste der Mädchen keine Grenzen.

Zu Miss Pendergasts ersten, spritzigen Akkorden stellten sich je 40 Turnanzüge in fünf Kreisen auf, hüpften zwei Runden in die eine Richtung, drehten sich auf der Stelle um und hüpften eine Runde in die entgegengesetzte Richtung. Sie formten zwei Rechtecke, drehten eine Pirouette, tauschten diagonal die Plätze und bildeten wieder Kreise. Was ihnen jedoch nicht gelang, war, in die Mitte des jeweiligen Kreises zu hüpfen, sich einmal um die eigene Achse zu drehen und wieder rückwärts zu springen, um dann in einem Kreis zu enden. Unweigerlich kam es zu Kollisionen, zu heftigen Kollisionen, denn anders kamen sie nicht weit genug in den Kreis hinein. Und wenn sie rückwärts hüpften, war das Ergebnis alles andere als ein Kreis.

Miss Juste stampfte mit einem Turnschuh auf das Podest. »Nein!«, schrie sie. »Nein! Nein! Nein!«

Ganze sechs Wochen waren sie nun schon mit diesem Kreis beschäftigt. Sie hatte es von Anfang an kommen sehen. Der Rest des Tanzes lief recht gut, aber der *Kreis!*

»Nehmt euch an den Händen! Haltet euch beim Rückwärtshüpfen an der Hand, damit ihr wenigstens am Ende zusammen seid! ... Noch einmal von vorn, Miss Pendergast!«

Und wieder beugte sich Miss Pendergast über ihre Musik, entzifferte die Noten angestrengt durch ihre Hornbrille, nur wenige Zentimeter von den Notenblättern entfernt, und breitete ihre dünnen Arme zu beiden Seiten aus, um auf die Tasten einzuhämmern.

An der Stelle, wo die Tänzerinnen gespielt schüchtern nach hinten hüpfen sollten, liefen sie in wildem Getümmel in die Mitte des Kreises. Hier kam die arme Miss Pendergast aus dem Takt, und ein paar kleine Mädchen wie Helen Murphy und Teresa Galgano krümmten sich vor Lachen, das sie prustend zu unterdrücken versuchten.

Wieder schrillte die grässliche Trillerpfeife, und Miss Juste blickte finster von einem Teil der Klasse zum anderen, bis sich die Gemüter beruhigt hatten.

»Noch einmal!«, befahl sie.

Miss Pendergast, die immer mit einem Auge über die Schulter schielte, um keine von Miss Justes Anweisungen zu verpassen, nickte lächelnd und wagte zu fragen: »Von vorn?«

»Nein, vom Hüpfen an, bitte!«

Miss Pendergast setzte an der Stelle mit dem Vermerk »hüpfen« ein.

Sich an den Händen zu halten, erleichterte die Bildung des Kreises, doch Miss Juste war noch immer nicht zufrieden. »Wenn ihr hier oben stehen würdet ...« (Miss Pendergasts Musik verebbte mit dem ersten Ton von Miss Justes Stimme.) »Grauenvoll! ... Einfach grauenvoll! ... Ich werde jeder eine Fünf geben, wenn dieser Kreis nicht sofort klappt!«

Ein Schaudern durchfuhr die Klasse. Die Gesichter wurden ernst. Es ging das Gerücht um, Miss Juste habe vor langer Zeit einem älteren Mädchen eine Fünf gegeben, womit sich dessen Abschluss um ein Jahr verzögerte, und während dieses Jahres musste es den ganzen Tag mit Miss Juste Sport treiben. Einige der kleinen Mädchen glaubten, die Geschichte sei wahr, andere nicht.

»Bitte, Miss Pendergast!«

»Von vorn?«, fragte Miss Pendergast zaghaft.

»Jawohl!«

Wieder ertönten die munteren Akkorde. Die kleinen Mädchen, bereit, in den Kreis hineinzuhüpfen, drehten sich verwirrt herum, als sie abrupt versuchten, von vorn zu beginnen. Manche sprangen sogar vorwärts.

»Stopp!«, schrie Miss Juste. »Stopp! Stopp! Stopp!«

Alle hielten inne. Keiner regte sich.

Miss Juste stöhnte. »Noch einmal von Anfang an, bitte.«

Die Mädchen hüpften in Kreisen erst eine und dann noch eine Runde, machten kehrt, hüpften wieder im Kreis, bildeten Rechtecke. Alle grünen Turnanzüge tauschten die Position mit ihren jeweiligen Partnern.

Miss Juste klopfte verbissen den Rhythmus in ihre Handfläche. »Hebt – den – Fuß! Mit – mehr – Schwung!«

Miss Pendergast hielt beim Klang der Stimme in vorauseilendem Gehorsam inne, bemerkte aber rasch, dass sie nicht hätte innehalten sollen, und griff erneut in die Tasten.

Unter den Tänzerinnen herrschte ein einziges Durcheinander. Miss Juste war außer sich. Wäre die Klasse nicht da gewesen, hätte sie gewiss ihre Wut an Miss Pendergast ausgelassen.

Miss Pendergasts farblose Lippen formten ein entschuldigendes »Oh.«

Noch einmal von vorn. »Hebt – den – Fuß! Ihr – seht – aus – als – wärt – ihr – tot!« Miss Juste trommelte den Rhythmus mit.

Zweihundert Paar schwere Füße, erschöpft und gelangweilt, hoben sich um drei Zentimeter.

»Sachte! Sachte! Ihr hört euch ja an wie eine Horde Pferde!«

Die riesige Mittagsglocke über der Tür unterbrach mit ihrem schrillen Geläut die Musik und das Geräusch scharrender Füße. Dankbar blieben die grünen Turnanzüge stehen und schnappten nach Luft. Die Glocke schrillte noch dreißig ohrenbetäubende Sekunden lang weiter.

Die Stunde war zu Ende. Miss Juste machte aus ihrer Empörung keinen Hehl und stieß fürchterliche Drohungen aus, falls es am Montag, wenn die Besucher kamen, nicht besser liefe. Es gab kein einziges Wort der Ermutigung.

»Und ich wiederhole … Jede von euch, die am Montag mit einem ungewaschenen und ungebügelten Turnanzug und schmutzigen Turnschuhen hier aufkreuzt, kann gleich wieder gehen … Und hat eine Fünf auf dem Abschlusszeugnis sicher!« Das war der letzte Giftpfeil, den Miss Juste verschoss.

Damit war die Klasse entlassen.

»Und Sie, Miss Pendergast, werden übers Wochenende noch etwas üben, nicht wahr?«

»O ja! … Ja, gewiss!« Miss Pendergast nickte, als sie das Vorhängeschloss an ihrem Instrument einrasten ließ.

Am Montag waren ungewöhnlich viele Schülerinnen anwesend. Schuhe und Anzüge waren in tadellosem Zustand. Die Klasse stellte sich in Zweierreihen für Miss Pendergasts schönsten Marsch auf. Der glänzende Boden verströmte einen scharfen Geruch nach Öl und Harz. Den Stapel verdreckter Turnmatten hatte man aus der Ecke entfernt.

Die Besucher, zwei großgewachsene Damen mit Pelzkragen und ein großgewachsener Herr in einem dunklen Mantel, der seinen Hut abgenommen hatte, saßen im hinteren Teil der Turnhalle auf kleinen Stühlen mit gerader Lehne, neben ihnen Mr. Fay, der Direktor, vor der Wand mit den hohen Fenstern. Die drei sahen sich sehr aufmerksam um. Sie alle waren so groß, dass man die Stühle gar nicht sah und es den Anschein hatte, als schwebten sie in der Luft.

Die kleinen Mädchen interessierten sich außerordentlich für die Gäste, und so verpassten gleich mehrere Paare den Schlussakkord des Marschs. Es kam zu Zusammenstößen in den Reihen, so dass die Mädchen wie Dominosteine schwankten.

Es war ein sehr kalter Tag, trotzdem ließ man die hohen Fenster hinter den Schutzgittern weit geöffnet, um den Besuchern die vorbildlichen Gesundheitsregeln der Schule vorzuführen. Die kleinen Mädchen zitterten, während sie steif auf ihren Plätzen standen. Miss Juste vergrub ihre Hände tief in den Taschen ihrer weiten schwarzen Wolljacke. Und die Gäste legten ihre Pelz- und Mantelkragen enger um sich.

Einzigartig wurde das Ereignis jedoch dadurch, dass Miss Juste lächelte! Ja, sie lächelte, trotz der Kälte. Außerdem trug sie einen knallroten Schlips zu ihrer Matrosenbluse und eine schwarz-rote Golfhose, die sie bis zu den fleckigen Knien hochgekrempelt hatte.

Nachdem sich die Klasse paarweise aufgestellt hatte, ließ Miss Juste, noch immer lächelnd, ihre Trillerpfeife ertönen, woraufhin sich die Paare trennten und ihre Plätze zum Appell einnahmen.

Zwei Lücken klafften in den Reihen, nämlich da, wo Grace O'Rourk, die noch immer keinen Gürtel besaß, und

Concetta Rosasco hätten stehen müssen. Plötzlich schoss Concettas Tanzpartnerin Lucia DeStephano aus ihrer Reihe und flüchtete durch die Tür. Miss Juste sah sie. Die halbe Klasse sah sie und wusste, dass Miss Juste sie gesehen hatte. Trotzdem lächelte Miss Juste weiter, während sie die Anwesenheitsliste durchging. Die Klasse starrte sie fasziniert an. Ihr Gesicht sah anders aus als sonst. Sie war wie eine Fremde auf dem Podest.

Dann schrillte Miss Justes Trillerpfeife, Miss Pendergast stimmte voller Inbrunst den Washington Post Marsch an, und die Reihen verwandelten sich auf wundersame Weise in Viererreihen und marschierten vorwärts, wendeten elegant und drehten eine Runde durch die Turnhalle. Dieses Manöver war nicht schwierig. Sie hatten es im Sportunterricht vom ersten Jahr an geübt. Fehler waren so gut wie ausgeschlossen, selbst bei einer Schülerin wie Edith Polizetti.

Mr. Fay beugte sich zu einer der großgewachsenen Damen hinüber und flüsterte ihr etwas zu, woraufhin sie lächelnd nickte.

Nach der zweiten Runde trafen die Reihen in der Mitte, vor Miss Juste, wieder aufeinander und marschierten auf der Stelle. Die schmale Vase mit Kornblumen, die auf Miss Pendergasts Klavier stand, erzitterte unter ihren krachenden Akkorden. Als die Musik verstummte, klatschten die drei Besucher Beifall. Ein paar kleine Mädchen kicherten verlegen.

Der erste Teil der Aufführung war vorbei. Miss Juste hob ihre Trillerpfeife, um die Positionen für den Tanz anzuzeigen.

Doch genau in diesem Augenblick erhoben sich die drei Besucher. Auch Mr. Fay stand auf. Miss Juste pfiff nicht. Langsam liefen die Gäste zwischen der ersten Reihe und der Wand nach vorn. Miss Juste wartete und strahlte ihnen entgegen.

Mr. Fay ging auf das Podest zu, die Besucher blieben an der Tür stehen.

»Mrs. Heathwaite, Mrs. Donnelly und Mr. Sheppard haben mich gebeten, der Klasse ihre Anerkennung auszusprechen, Miss Juste«, sagte Mr. Fay.

Die kleinen Mädchen in der ersten Reihe hörten mit offenen Mündern und aufgerissenen Augen zu.

»Und Dank an Miss Pendergast für die Musik.« Miss Pendergast lächelte und nickte mehrmals. »Sie bitten um Entschuldigung, dass sie schon wieder aufbrechen müssen, aber sie wollen sich noch den Rest der Schule ansehen, und um halb eins erwartet sie ein Mittagessen.«

»Aber … ja sicher, selbstverständlich … Mr. Fay«, sagte Miss Juste. »Bitte richten Sie ihnen aus, dass es uns ein großes Vergnügen war!«

Mr. Fay und die Besucher verließen die Turnhalle.

Miss Juste stand auf dem Podest und stierte in den hinteren Teil der Turnhalle. Die Klasse sah, wie sie tief Luft holte. Und auch die Klasse holte tief Luft. Miss Justes Lächeln war zusammen mit den Besuchern verschwunden, aber ihr Mund hatte noch nicht wieder seine übliche Verbissenheit und ihr Blick nicht seinen harten Ausdruck angenommen. Im Gegenteil, Miss Justes Mund stand offen, und sie wirkte ein wenig abwesend. Sie runzelte die Stirn. Stumpf schlug sie mit der Trillerpfeife auf ihre Handfläche.

Langsam wandte sie sich dem Klavier zu.

»Bitte, Miss Pendergast«, sagte sie.

Die fröhlichen Akkorde polterten durch die Turnhalle, während die kleinen Mädchen im Kreis hüpften. Am anderen Ende der Turnhalle, da, wo die Besucher gesessen hatten, machte Grace O'Rourks Tanzpartnerin einen Knicks und hakte sich bei einer imaginären Gestalt ein.

Vögel vor dem Flug

Jeden Morgen sah Don im Briefkasten nach, aber nie war ein Brief von ihr da.

Sie hatte keine Zeit gehabt, sagte er sich dann. In Gedanken rekapitulierte er alles, was sie tun musste – ihre sämtlichen Habseligkeiten von Rom nach Paris schaffen, in Paris eine Wohnung suchen und einen neuen Job finden, bevor sie sich hinsetzen und seinen Brief beantworten konnte. Alle erdenklichen Hindernisse erwog er – anfangs verletzt und verärgert und dann, je mehr Zeit verstrich, mit wachsender Besorgnis, denn sie waren alles, woran er sich klammern konnte.

Doch schließlich war selbst die großzügigste Zeitspanne, die sich für diese Hindernisse veranschlagen ließ, überschritten, und zwar schon um drei Tage, und noch immer war kein Brief von ihr da.

»Sie will in Ruhe darüber nachdenken«, sagte er sich. »Natürlich will sie sich ihrer Gefühle sicher sein, bevor sie schreibt.«

Don hatte ihr vor dreizehn Tagen geschrieben, dass er sie liebe und sie heiraten wolle. Selbstverständlich machte es ihm nichts aus zu warten. Er wollte sie nicht drängen.

Seit seiner Rückkehr aus Europa vor zwei Wochen hatte er nur wenige seiner Freunde gesehen. An Rosalind zu denken war ihm Beschäftigung genug. Er hatte den Eindruck, als könne er sein Glück noch gar nicht fassen. Jeder Tag war, als werde ein Vorhang, hinter dem sich eine herrliche Landschaft entfaltete, ein Stück höher gehoben. Er wollte, dass sie bei ihm war, wenn er das ganze Panorama sehen konnte. Nur eines hielt ihn davon ab, beglückt und zuversichtlich diese Landschaft zu betreten: Der Umstand, dass er nicht einmal einen Brief von ihr mitnehmen konnte. Er schrieb noch einmal nach Rom und vermerkte »Bitte weiterleiten« auf dem Umschlag. Gewiss hatte sie eine Anschrift hinterlegt, an die ihre Post nachgesendet werden sollte.

Am fünfzehnten Tag war noch immer kein Brief von ihr da. Es gab nur einen Brief von seiner Mutter in Kalifornien, die Reklame eines Spirituosengeschäfts und eine Wahlwerbung. Mit einem verzerrten und erschrockenen Lächeln klappte er den Briefkasten zu, schloss ihn ab und ging zur Arbeit. Der Moment, wenn er feststellte, dass kein Brief gekommen war, stimmte ihn nie traurig. Es war eher ein lustvolles Erschrecken, als wolle sie ihn foppen und halte deshalb den Brief noch einen Tag länger zurück. Dann senkte sich die Erkenntnis, dass er neun Stunden warten musste, bis er nach Hause kommen und nachsehen konnte, ob eine Eilsendung eingetroffen war, wie eine schwere Last auf ihn, und ganz unvermittelt fühlte er sich erschöpft, unglücklich und lustlos. Rosalind würde ihm keinen Eilbrief schicken, nicht nach so langer Zeit. Es blieb ihm nichts anderes übrig, als auf den nächsten Morgen zu warten.

Am nächsten Morgen sah er einen Brief im Briefkasten. Es war nur eine Einladung zu einer Vernissage. Er zerriss sie in kleine Fetzen, die er zusammenknüllte.

Im Briefkasten daneben steckten drei Briefe. Die waren doch schon seit gestern Morgen dort. Was für ein Bursche war dieser Dusenberry, dass er es nicht für nötig befand, seinen Briefkasten zu leeren?

An diesem Vormittag kam ihm im Büro die Erleuchtung, die sofort seine Lebensgeister weckte: Vielleicht war ihr Brief versehentlich in den Briefkasten neben seinem gelangt. Der Briefträger öffnete alle Briefkästen gleichzeitig, in einer Reihe, und hin und wieder hatte Don Briefe für jemand anderen in seinem Briefkasten vorgefunden. Seine Gedanken begannen, einen optimistischen Reigen zu tanzen. In ihrem Brief würde stehen, dass sie ihn auch liebte. Wie sollte es anders sein, wo sie doch in Juan-les-Pins so glücklich gewesen waren? Er würde »Ich liebe Dich, ich liebe Dich« zurücktelegrafieren. Nein, er würde sie anrufen, denn auf ihrem Brief würde ihre Pariser Adresse stehen, so dass er wüsste, wo er sie erreichen konnte.

Er hatte Rosalind vor zwei Jahren in New York kennengelernt; sie waren einmal essen und ins Theater gegangen. Seine nächsten Einladungen hatte sie abgelehnt, und Don hatte daraus geschlossen, dass es jemand anderen auf der Bildfläche gab, den sie lieber mochte. Damals hatte ihn das nicht weiter gestört. Doch als sie ihm in Juan-les-Pins über den Weg gelaufen war, hatte die Sache anders ausgesehen. Es war Liebe auf den zweiten Blick gewesen, unerwartet, überwältigend und unstreitig. Der Beweis war, dass Rosalind sich von den drei anderen, mit denen sie gekommen war – einem Mädchen und zwei Männern –, abgesetzt hatte, sie allein nach Cannes hatte fahren lassen und mit ihm in Juan-les-Pins geblieben war. Es waren fünf ausgesprochen paradiesische Tage gewesen, und Don hatte gesagt: »Ich liebe dich«, und Rosalind hatte es auch einmal gesagt. Aber Zukunftspläne hatten sie nicht geschmiedet, und er hatte nicht vom Heiraten gesprochen. Jetzt wünschte er, er hätte es getan.

An diesem Abend suchte Don Dusenberrys Klingel auf der Liste gegenüber den Briefkästen und drückte sie entschlossen.

Keine Reaktion.

Dusenberry oder Familie Dusenberry waren offensichtlich verreist.

Würde ihn der Hausmeister wohl – ganz gewiss nicht. Außerdem hatte der Hausmeister keinen Generalschlüssel für die Briefkästen.

Inzwischen steckten vier Briefe in Dusenberrys Kasten, nur zwei Fingerbreit von seinen Fingern entfernt, und einer dieser Briefe konnte ihrer sein. Er hatte das Recht, sich zu vergewissern. Dusenberry hatte heute offenbar zweimal Post bekommen. Es war zum Rasendwerden. Er steckte einen Finger in einen der Schlitze der glatten Metalltür und versuchte sie aufzuziehen. Er zwängte seinen eigenen Schlüssel ins Schlüsselloch und versuchte, ihn gewaltsam zu drehen. Das Schloss klickte, und der Riegel bewegte sich ein Stück. Dann steckte Don seinen Haustürschlüssel in den Spalt und benutzte ihn als Hebel. Der Riegel brach ab, und der Briefkasten war offen. Er nahm die Briefe heraus. Keiner war für ihn bestimmt. Er sah sie zweimal durch, zitternd wie ein Dieb. Dann steckte er einen in seine Manteltasche, legte die anderen zurück und ging zum Aufzug.

Sein Herz klopfte, als er die Wohnungstür hinter sich

schloss. Warum hatte er bloß den Brief genommen? Es war eine ganz automatische Handlung gewesen, so als hätte er, nachdem er den Kasten aufgestemmt hatte, auch etwas mitnehmen müssen. Selbstverständlich würde er den Brief zurücklegen. Er betrachtete die Anschrift in zarter blauer Handschrift. Und den Absender in der linken oberen Ecke: Edith W. Whitcomb, 717 Garfield Drive, Scranton, Pa. Dusenberrys Liebste, dachte er sofort. Jedenfalls zweifellos ein persönlicher Brief. Ein dicker Brief in einem quadratischen Umschlag. Er würde ihn sofort zurückbringen. Und der demolierte Briefkasten? Tja, gestohlen hatte er schließlich nichts.

Er nahm einen Anzug aus dem Schrank, den er sowieso in die Reinigung bringen wollte, und griff nach Dusenberrys Brief. Doch sobald er den Brief in der Hand hielt, war er plötzlich neugierig auf den Inhalt. Bevor er sich dafür schämen konnte, trat er zum Herd und setzte Wasser auf. Die Umschlaglasche rollte sich im Dampf sauber zurück. Der Brief bestand aus drei handgeschriebenen Seiten.

Liebster, begann er.
   Du fehlst mir so sehr, dass ich Dir schreiben muss. Bist Du Dir wirklich sicher, was Du fühlst? Du hast gesagt, für beide von uns würde sich alles in Luft auflösen. Weißt Du, wie mir zumute ist? Genauso, wie mir an dem Abend zumute war, als wir auf der Brücke standen und sahen, wie in Bennington die Lichter angingen ...

Gebannt und ungläubig las er weiter. Das Mädchen war bis über beide Ohren in ihn verliebt. Sie wartete nur auf eine Antwort, auf ein Zeichen. Sie schrieb von dem Ort in Vermont, wo sie gewesen waren, und er fragte sich, ob sie sich dort kennengelernt hatten oder gemeinsam hingefahren waren. Mein Gott, dachte er, wenn nur Rosalind ihm so einen Brief schreiben würde! Dusenberry würde ihr vermutlich nicht antworten, denn dem Brief nach zu schließen, hatte er ihr bisher kein einziges Mal geschrieben.

Don steckte den Brief in den Umschlag zurück. Der letzte Absatz ging ihm nicht aus dem Sinn:

Ich hätte nicht gedacht, dass ich Dir noch einmal schreiben würde. Jetzt habe ich es getan. Ich muss ehrlich sein. Ich kann nicht anders.

Und Don hatte das Gefühl, dass auch er nicht anders konnte.

Erinnerst Du Dich, oder hast Du's vergessen? Willst Du mich wiedersehen oder nicht? Wenn ich in den nächsten Tagen nichts von Dir höre, weiß ich Bescheid.
                                    In Liebe, Liebster,
                                    Edith

Er sah nach dem Datum des Poststempels. Der Brief war vor sechs Tagen aufgegeben worden. Und er malte sich aus, wie sie die Tage dehnte und in die Länge zog und sich einzureden versuchte, dass die Verzögerung seiner Antwort gewichtige Gründe hatte. Sechs Tage. Doch natürlich hoffte sie immer noch. Hoffte in diesem Augenblick dort in Scranton, Pennsylvania. Was war dieser Dusenberry bloß für ein Mensch. Ein Casanova? Ein verheirateter Mann, der einen in seinen Augen törichten Flirt beenden wollte? Welcher der sechs oder acht Männer, die ihm in diesem Haus aufgefallen waren, mochte Dusenberry sein?

Ihm stockte der Atem. Einen Augenblick spürte er die Einsamkeit des Mädchens wie am eigenen Leib, den Hoffnungsschimmer, wie er ein letztes Mal aufflackerte. Mit einem Wort konnte er sie so glücklich machen. Oder vielmehr, Dusenberry konnte es.

»So ein Schwein!«, flüsterte er.

Er trat zum Schreibtisch, nahm ein Blatt Papier und schrieb »Edith, ich liebe Dich« darauf. Es gefiel ihm, die Worte geschrieben zu sehen, lesbar und an sie gerichtet. Er hatte das Gefühl, damit eine wichtige Sache entschieden zu haben, die zuvor gefährlich in der Schwebe gewesen war. Er zerknüllte das Blatt und warf es in den Papierkorb.

Dann ging er hinunter, steckte den wieder zugeklebten Brief in den Briefkasten und brachte seinen Anzug in die Reinigung. Er wanderte lange die Second Avenue hinauf, wurde müde und ging weiter, bis er in Harlem ankam, wo ihn die vielen Lichter störten und er einen Bus nach Downtown nahm. Er war hungrig, hatte aber keinen Appetit auf irgendetwas. Er bemühte sich, an nichts zu denken. Er wartete darauf, dass die Nacht verging und der Morgen die nächste Postsendung brachte. Undeutlich dachte er an Rosalind. Und an das Mädchen in Scranton. Zu traurig, dass die Leute so unter ihren Gefühlen zu leiden hatten.

Wie er. Denn obwohl Rosalind ihn so glücklich gemacht hatte, konnte er nicht leugnen, dass die letzten Wochen eine wahre Folter gewesen waren. Ja, siebzehn Tage, wahrhaftig! Er empfand eine merkwürdige Scham bei dem Eingeständnis, dass es jetzt siebzehn Tage waren. Merkwürdig? Genau besehen, war daran nichts merkwürdig. Er schämte sich bei der Vorstellung, Rosalind möglicherweise verloren zu haben. Er hätte ihr in Juan-les-Pins ohne Umschweife sagen sollen, dass er sie nicht nur liebte, sondern heiraten wollte. Vielleicht hatte er sie jetzt verloren, weil er das nicht getan hatte.

Bei diesem Gedanken hielt es ihn nicht mehr im Bus. Die schreckliche, tödliche Vorstellung verbannte er aus seinen Gedanken und hielt sie sich vom Leibe, indem er zu Fuß ging.

Plötzlich kam ihm ein Einfall. Unausgegoren zuerst und vage, aber immerhin etwas, womit er sich heute Abend beschäftigen konnte. Er begann damit, dass er sich auf dem Nachhauseweg so genau wie möglich vorzustellen versuchte, was Dusenberry Miss Whitcomb schreiben würde, wenn er ihren letzten Brief gelesen hätte, und ob er ihr schreiben würde, dass er sie zwar nicht unbedingt liebe, sie ihm aber so viel bedeute, dass er sie wiedersehen wolle.

Er brauchte eine Stunde, um den Brief aufzusetzen. Er schrieb, er habe die ganze Zeit nichts von sich hören lassen, weil er sich weder seiner noch ihrer Gefühle sicher gewesen sei. Er wolle sie wiedersehen, bevor er mehr sagen könne, und fragte, wann sie ihn treffen könne. Er konnte sich nicht an Dusenberrys Vornamen erinnern oder daran, ob das Mädchen ihn in ihrem Brief überhaupt verwendet hatte, erinnerte sich aber an die Initialen R. L. Dusenberry auf dem Umschlag und unterschrieb einfach mit »R.«.

Während er den Brief schrieb, hatte er nicht ernsthaft beabsichtigt, ihn abzuschicken. Doch als er die anonymen, mit Schreibmaschine geschriebenen Worte las, wurde er unschlüssig. Es war so wenig und kam ihm so harmlos vor. Andererseits war es völlig sinnlos. Dusenberry machte sich offenkundig nichts aus ihr, und daran würde sich auch nichts ändern. Schickte er den Brief ab, nährte er nur Illusionen, falls Dusenberry nicht dort weitermachte, wo er aufhörte. Er starrte die Unterschrift »R.« an, und in seinem Herzen wusste er, dass er unbedingt eine Antwort von ihr haben wollte, eine einzige bejahende, glückliche Antwort.

»P. S.«, fügte er noch an. »Wegen Komplikationen, die ich jetzt nicht erklären kann, bitte ich Dich, mir unter der Anschrift c/o Brantner Associates, Chanin Building, New York, zu schreiben.«

So würde der Brief schon irgendwie zu ihm gelangen. Es würde nur dieser eine Brief sein. Und einige Tage später würde ihr Schweigen bedeuten, dass Dusenberry ihr tatsächlich geschrieben hatte. Und falls doch noch ein Brief von ihr kommen sollte, würde er die Sache von sich aus so sauber und schmerzlos wie möglich beenden. Doch der Brief, den er da eben geschrieben hatte, der konnte unmöglich groß Schaden anrichten.

Nachdem er ihn abgeschickt hatte, fühlte er sich völlig befreit und in gewisser Weise auch erleichtert. Wahrhaftig, er fühlte sich insgesamt besser. Er schlief gut, und als er erwachte, glaubte er felsenfest, dass ihn im Briefkasten unten ein Brief erwartete. Als er sah, dass keiner da war, befiel ihn jähe Enttäuschung oder etwas wie Erbitterung, die ihm in diesem Zusammenhang neu war. Jetzt gab es einfach keinen Grund mehr, warum er keinen Brief bekommen sollte.

Mittwochvormittag erwartete ihn im Büro ein Brief aus Scranton.

»Liebster«, begann der Brief, und Don, dem es fast peinlich war, die sentimentalen Ergüsse zu lesen, faltete das Blatt zusammen, bevor irgendjemand in der Konstruktionsabteilung, in der er arbeitete, ihn bei der Lektüre ertappen konnte.

Es gefiel ihm und missfiel ihm zugleich, den Brief in der Tasche zu haben. Er sagte sich immer wieder, dass er nicht wirklich einen Brief erwartet hätte, wusste aber, dass er sich etwas vormachte. Warum hätte sie nicht antworten sollen? Sie schlug vor, am nächsten Wochenende irgendwohin zu fahren (offenbar war Dusenberry Herr seiner Zeit), und bat ihn, Zeit und Ort zu nennen.

Er dachte an sie, während er über seiner Arbeit saß, an dieses leidenschaftliche, bebende, gesichtslose weibliche Wesen in Scranton, das er mit einem Wort manipulieren konnte. Welche Ironie! Er, der sie nicht dazu bewegen konnte, ihm aus Paris zu antworten!

»Mein Gott!«, murmelte er und stand auf. Grußlos eilte er aus dem Büro.

Ihm war soeben etwas Schreckliches eingefallen. Ihm war soeben der Gedanke gekommen, dass Rosalind möglicherweise die ganze Zeit überlegte, wie sie ihm zartfühlend eröffnen konnte, dass sie ihn nicht liebte, nie geliebt hatte und nie lieben würde. Jetzt sah er statt ihrer glücklichen, ratlosen oder insgeheim amüsierten Miene vor seinem inneren Auge, wie sie mit gerunzelter Stirn über der unangenehmen Aufgabe brütete, einen Brief zu verfassen, in dem sie mit ihm Schluss machte. Er spürte, wie sie über die Sätze nachgrübelte, mit denen das am schonendsten zu bewerkstelligen wäre.

Dieser Gedanke war so verstörend, dass er an diesem Abend zu nichts mehr imstande war. Je länger er darüber nachdachte, desto wahrscheinlicher erschien es ihm, dass sie ihm gerade schrieb oder schreiben wollte, um Schluss zu machen. Er konnte sich ausmalen, wie sie Schritt für Schritt zu ihrem Entschluss gelangt war: Nach dem ersten kurzen und intensiven Trennungsschmerz hatte sie offenbar gemerkt, dass sie ohne ihn leben konnte, abgelenkt durch ihre Arbeit und ihre Freunde in Paris, wie er sich lebhaft vorstellen konnte. Dann der gewichtige Umstand, dass er in Amerika war und sie in Europa und dass zwangsläufig einige Zeit vergehen würde, bis sie einander wiedersahen. Und schließlich die tiefgreifenden Veränderungen, die einer von ihnen auf sich nehmen musste, wenn sie zusammenleben wollten. Aber mehr als all das wog ihre Erkenntnis, dass sie ihn nicht wirklich liebte. Das zumindest musste stimmen, denn niemand versäumte es so lange, jemandem zu schreiben, an dem ihm lag.

Unvermittelt stand er auf und starrte die Uhr an, als müsse er ihr die Stirn bieten. Zwanzig Uhr siebzehn am 15. September. Ihr ganzes Gewicht lastete auf seinem verspannten Körper und seinen verkrampften Händen. Neunzehn Tage, soundso viele Stunden und soundso viele Minuten … Sein Geist schüttelte das unerträgliche Gewicht ab und heftete sich an das Mädchen in Scranton. Er fand, dass er ihr eine Antwort schuldete. Er las ihren Brief noch einmal, sorgfältiger, verweilte versonnen bei mancher Formulierung, als berühre ihre hoffnungslose und anhängliche Liebe ihn zutiefst, fast wie seine eigene. Hier war jemand, der ihn anflehte, ihm Zeit und Ort für ein Treffen zu nennen. Leidenschaftlich, inbrünstig, eine Gefangene ihrer selbst, war sie wie ein Vogel, der die Flügel breitet. Plötzlich trat er ans Telefon und gab ein Telegramm auf:

TREFFPUNKT FREITAG ACHTZEHN UHR GRAND CENTRAL STATION AUSGANG LEXINGTON AVENUE. IN LIEBE, R.

Freitag war übermorgen.

Am Donnerstag kam wieder kein Brief, kein Brief von Rosalind, und mittlerweile hatte er weder den Mut noch die Kraft, sich in Bezug auf sie noch irgendetwas auszumalen. Nur seine Liebe erfüllte ihn, ungemindert und so schwer wie ein Pflasterstein. Freitagmorgen dachte er schon beim Aufstehen an das Mädchen in Scranton. Jetzt würde sie wohl aufstehen und packen und dann, falls sie überhaupt zur Arbeit ging, den ganzen Tag in ihrer Dusenberry-Traumwelt verbringen.

Als er nach unten kam, lugte der rot-blaue Rand eines Luftpostbriefs aus seinem Briefkasten, und ihn beschlich ein fast schmerzhaftes Entsetzen. Er öffnete den Kasten und fischte den länglichen dünnen Umschlag heraus; seine Hände zitterten so sehr, dass er die Schlüssel fallen ließ. Es waren nur etwa zwanzig getippte Zeilen.

15. September

Don,

*Wie soll ich mir je verzeihen, dass ich so lange ge-
wartet habe, bis ich Dir schreibe – aber hier geht alles
drunter und drüber. Bin erst heute überhaupt in der
Lage, mit der Arbeit zu beginnen. Zuerst in Rom aufgehalten, dann die katastrophale Wohnungssituation
hier wegen neuer algerischer Einwanderer usw.*

*Don, Du bist ein Schatz, das weiß ich und werde es
nie vergessen. Auch Juan-les-Pins werde ich nie vergessen. Aber Liebling, trotzdem kann ich mich nicht
so recht mit dem Gedanken anfreunden, mein ganzes
Leben auf den Kopf zu stellen und hier oder sonstwo
zu heiraten. Weihnachten kann ich unmöglich in die
Staaten kommen, ich habe einfach zu viel zu tun. Und
bis dahin oder bis Du diesen Brief erhältst, haben sich
Deine Gefühle vielleicht auch ein bisschen verändert.*

*Schreibst Du mir trotzdem wieder? Und versprichst
Du mir, dass mein Brief Dich nicht traurig macht?
Können wir uns irgendwann wiedersehen? Vielleicht
so unerwartet und wunderbar wie in Juan-les-Pins?*

Rosalind

Er stopfte den Brief in die Tasche und stürzte zur Tür hinaus. Seine Gedanken waren ein einziges Chaos, Signale
einer tödlichen Verwundung, stumme Todesschreie, wirre
Befehle an eine versprengte Armee, sich zu sammeln, bevor
es zu spät war, nicht aufzugeben, nicht zu sterben.

Nur ein Gedanke drang deutlich durch: Er hatte sie ver-
schreckt. Sein törichter plumper Antrag und seine maß-

losen Zukunftspläne hatten sie zweifellos abgeschreckt. Hätte er nur halb so viel gesagt, wäre ihr klargeworden, wie sehr er sie liebte. Aber er war mit der Tür ins Haus gefallen. Er hatte geschrieben: »Liebling, ich bin verrückt nach Dir. Kannst Du Weihnachten nach New York kommen? Wenn nicht, kann ich nach Paris fliegen. Ich will Dich heiraten. Wenn Du in Europa leben willst, kann ich es einrichten, dort zu leben.«

Was für ein Idiot war er gewesen!

Im Geist korrigierte er seinen Fehler bereits und setzte den nächsten unaufgeregten, liebevollen Brief auf, der ihr mehr Luft zum Atmen lassen würde. Er wollte ihn noch heute Abend schreiben. Er würde Stunden darüber verbringen und genau den richtigen Ton treffen.

Am Nachmittag verließ er das Büro verhältnismäßig früh, und um zehn vor fünf war er zu Hause. Die Uhr erinnerte ihn daran, dass das Mädchen aus Scranton um sechs Uhr am Grand Central warten würde. Er dachte, er müsse hingehen und sie treffen, obwohl er nicht wusste, warum. Ansprechen würde er sie jedenfalls bestimmt nicht. Er würde sie ja nicht einmal mit Sicherheit erkennen, wenn er sie sah. Und dennoch, der Grand Central Terminal – nicht etwa das Mädchen – zog ihn sanft und stetig an wie ein Magnet. Er begann sich umzuziehen, schlüpfte in seinen besten Anzug, fingerte zögernd am Krawattenhalter und zerrte schließlich ein solides Stück aus blauer Seide herunter. Er fühlte sich unsicher und schwach, ganz so, als wäre er dabei, sich zu verflüchtigen wie der kühle Schweiß, der sich fortwährend auf seiner Stirn bildete und verdunstete.

Er ging in Richtung Forty-second Street.

Am Ausgang des Bahnhofs zur Lexington Avenue sah er mehrere junge Frauen, die Edith W. Whitcomb hätten sein können. Er achtete darauf, ob eine von ihnen irgendetwas mit Initialen bei sich hatte, aber das war nicht der Fall. Dann wurde eines der Mädchen von der Person abgeholt, auf die es gewartet hatte, und plötzlich war er überzeugt, dass Edith das blonde Mädchen im schwarzen Stoffmantel und mit der schwarzen Baskenmütze mit Militärabzeichen war. Ja, in ihren aufgerissenen runden Augen lag ein Sehnen, das einzig in der Vorfreude auf einen Menschen gründen konnte, den sie liebte, sehnsüchtig liebte. Sie sah aus wie zweiundzwanzig, unverheiratet, frisch und voller Hoffnung – Hoffnung, das war ihr Hauptcharakteristikum –, und sie hatte einen kleinen Koffer bei sich, genau richtig für ein Wochenende. Er hielt sich ein paar Minuten lang in ihrer Nähe auf, ohne dass sie ihn im Geringsten beachtete. Sie stand innen am rechten Eingang und reckte sich hin und wieder auf die Zehenspitzen, um über die eiligen, drängelnden Menschenmassen hinwegzusehen. Der Lichtschein von drinnen zeigte ihre rundlichen, rosigen Wangen, ihr schimmerndes Haar, die Inbrunst in ihrem suchenden Blick. Es war bereits fünf nach halb sieben.

Vielleicht war sie es auch gar nicht, dachte er. Dann verlor er plötzlich das Interesse, schämte sich auch ein wenig und ging zur Third Avenue, um etwas zu essen oder wenigstens eine Tasse Kaffee zu trinken. Er betrat eine Cafeteria. Er hatte eine Zeitung gekauft, die er auf dem Tisch anlehnte und zu lesen versuchte, während er auf die Bedienung wartete. Doch als sie kam, wurde ihm klar, dass er nichts wollte, und er stand mit einer hingemurmelten Entschuldigung auf. Er wollte zurückgehen und nachsehen, ob das Mädchen noch immer wartete, dachte er. Er hoffte, dass sie nicht mehr da war; er hatte ihr einen ausgemacht schäbigen Streich gespielt. Sollte sie noch immer warten, müsste er ihr eigentlich reinen Wein einschenken.

Sie wartete noch immer. Als er sie erblickte, ging sie mit ihrem Köfferchen zum Informationsschalter. Er beobachtete, wie sie um den Schalter herumging und wieder herauskam, zuerst zur gleichen Stelle an der Tür ging und sich dann auf die andere Seite stellte, als bringe das mehr Glück. Und nun waren die schöngeschwungenen Linien ihrer Augenbrauen ganz gerunzelt vom quälenden Warten, vom beinahe hoffnungslosen Hoffen.

Doch ein Rest Hoffnung bleibt immer, dachte er, und so schlicht dieser Gedanke war, erschien er ihm als die unumstößlichste Wahrheit und die überzeugendste Erkenntnis, die ihm je untergekommen war.

Er ging dicht an ihr vorbei, und diesmal sah sie ihn flüchtig an und sogleich an ihm vorbei. Jetzt starrte sie über die Lexington Avenue ins Leere. In ihren jungen, geweiteten Augen schimmerten Tränen.

Mit den Händen in den Taschen schlenderte er vorbei, sah ihr direkt ins Gesicht, und als sie ihn mit einem gereizten Blick bedachte, lächelte er sie an. Ihr Blick kehrte schockiert und verletzt zu ihm zurück, und er lachte, ein kurzes Lachen, das er nicht unterdrücken konnte. Doch er hätte ebenso gut in Tränen ausbrechen können, dachte er. Stattdessen hatte er eben gelacht. Er wusste, was das Mädchen empfand. Er wusste es ganz genau.

»Tut mir leid«, sagte er.

Sie zuckte zusammen und blickte ihn verwirrt und über-rascht an.

»Tut mir leid«, wiederholte er.

Als er zurückschaute, sah sie ihm mit verblüfftem Stirn-runzeln nach, so verwirrt, dass es fast schon so aussah, als fürchtete sie sich. Dann wandte sie den Blick ab und reckte sich auf die Zehenspitzen, um über das Gewirr der Köpfe zu spähen – und das Letzte, was er von ihr sah, waren ihre entschlossenen, in sinnloser, selbstvergessener Hoffnung glänzenden Augen.

Als er die Lexington Avenue entlangging, weinte er. Jetzt, das wusste er, sahen seine Augen genauso aus wie die des Mädchens, glänzend und voll unerschütterlicher Hoff-nung. Stolz hob er den Kopf. Heute Abend würde er den Brief an Rosalind schreiben. Und er begann, sich die Worte zurechtzulegen.

Verwunschene Fenster

Hildebrandt wusste, dass die verwunschenen Fenster ihn jeden Abend in die menschenleere Bar lockten, doch nie hätte er das zugegeben. Die verwunschenen Fenster waren lediglich Türen, die wie Fenster im Heck einer Galeone aussehen sollten, das grotesk aus der roten Brokatwandbespannung herausragte und den Eingang zum gigantischen Pandora-Saal bildete. Viktorianisch war entschieden nicht sein Stil, doch die Fenster machten alles wett. Ihre golden überhauchten Flügel in den Messingscharnieren waren jeden Abend wie beiläufig in einem anderen Winkel geöffnet und sahen erregt und spannungsvoll aus, als stünden sie im Begriff, ein Wunder eintreten zu lassen.

Er wandte sich von seinem Brandy ab, um noch einen Blick auf sie zu werfen, und rezitierte in Gedanken müßig: »Verwunschene Fenster auf einsamen Feeninseln, die sich öffnen auf die Gischt gefahrvoller Meere. Einsame Feeninseln! Ein Wort wie Glockenklang!«

Oh, wann würde jemand, Mann oder Frau, durch diese verwunschenen Fenster und in sein Leben treten? Oder wurde er langsam zu einem der alten Inventarstücke, die immer sein Mitleid und bisweilen seine Verachtung geweckt hatten – der brandybeduselte, etwas tölpelhafte Herr an der Bar, der sein Leben mit Warten verbrachte?

Deprimiert begutachtete er den Pandora-Saal. Seine dunkelbraunen Augen waren von den faltigen Lidern, die sich über die äußeren Augenwinkel senkten, überschattet. Obwohl ihn außer dem Barkeeper niemand sehen konnte, war er sich seiner aristokratischen Lider bewusst, als er sich auf seinem Hocker gerade aufrichtete und den Raum mit dem Ausdruck nachdenklicher Überlegenheit musterte. Weit weg bediente ein Kellner inmitten eines Friedhofs weißgedeckter Tische einen vereinzelten Gast. Girlanden aus grauem und rotem Samt hoch oben an den Wänden kaschierten Lautsprecher, aus denen sich unablässig Tonbandmusik in den unwandelbar leeren Kelch ergoss, der mit Wandbespannungen, Perserteppichen und vergoldeten Zierleisten ausgestattet war. Hintergrundmusik als Hintergrund zu nichts, dachte Hildebrandt. Die gargantueske Einsamkeit des Ortes ließ die seine bisweilen zu schierer Unmerklichkeit schrumpfen. Er fragte sich, ob auch das ein Grund war, weshalb er herkam.

»Pandora-Saal«, flüsterte er, »was für Spott und Hohn auf deinen Namen!«

Er ließ sich auf dem hohen Hocker mit den eleganten Beinen etwas zusammensacken und drehte zwischen seinen Fingern den Stiel des Brandyglases, das wie ein Fingerhut mit Stengel aussah. Seine schmächtige Gestalt im dunklen Anzug war so unauffällig wie ein Kerzendocht. Die bernsteinfarbene Bar, die nur eine Ecke des großen Saals ausfüllte, schimmerte um ihn herum wie eine flackernde Flamme.

Jetzt begutachtete er sein Aussehen kritisch in dem Spiegel hinter der Bar. Die kindliche Hoffnung, von der Langeweile befreit zu werden, die für gewöhnlich nur hin und wieder aus seinem Überdruss hinauslugte, stand ihm jetzt deutlich vor Augen, so wie ein eingesperrtes Kind, das sich immer weiter wehrt und ruft: »Was hast du mit mir angestellt? … Was hast du mit mir vor?« Sein Gesicht gehörte zu denen, die man sich schwer merken und leicht vergessen kann, ein farbloses Gesicht, dem der breite, kurz geschnittene Schnurrbart keinen Akzent verlieh. Was es an Charakter besaß, war ererbt, während seine Individualität in völliger Farblosigkeit bestand. Die Lider hätten sehr wohl bereits alt sein können, als er sie bekam; mittlerweile erinnerten sie ihn an abgetragene Spitzenvorhänge vor Rundfenstern in einem verfallenden Herrenhaus. Er musste sich eingestehen, dass sein Gesicht schon jetzt das typische Gesicht des ewig wartenden Herrn an der Bar in einem der größten und konservativsten New Yorker Hotels war.

Ich bin nicht unbedingt einsam, sondern einfach schrecklich allein, dachte er. Denn obwohl er ohne zu übertreiben viele Freunde sein Eigen nennen konnte, alte wie neue, langweilten ihn jede und jeder Einzelne darunter und führten ihm umso eindrücklicher vor Augen, dass der ewig gleiche Trott, in dem er gefangen war, sein ganzes Leben umfasste – es sei denn, er war gesonnen, es als behagliche Sinekure aufzufassen, die er aus freien Stücken niemals aufgeben würde.

»Noch einen Brandy, Sir?«

»Ja, bitte.«

Er wünschte, der Barkeeper wäre weniger aufmerksam,

doch was sollte der arme Kerl sonst tun? Hildebrandt beobachtete, wie leuchtend gelbe Zitronenschalenschnitze von seinem Messer in ein altmodisches Glas fielen, sah die geschwungene Bar aus poliertem Eichenholz entlang, auf der weitere Gläser standen, und fragte sich, wann und von wem all diese Martinis getrunken werden würden.

»Klick!«

Hildebrandt fuhr zusammen, obwohl er wusste, dass der Barkeeper nur durch die kleine Tür mit Messingklinke verschwunden war und im nächsten Augenblick mit einer Schachtel Würfelzucker oder einem Arm voll Limetten wiederkommen würde.

»*A pretty girl ... is like a melody*«, säuselte die Musik mit schmalzigen Streicherklängen.

Welches hübsche Mädchen? dachte Hildebrandt. War ihm nach einem hübschen Mädchen zumute? Ein unerträglicher Gedanke. Er zupfte die Manschetten unterhalb der Granatmanschettenknöpfe zurecht und blickte wieder zum Heck der Galeone.

Eine untersetzte Frau mit großem schwarzem Hut trat ein, warf einen prüfenden Blick in den Raum, machte eine winkende Handbewegung und stapfte durch das Meer von Perserläufern zu einem entfernten Tisch.

»Klick!«

Der Barkeeper erschien, den Arm voller Limetten. Hildebrandt wandte den Blick ab.

Das war sein letzter Brandy. In etwa einer Viertelstunde würde er beobachtet haben, wie zwei, drei pensionierte Dauergäste zu einem späten Abendessen erschienen und möglicher-, wenn auch nicht allzu wahrscheinlicherweise ein Paar Männer mittleren Alters, gut gekleidet, doch von jener unvorstellbaren Farblosigkeit, wie sie nur das Hotel Hyperion anzulocken schien, in die Bar kamen und in höflichem Abstand zu ihm Old Fashioned bestellten. In einer Viertelstunde würde er seine Zeche beglichen haben und gemächlich durch das Heck der Galeone gewandert sein, ohne die Hoffnung auf eine unvorstellbare und unvorstellbar aufregende Unbekannte aufgegeben zu haben, bis er sich plötzlich auf dem Gehsteig neben der Markise des Hoteleingangs wiederfand. Dort würde die geballte Trostlosigkeit über ihn hereinbrechen und ihn aller Poesie, Seelenruhe und Willenskraft berauben, und er würde überlegen, ob er mit einem Taxi oder der U-Bahn nach Hause fahren oder zu Fuß zum nächsten Kino gehen oder seinen Freund Bracken besuchen sollte, der gleich um die Ecke in der Sixth Avenue wohnte. Er hatte Bracken noch nie besucht, doch die bloße Möglichkeit war Trost spendend, weshalb er oft daran dachte.

Doch jetzt war er allein.

Im Empfangsraum hinter der Galeone blieb ein Mann stehen, warf einen Blick in das Restaurant und ging weiter. Die Fensterflügel und die Kerzenhalter funkelten wie die Funken eines Feuerwerks. Die Galeone schwebte in einem Nebel goldenen Lichts. Als er beschämt merkte, dass diese Sinnestäuschung durch Tränen verursacht war, kippte Hildebrandt den Rest seines Brandys, der ihm in der Nase brannte, so dass er die Galeone durch noch mehr Tränen sah.

Ein schwarzer Umriss wurde im Mittelpunkt des goldenen Lichts sichtbar. Es war die Gestalt einer Frau, deren

Haar den gleichen Goldton hatte wie die Türen. Unvermittelt verspürte Hildebrandt ein ekstatisches Glücksgefühl, wie es die verwunschenen Fenster noch nie bewirkt hatten, den Schock des Wiedererkennens. Dieses Gefühl hatte er sich vorgestellt für den Moment, wenn die ihm vom Schicksal Bestimmte erschien, doch jetzt musste er lächeln, weil er es kaum zu glauben wagte. Die nebulöse, nicht in Worte zu kleidende Verheißung, die seit zwei Wochen vom Heck der Galeone ausgegangen war, hatte sich offenbar mit einem Mal von den verwunschenen Fenstern gelöst und an die Frau geheftet, die sie als Einlösung dieser Verheißung offenbarten.

Er wandte sich zur Bar zurück; nicht einmal im Spiegel wagte er den Blick auf sie zu richten. Ihre Gegenwart hinter ihm erfüllte den ganzen Raum. Bevor er wieder hinsah, musste er entschieden haben, wie er sie ansprechen wollte. Doch zugleich war alles wie vorherbestimmt, wie im Vorhinein festgelegt.

Er beglich seine Zeche, drehte sich um und ging mit der gleichen Gelassenheit, mit der er auf die verwunschenen Fenster zugegangen wäre, auf die Frau zu, die an einem Tisch mitten im Meer leerer Tische saß.

Sie blickte auf, als er näher kam; verwirrt durch die Nähe zu ihr, konnte er nur wahrnehmen, dass sie ihn ohne Überraschung betrachtete – genau, wie er es erwartet hatte. Ganz gewiss würde auch sie ihn wiedererkennen!

Er deutete eine Verbeugung an. »Wenn Sie gestatten, möchte ich Ihnen einen guten Abend wünschen.« Sie war schlank und großgewachsen, den Fenstern ähnlich, das Herz ihrer Poesie. »Oliver Hildebrandt ist mein Name«, fügte er hinzu.

Sie war älter und zurückhaltender, als er gedacht hatte. Er konnte nichts Konkretes wahrnehmen außer glattem hellbraunem Haar unter einem kleinen Hut mit Schleier. Ihr Schweigen verwirrte ihn.

»Erwarten Sie jemanden?«, fragte er.

»Nur einen Kellner.«

»Hätten Sie etwas dagegen, wenn ich mich einen Augenblick zu Ihnen setze?«

Vielleicht runzelte sie ein wenig die Stirn. Dann wies sie auf einen freien Stuhl. »Bitte sehr.«

Er zog den Stuhl heran und setzte sich. Sie sah angenehm aus, dachte er, wenngleich ihr nichts von dem Interesse an ihm, das er erwartet hatte, anzumerken war. Ihr Gesicht hinter dem Schleier war schmal und sehr blass, und erschrocken sah Hildebrandt, dass unter dem rechten Auge eine dünne Narbe begann, deren Ende er nicht sehen konnte.

»Sie sind zum ersten Mal hier, nicht wahr?«

»Ja.«

Sogar ihre Stimme klang so, wie er erwartet hatte. Die Brandys verliehen ihm den Mut, trotz ihres Desinteresses weiterzusprechen. »Wie sonderbar, dass Sie hergekommen sind.«

»Wirklich? Sehr einladend sieht es hier nicht aus.«

Er lachte. »Ich weiß wirklich nicht, warum irgendjemand hierherkommt, aber –« Er schwankte zwischen Großspurigkeit und Offenheit, und da er sich nicht entscheiden konnte, sagte er: »Ich komme wegen dieser Fenster.«

Nicht einmal sich selbst gegenüber hätte er in diesem Augenblick zugegeben, wie sehr er mit einer verständnisvollen Antwort rechnete. Er betrachtete ihre grauen Augen, die müde aussahen, nicht amüsiert wie ihr Mund, und deren Blick zum Eingang und zurück zu ihm wanderte.

»Die Fenster sind romantisch«, sagte sie in einem angenehmen Alt, der ihn erregte. Und zugleich hatte sie es wie eine nüchterne Feststellung gesagt.

»Ja. Absurd – und dennoch romantisch.« Er hielt ein Streichholz an ihre Zigarette, bevor sie ihr Feuerzeug benutzen konnte, nahm sich eine eigene Zigarette und warf seine Schachtel Players auf den Tisch. »Wollen Sie mir nicht Ihren Namen sagen?«

»Oh«, sagte sie lächelnd, »der ist am allerunwichtigsten.«

»Aber ich habe Ihnen meinen gesagt.« Er schaute das Feuerzeug im grünen Eidechslederfutteral an. »Ihre Initialen weiß ich – H. C. Also können Sie mir ruhig den ganzen Namen sagen.«

»Vielleicht Legion. Das könnte auf uns beide zutreffen.«

Hildebrandt lachte unsicher, berührte das Brandyglas, das auf einmal aufgetaucht war, und sah zu, wie sie an ihrem Glas nippte. Das war der Augenblick, in dem er einen Trinkspruch hätte ausbringen müssen. Wichtiger jedoch schien, sie aus ihrer Lethargie zu rütteln.

»Wissen Sie, ich hoffe, Sie halten mich nicht für unhöflich«, sagte er im Vertrauen, es nicht gewesen zu sein.

»O nein. Ich bin froh, dass Sie ein Gespräch mit mir angefangen haben.«

Hildebrandts Selbstvertrauen tat einen Sprung, beförderte ihn auf die Stuhlkante und ließ ihn den Blick träumerisch in die Ferne richten, wie er es gern tat, bevor er Worte sagte, die er auswendig gelernt hatte. »Es ist wirklich sonderbar, aber es gibt so vieles, was ich Ihnen erzählen möchte – von Passatwinden und lapislazuliblauen Meeren und vielleicht von den Moscheen des alten Persiens ... und davon, wie Sie heute Abend in diesen Raum kamen.«

»Erzählen Sie«, sagte sie ruhig. »Ich höre Ihnen gerne zu.«

Sie hatte sich entspannt und wirkte plötzlich, als wäre sie von ihm abhängig. Hildebrandt empfand unermessliche Zärtlichkeit für sie. »Geht es Ihnen nicht gut?«

Sie lächelte. »Später. Erzählen Sie mir etwas über alles oder nichts.«

Das hatte er sich ersehnt. Sie war entzückend. Doch während die freudige Erwartung dessen, was er ihr erzählen wollte, in seinem Geist wirbelte, kam ihm der Gedanke, ihr zuerst all die Stunden an der Bar zu schildern, das Gefühl, lebendigen Leibes zu verfaulen, die völlige Ziel- und Freudlosigkeit all seines Tuns, den unbenennbaren Traum der verwunschenen Fenster, bis sie gekommen war. Und was sonst?

»Soll ich von Österreich erzählen?«

»Was immer Sie wollen.«

Wohin war Österreich entschwunden? Er entsann sich eines Skiausflugs mit Thermosflaschen voll amerikanischer Bohnensuppe. Und der Blondine, die zu lieben er sich eingebildet hatte, aber nicht genug, um ihr nach Hamburg zu folgen. Oder war es Bremen gewesen? Die fremdländischen Szenerien, die ihm einfielen, sah er wie durch einen Vorhang aus Nebel und Gier. Er konnte sie jetzt nicht für sie in Worte fassen.

»Wie wäre es mit Paris?«

»Ja«, sagte sie.

Das Kaleidoskop seiner letzten fünfzehn Lebensjahre drehte sich langsam um ihn und die Frau neben ihm wie eine dünne Schutzschicht, die sie umschloss und von der Welt abschirmte. Alles, was er jetzt sagen konnte, wäre das Richtige, weil innerhalb dieser Schutzschicht alles vollkommen war.

»Nein«, sagte er lachend. »Soll ich Ihnen mein entsetzlichstes Erlebnis erzählen? Das war mein Erlebnis der Einsamkeit. Hier.« Er sah zur hohen Kassettendecke hoch.

Sie lächelte verhalten. »Solche Erlebnisse kenne ich.«

»Dann wissen Sie, was einem da widerfährt.« Er war nicht unzufrieden. Dann sagte er: »Natürlich ist so etwas nicht schön.«

»Nein. Wann haben Sie es erlebt?«

»Bis Sie heute Abend hereingekommen sind.«

Sie schwieg. Das Kaleidoskop drehte sich langsam; sein Muster war verwischt und sofort vergessen. Klar erkennbar war nur ihr schmales Gesicht hinter dem Schleier, der machte, dass ihm war, als sehe er sie nachts in einem umzäunten Garten.

»Sind Sie sich dessen gewiss, dass es ein Ende nahm, als ich hereinkam?«

»Ja.«

»Wie gewiss?«

»So gewiss, wie Sie hereingekommen sind, wie Sie jetzt neben mir sitzen.«

»Dass Sie nicht mehr allein sind?«

»Ja.«

Sie berührte ihr Haar mit den Fingerknöcheln, müde, als

wolle sie sich vergewissern, dass es da war, und blickte von ihm weg. »Das klingt nett. Aber es ist schwer zu glauben, denn ich bin sehr einsam.«

»Das müssen Sie von nun an nicht mehr sein.« Er lächelte. »Wir haben die Einsamkeit überlistet, verstehen Sie?«

»Meinen Sie?«

»O ja, ganz gewiss!«, sagte Hildebrandt mit dem englischen Akzent, den er in den Momenten größter Selbstsicherheit verwendete.

Sie stützte den Kopf auf die Hand und betrachtete nachdenklich ihr Gegenüber.

»Was ist los?«

»Ich weiß nicht. Vielleicht bin ich müde. Vielleicht schlafe ich schon.«

»Ich kann Ihnen versichern, dass es nicht der Fall ist. Wie wäre es mit einem Brandy?«

Sie schüttelte den Kopf. Dann angelte sie ihre Zigaretten und ihr Feuerzeug mit ihren langen blassen Händen zu sich her. »Ich weiß nicht. Vielleicht sollte ich lieber gehen.«

»Nein, bitte nicht!«

»Danke. Aber ich kann nicht länger bleiben. Trotzdem bin ich froh, dass Sie sich mit mir unterhalten haben – wenn Sie es auch sind.«

Hildebrandt war mit ihr zusammen aufgestanden. »Darf ich Sie wiedersehen? Ich meine, ich muss Sie wiedersehen!«

»Ich weiß nicht«, sagte sie unentschlossen und ging auf die Fenster zu.

Die Musik spielte *Over the Waves,* als wolle sie die Komik seiner Gestalt betonen, die neben ihr über das stille

Meer aus Perserteppichen stolperte. »Hören Sie«, stammelte er und lachte, »so kommen wir nicht weiter. Ich muss Sie unbedingt wiedersehen!«

Sie blieb stehen und wandte sich ihm zu. In dem riesigen Saal konnte sie niemand beobachten. Ihre Kopfbewegung und die unerwartete Wärme, mit der sie sagte: »Gut, dann sehen wir uns wieder«, nahm Hildebrandt so hingerissen auf, als wären sie allein.

»Morgen?«

»Gut, morgen.«

»Wo darf ich Sie abholen? – Darf ich Sie jetzt nach Hause begleiten?«

»Ich werde herkommen.«

»Zur gleichen Zeit?«

»Gut.«

Er ließ sie in die Fensterflügel zurückgehen.

2

Er hatte nicht gewollt, dass ihre zweite Begegnung sich im Pandora-Saal ereignete, dessen einziger Zauber – der der Fenster – erloschen war, als sie ihn betreten hatte. Doch da sie es so bestimmt hatte, wartete er an der Bar auf sie, denn er wollte sie noch einmal so erblicken, wie er sie zum ersten Mal gesehen hatte. Und gegen zehn Uhr beendete ihr Anblick zwischen den Fensterflügeln eine Wache, die ihren wahren Anfang genommen hatte, als er am Vorabend gesehen hatte, wie sie verschwand, mit nichts, woran er sich halten konnte, als dem Versprechen, dass sie wiederkommen werde. Er glitt vom Barhocker und ging ihr über die weichen Läufer entgegen.

Sie hielt den Kopf höher als am Abend zuvor. Ein grün und braun gemustertes Kleid ließ sie fröhlicher, weniger groß und dünn wirken, obgleich sie fast ebenso groß war wie er.

»Dort drüben habe ich einen Tisch bestellt«, sagte er und vergaß vor Aufregung, sie zu begrüßen.

Er führte sie zu dem Tisch, den er während des Wartens an der Bar ausgesucht hatte und wo zwei Glas Brandy für sie bereitstanden, die er schon lange vorher in einer Art stiller Wette, dass sie kommen würde, bestellt hatte. Als er ihr zuvorkommend den Stuhl hinhielt, war Hildebrandt zumute, als versetze das Wunder ihrer zweiten Begegnung die Luft in Beben und Leuchten, als umfange eine Gloriole ihren Tisch. Er spürte, dass er Gefahr lief, Unsinn zu reden, wenn er sich nicht zusammennahm. Vielleicht war der Pandora-Saal für diesen einen Moment geschaffen worden.

»Ich muss Ihnen so vieles erzählen«, brach es aus ihm heraus, denn obwohl er im Einzelnen nicht mehr wusste, wie sie aussah, war ihm, als wären sie einander nähergekommen und es mangele nur an Gesprächsstoff. Seit dem vergangenen Abend hatte er zum ersten Mal das Gefühl, dass sein Leben einen Sinn hatte: sie. Er sah sie an; sein Blick verschwamm vor Glück, und obwohl sie bereit schien, ihm zuzuhören, hatte er plötzlich Bedenken, ihr zu offenbaren, was er fühlte. Er fürchtete, sich bloßzustellen. Ihm wurde bewusst, dass sie Männern wie ihm schon begegnet sein musste, deren nichtssagende, kaum variierende Geschichten sie bis zum Überdruss kannte. Sie war ihm auf einmal erschreckend intelligent erschienen, und obwohl Intelligenz war, was er suchte, verschlug es ihm die Sprache.

»Fangen Sie an.«

»Oh, wollen Sie mir nicht zuerst etwas über sich selbst erzählen? Sie könnten mir doch wenigstens sagen, wie Sie heißen. Wo Sie wohnen. Oder einfach nur, an was Sie denken.« Jetzt fühlte er sich wieder wohler in seiner Haut; er zupfte die Manschetten bis zu den Granatmanschettenknöpfen vor.

»Ich wohne nicht hier. Ich lebe in San Francisco.«

»San Francisco!«, rief Hildebrandt, als wäre dieser Umstand etwas, womit er sie wie mit einem Nagel an einem Hintergrund festmachen konnte, doch zugleich war ihm klar, dass er nichts über San Francisco hören wollte. »Wie lange bleiben Sie hier?«

»Nur kurze Zeit. So kurz wie möglich.«

»Was für ein Glück, dass Sie hierhergekommen sind!«

»Wirklich?«

Sie sah zum Tischtuch, über das sie wie in Gedanken mit dem Daumennagel fuhr. Hildebrandt dachte plötzlich, dass sie bedauerte, sich heute Abend mit ihm verabredet zu haben, und dieser Gedanke machte ihn schweigsam, während er beobachtete, wie sie an ihrem Brandy nippte.

Sie wandte sich zu ihm und setzte das halbleere Glas ab. »Entschuldigen Sie. Sie lassen sich gerne Zeit bei Ihren Brandys, nicht wahr?«

»O nein, keineswegs!« Hildebrandt lächelte.

»Wie ein Herr – der typische Herr an der Bar.«

Hildebrandts hängende Lider zitterten ein wenig. Er brauchte ihr nichts zu erzählen. Sie wusste Bescheid. Er sah sich – vielleicht in einem Monat, vielleicht morgen – auf einem der Barhocker. Nein, zumindest nicht in dieser Bar. Irgendwo anders. Doch er hob den Kopf und lächelte. »Wollen Sie nicht zu Abend essen?«

Mit so sanfter Stimme, dass es nicht wie eine Unterbrechung klang, sondern eher wie eine leise Eingebung, fragte sie lächelnd: »Sagen Sie, sind Sie nicht verheiratet?«

Hildebrandt lehnte sich in gespielter Überraschung zurück. »Wie kommen Sie auf diese Frage?«

»Haben Sie keine Frau? Oder hatten Sie nicht eine?«

Er drückte seine Zigarette aus und zündete sich bedächtig eine neue an. »Ja, ich war mal verheiratet. Vor Jahren. Komisch, dass Sie mich das aus heiterem Himmel fragen. Ich bin geschieden – seit elf Jahren schon.«

»Und trotzdem ist es nicht ganz vorbei, nicht wahr?«

»Den Anschein hat es wohl. Obwohl meine Ehe schnell vorbei war.« In ihm begann sich das Bedürfnis zu regen, seine Lebensgeschichte zu erzählen, so heftig, dass es stärker war als die Befürchtung, sie kenne sie bereits, er werde sie damit langweilen und jegliche Zuneigung ersticken, die sie zu ihm gefasst haben mochte. Außerdem, rechtfertigte er sich, wollte er, dass sie Bescheid wusste. Er lächelte im Bann der Erinnerung. »Wissen Sie, ich hatte mir das Leben so vorgestellt, einen romantischen Fluss in Europa nach dem anderen entlangzureisen, nur wir zwei und ein Diener oder jemand Ähnliches, bis wir wieder Lust hätten, nach Hause zurückzukommen.« Er machte es kurz, indem er mit dem Ende anfing. »Wir waren beide sehr jung. Ich war erst vierundzwanzig und bekam Geld von meinem Vater, so dass es für mich keinen Grund gab zu arbeiten. Arbeit ist mir sowieso verhasst. Aber – sie hat sich in jemand noch Reicheren verliebt, bevor wir überhaupt die Staaten verlassen hatten.« Er lachte ein wenig, traurig und tolerant, wie ein Gentleman, der widerstrebend unschöne Dinge preisgibt, obwohl sie ihm zum Vorteil gereichen.

»Aber Sie sind nach Europa gefahren.«

»Ja. Ich habe alles verprasst, was ich mir auf mein Vermögen leihen konnte, und zum Schluss sogar den Großteil des Vermögens durchgebracht. Dann bin ich zurückgekehrt und zur Besinnung gekommen und habe eine nette Stelle in der Werbefirma meines Vaters gefunden. Das ist in etwa die ganze Geschichte. Und jetzt lasse ich mich treiben und versuche, ein hoffnungslos ödes Leben etwas spannender zu gestalten.«

Sie blickte wieder weg, diesmal zu den Fenstern, und mit einem Mal wurde ihm klar, dass er das schon viele Male mit den gleichen Worten gesagt hatte. Nie zuvor hatte ihm das etwas ausgemacht, aber jetzt verhielt es sich anders, weil sie anders war. Er sah sie an, biss sich auf die Lippen und verwünschte sich.

»Aber nicht immer allein.«

»O doch. Meistens«, erwiderte er zerknirscht. »Jemandem wie Ihnen begegnet man nicht oft.« Nervös zog er an seiner Zigarette. »Ich meine, ich bin noch nie so jemandem begegnet. Wissen Sie, wie das ist, wenn man manchmal«, setzte er von neuem an, bemüht, ihren Blick zu erhaschen, »Sehnsucht nach etwas hat, sich etwas wünscht, ohne zu wissen, was es ist? Keine Freunde oder Geliebte oder irgendein Ort auf Erden. Etwas weniger Greifbares.« Seine Hand schloss sich abrupt in der Luft. Das hatte er noch nie zu jemandem gesagt, und er war stolz auf seine Wortgewandtheit und auch auf seine Ehrlichkeit.

»Ich weiß.«

Er nickte; er glaubte ihr. Er spürte, dass seine Augen aufgerissen waren, wie es bisweilen geschah, wenn er in Barspiegel schaute und dort der kindlichen Hoffnung begegnete. Doch jetzt war ihm das egal. Er wollte weitersprechen, ihr erzählen, dass er zu den Zeiten, wenn er dieses mysteriöse Etwas herbeisehnte, in Bars saß, wo er das Gefühl der Abwesenheit dieses Etwas steigern konnte, um so eines Tages möglicherweise zu entdecken, worum es sich handelte. Doch eingedenk ihrer Worte über den Herrn an der Bar traute er sich nicht. Er brachte seine Züge unter Kontrolle, lehnte sich vertraulich vor und sagte gelassen: »Ich weiß, dass Ihnen zu begegnen mein größter Wunsch war.«

»Es tut mir leid«, sagte sie, und ihre bedächtigen Worte machten den Sachverhalt auf unerklärliche Weise definitiv und unabänderbar, »dass Sie so einsam sind.«

»Einsam? Das bin ich nie!«

Sie lächelte ihn nur an; er konnte ihr Lächeln nicht deuten.

»Nein, das bin ich wirklich nicht!«, sagte er lachend, weil er es für eine Schwäche hielt, so etwas zuzugeben, als wäre die Einsamkeit eine Krankheit, die hässliche Spuren hinterließ, selbst wenn sie geheilt worden war.

Sie schwieg. Das Lächeln war verschwunden; ihr Mund kräuselte sich an einer Seite ein wenig, doch ihren Gesichtsausdruck konnte Hildebrandt nicht erkennen, da sie den Kopf über den Tisch geneigt hielt.

»Wie auch immer – haben Sie schon zu Abend gegessen?«

»Ja, danke.«

»Ich hätte Sie gestern zum Essen einladen sollen.«

»Aber da war ich verabredet.«

»Sie hätten die Verabredung absagen können.«

»Nein, es war etwas Geschäftliches.«

»Geschäftlich?«

»Etwas Rechtliches.«

»Oh!«

»Erzählen Sie mir, was Sie sonntags tun.«

Hildebrandt lächelte; am liebsten hätte er sie umarmt. »Aber ich bin sehr neugierig, was Sie betrifft!«

Sie nahm sich eine Zigarette. »Ich bin hier, um Dinge zu regeln – ich habe mich gerade scheiden lassen.«

»Oh, ich verstehe«, sagte er demütig, während er in seinem Inneren in stille kleine Stücke zusammenfiel. Ihm wurde klar, dass er sich eingebildet hatte, sie existiere nur in Zusammenhang mit ihm. Soweit sie in seiner Vorstellung einen Rahmen besessen hatte, bestand er aus den verwunschenen Fenstern und dem roten und goldenen Raum dahinter. Und jetzt war sie ihm auf einmal entfremdet, und mehr über sie zu erfahren barg die Gefahr, sie in noch weitere Ferne zu rücken.

»Haben Sie Kinder?«

»Nein.« Sie lächelte ihn an. »Ich bin ganz frei. Ich glaube, ich kann es noch gar nicht fassen.«

Hildebrandts Anspannung ließ nach. Im kritischen Moment hatte der Zauber der Fenster sie beinahe im Stich gelassen. Sie war die geschiedene Ehefrau eines anderen gewesen, die ehemalige Herrin eines Haushalts in San Francisco. Er hätte aufhören können, sie zu lieben, dachte er, doch stattdessen hatte seine Liebe sich in eine Liebe verwandelt, die sie als wirkliche Person lieben konnte. Ihm war, als wäre er selbst zu etwas Wirklichem geworden. Mit einem Mal war er weit über den trübsinnigen Herrn an der Bar hinausgewachsen.

Er saß aufrecht und voller Anteilnahme neben ihr. »Darf ich Sie wohl fragen ... dürfte ich Sie bitten ... mir davon zu erzählen?«

»Nein, das dürfen Sie nicht!«, sagte sie lachend.

Hildebrandt beobachtete, wie ihre Miene den gelassenen, etwas geistesabwesenden Ausdruck wieder annahm. Trotz seiner Liebe zu ihr erkannte er die Distanz, die jetzt zwischen ihnen lag, falls es ihm nicht gelang, sie zu überbrücken. Dennoch war es nicht der richtige Zeitpunkt, ihr seine Liebe zu gestehen. Er fragte sich, ob der Ehemann sie grausam behandelt hatte. Oder sie betrogen hatte. Oder ob er der Verursacher der Narbe auf ihrer Wange war! Inbrünstig wünschte er, den Unhold aufzuspüren und umzubringen!

»Kann ich gar nichts tun?«, fragte er beschwörend. »Wollen Sie mir denn gar nichts erzählen, nicht einmal das Unwichtigste?«

»Das Unwichtigste ist am unwichtigsten – wie mein Name. Und das Wichtigste wissen Sie ja nun.«

»Nein, das weiß ich nicht.«

Sie schwieg wieder; Hildebrandt sprach weiter. »Ich kann es einfach nicht ertragen, Sie unglücklich zu sehen.«

»Aber ich bin gar nicht so unglücklich.«

Er dachte über ihre Antwort nach, als hätte sie ihm ein Rätsel gesagt.

3

Sie hatte sich um mehr als eine Stunde verspätet.

Hildebrandt schritt zum wiederholten Mal über die lange Zementtreppe und suchte mit dem Blick die Leute ab, die den Bürgersteig in beide Richtungen entlanggingen. Er wagte nicht, im Hotel St. Regis anzurufen, denn es war mittlerweile so spät geworden, dass sie denken musste, er sei es müde geworden zu warten und gegangen, wenn sie kam und ihn nicht vorfand.

»Natürlich kommt sie noch!«, sagte er sich. »Sie hat mich noch nie versetzt, oder?« Er konnte sich auf das eine Mal gestern Abend berufen, als sie ihre Verabredung im Pandora-Saal eingehalten hatte. Und weil sie später als erwartet gekommen war, redete er sich ein, sie verspäte sich wahrscheinlich bei all ihren Verabredungen.

»Das kommt Ihnen vielleicht komisch vor«, hörte er sie noch immer sagen, »aber ich wollte ins Metropolitan gehen, wenn ich schon hier bin.«

Und er hatte ihr vorgeschlagen, er wolle nachmittags frei nehmen und mit ihr ins Museum gehen. Er hatte sie tatsächlich angebettelt, ihm diese heutige Verabredung zu gewähren, weil sie gestern, als sie gegen Mitternacht Eier und Toast im Sandwichladen bestellt hatten, etwas gesagt hatte … Er wusste nicht mehr genau, was es gewesen war. Vielleicht: »Sie dürfen nicht glauben, ich hätte Ihre Einsamkeit kuriert. Das kann nur jemand, der die Einsamkeit nicht kennt.« Und während er über ihre Theorie lachte, war er doch verletzt gewesen, denn ihm war aufgegangen, dass sie auf diese Weise möglicherweise sagen wollte, sie wisse, dass er nicht fähig sei, ihre Einsamkeit zu kurieren, ihr zu geben, was sie brauchte, und dass er dem Mann, der ihr Ehemann gewesen war, in dieser spezifischen Hinsicht unterlegen sei.

Doch solche Zweifel waren geschwunden angesichts des versprochenen Nachmittags im Metropolitan, der sich gestern Nacht wie ein fröhliches Vorhaben ausgenommen hatte. Später, wenn sie erst an einem ruhigen Ort Tee tranken, würde er alles erfahren, was er absurderweise noch nicht wusste – ihren Namen, wann sie aus San Francisco wiederkommen würde und warum sie überhaupt hinfahren musste. Dann würde er ihr sagen, dass er sie liebte. Er würde ganz von vorne beginnen, außerhalb des Pandora-Saals, als wäre er nie einsam oder ein Versager gewesen.

Als er um drei Uhr die Stufen hochgeeilt war, um sie im Vorraum zu suchen, hatte ihre Gegenwart das Museum verzaubert. Jetzt wirkte der Ort melancholisch. Er merkte, dass er einem Mann nachstarrte, der mit einem kleinen Jungen an jeder Hand die Treppe hinunterging, und erst als die drei auf den Gehsteig traten, fiel ihm ein, dass er sie um drei Uhr das Museum hatte betreten sehen. Langsam schritt er auf der breiten Stufe zurück.

Selbst draußen, den Kragen seines schwarzen Mantels lässig hochgeschlagen, das schmale Gesicht unter dem grauen Filzhut im kalten Dämmerlicht wie erstarrt, war er der Herr an der Bar, dessen banges Warten durch die unbehagliche Kälte äußeren Ausdruck gefunden hatte. Die starre Haltung seines Arms, die behandschuhte Hand, die den zweiten Handschuh hielt, und das akkurate Klacken seiner Absätze hatten etwas Geziertes. Er sah aus, als reagiere er ungehalten darauf, seine Bar nicht zur gewohnten Stunde zu erreichen.

Die Situation war ihm unerträglich geworden. Der Abstand zwischen drei Uhr und fünf Uhr auf dem Zifferblatt seiner Uhr wirkte unüberbrückbar. Er lief die Stufen hinunter und ging auf der Fifth Avenue nach Süden; noch immer suchte er mit dem Blick beide Straßenseiten ab, noch immer drehte er sich bei jedem vorfahrenden Taxi um.

Er versuchte, der Dunkelheit zuvorzukommen, denn wenn ihm das gelang, konnte er sich einreden, dass es noch immer Nachmittag sei und sie möglicherweise nur aufgehalten worden sei. Möglicherweise kam sie ihm aus einem der Aufzüge entgegen, wenn er die Hotelhalle betrat.

Als er um die Ecke kam und das Hotel erblickte, begann er zu laufen. Jede Sekunde rechnete er jetzt damit, sie zu sehen. Er blickte sich in der Halle um und ging zur Rezeption.

»Entschuldigen Sie«, sagte er zum Portier, »können Sie mir den Namen eines weiblichen Hotelgasts sagen, dessen Anfangsbuchstaben H. C. lauten? Miss H. C., wenn ich mich nicht irre. Was das C. betrifft, bin ich mir nicht ganz sicher.« Er begann sich zu schämen. »Sie kommt aus San Francisco.«

Der Portier sah vom Gästebuch auf und sagte: »Könnte es sich um Miss Helvetia Cormack handeln?«

»Ja, das ist möglich. Können Sie mir bitte die Zimmernummer sagen?«

»Miss Cormack ist heute Nachmittag abgereist, Sir.«

»Dann kann sie es nicht sein. Sehen Sie bitte noch einmal nach.« Er deutete irritiert auf das Gästebuch, doch gleichzeitig war ihm klar, dass sie es sein musste und dass sie fort war.

»Niemand anders aus San Francisco mit diesen Anfangsbuchstaben, Sir«, sagte der Portier, während er die Seiten des Gästebuchs überflog. »Ist um ein Uhr mittags abgereist.«

»Eine blonde Frau, groß und schlank?«, insistierte Hildebrandt.

»Ja, Sir. Ich kann mich an sie erinnern. Haben Sie etwas, was ihr gehört? Vielleicht schreibt sie, damit wir es nachsenden.«

»Nein. Und Adresse hat sie keine hinterlassen?«, fragte er in der verzweifelten Hoffnung auf das Unwahrscheinliche.

»Nein, Sir.«

Hildebrandt verlagerte sein Gewicht auf die Fersen und klopfte mit dem Handschuh gegen seine Handfläche. »Schon gut. Vielen Dank.«

Draußen unter der Markise des Hoteleingangs blieb er einen Moment unschlüssig stehen, wie er es jeden Abend unter der Markise des Hyperion tat, während er überlegte, welche Richtung er einschlagen, was er unternehmen sollte. Und plötzlich, als er begriff, dass er nicht vor dem Hotel Hyperion stand, dass die Umstände keineswegs die gewohnten waren, war ihm, als schieße die Einsamkeit wie ein finsterer Wald um ihn herum in die Höhe. Merkwürdig war, dass er keinen Drang verspürte, sie zu suchen, sie ausfindig zu machen. Was konnte er ihr schon bieten außer seiner Geschichte von Schwäche, Einsamkeit und Versagen, der Geschichte seines Verfalls und Untergangs? Er selbst war das Zentrum der Einsamkeit um ihn herum, deren Zentrum das Versagen war. Selbst in der Liebe war er ein Versager.

Seine Lider zitterten, doch er ignorierte es und reckte den Kopf, steckte die behandschuhten Hände in die Manteltaschen und ging zur Avenue.

Der Schneckenforscher

Als Peter Knoppert begann, die Beobachtung von Schnecken zu seinem Hobby zu machen, ahnte er nicht, dass aus seiner ersten Handvoll von Exemplaren in kürzester Zeit Hunderte werden würden. Nur zwei Monate nachdem die ersten Schnecken in Knopperts Arbeitszimmer gebracht worden waren, standen etwa dreißig von Schnecken wimmelnde Glasgefäße entlang der Wände, auf dem Schreibtisch und den Fensterbänken, ja sie nahmen sogar einen Teil des Bodens ein. Mrs. Knoppert missbilligte das sehr und weigerte sich, den Raum zu betreten. Sie sagte, es stinke dort, und außerdem war sie einmal auf eine Schnecke getreten – ein grässliches Gefühl, das sie nie vergessen würde. Doch je mehr seine Frau und seine Freunde diesen ungewöhnlichen und irgendwie unappetitlichen Zeitvertreib kritisierten, desto mehr Vergnügen schien Mr. Knoppert daran zu finden.

»Ich hab mich mein Leben lang nicht für die Natur interessiert«, bemerkte er oft – er war Teilhaber in einer Brokerfirma und hatte sich immer nur den Vorgängen in der Finanzwelt gewidmet –, »aber diese Schnecken haben mir die Augen für die Schönheit der Tierwelt geöffnet.«

Wenn seine Freunde dann sagten, Schnecken seien eigentlich gar keine Tiere und ihre schleimige Lebensweise sei wohl kaum ein geeignetes Beispiel für die Schönheit der Natur, erwiderte Mr. Knoppert mit überlegenem Lächeln, sie wüssten eben nicht, was er über Schnecken wisse.

Und das stimmte. Mr. Knoppert war Zeuge eines Vorgangs geworden, der in keiner Enzyklopädie, in keinem ihm bekannten zoologischen Werk beschrieben worden war, jedenfalls nicht annähernd adäquat. Eines Abends war Mr. Knoppert in die Küche geschlendert, um vor dem Abendessen noch eine Kleinigkeit zu essen, und hatte bemerkt, dass sich zwei der Weinbergschnecken in der Porzellanschüssel, die auf der Spüle stand, sehr eigenartig verhielten. Sie standen einander gegenüber, aufgerichtet und mehr oder weniger auf ihren Schwänzen, sie wiegten sich hin und her und sahen aus wie Schlangen, die von einem Flötenspieler hypnotisiert wurden. Im nächsten Augenblick legten sie ihre Gesichter zu einem Kuss von wollüstiger Intensität aneinander. Mr. Knoppert beugte sich hinunter und betrachtete sie von allen Seiten. Noch etwas geschah: An der rechten Seite der Köpfe erschienen Auswüchse, die wie Ohren wirkten. Sein Instinkt sagte ihm, dass es sich hier um eine Art sexueller Aktivität handelte.

Die Köchin kam herein und sagte irgendetwas zu ihm, doch Mr. Knoppert gebot ihr mit einer ungeduldigen Handbewegung zu schweigen. Er konnte den Blick nicht von den faszinierenden kleinen Wesen in der Schüssel abwenden.

Als die Ränder der ohrenartigen Auswüchse sich berührten, reckte sich ein weißlicher Stengel, der wie ein zusätzlicher Fühler aussah, vom Ohr der einen Schnecke im Bogen zu dem der anderen. Mr. Knopperts erste Vermutung wurde widerlegt, als auch aus dem Ohr der zweiten Schnecke ein solcher Fühler wuchs. Sehr eigenartig, dachte er. Die beiden Fühler wurden zurückgezogen und wieder ausgefahren und saugten sich schließlich an der jeweils anderen Schnecke fest, als hätten sie ein unsichtbares Ziel gefunden. Mr. Knoppert betrachtete das Schauspiel aufmerksam. Die Köchin tat dasselbe.

»Haben Sie so was schon mal gesehen?«, fragte Mr. Knoppert.

»Nein. Wahrscheinlich kämpfen sie miteinander«, sagte die Köchin gleichgültig und wandte sich ab. Das war ein Beispiel für jene Ignoranz in Hinblick auf Schnecken, der er später überall begegnen würde.

Über eine Stunde lang beobachtete Mr. Knoppert immer wieder die beiden Schnecken, bis sie zuerst die Ohren und dann die Fühler zurückzogen, sich schließlich entspannten und einander nicht mehr beachteten. Inzwischen zeigten jedoch zwei andere Tiere Interesse füreinander und richteten sich langsam in die Kussposition auf. Mr. Knoppert sagte der Köchin, er wünsche keine Schnecken zum Essen, und brachte die Schüssel hinauf in sein Arbeitszimmer. Im Haus der Knopperts wurden nie wieder Schnecken serviert.

Später am Abend schlug er in Enzyklopädien und ein paar allgemeinen Büchern über Biologie nach, die er besaß, fand jedoch absolut nichts über das Paarungsverhalten von Schnecken, wogegen der langweilige Fortpflanzungszyklus der Austern in allen Einzelheiten beschrieben war. Nach ein, zwei Tagen kam Mr. Knoppert zu dem Schluss, dass das, was er gesehen hatte, möglicherweise gar keine Paarung gewesen war. Edna, seine Frau, sagte ihm, er solle die

Schnecken entweder essen oder loswerden – das war, nachdem sie auf eine Schnecke getreten war, die aus der Schüssel heraus- und auf dem Boden herumgekrochen war –, und Mr. Knoppert hätte das vielleicht auch getan, wenn er nicht in einem Abschnitt über Gastropoden in Darwins *Ursprung der Arten* auf einen bestimmten Satz gestoßen wäre. Der Satz war auf Französisch, eine Sprache, die Mr. Knoppert nicht beherrschte, doch bei dem Wort *sensualité* durchfuhr es ihn wie einen Bluthund, der plötzlich Witterung aufgenommen hat. Er befand sich gerade in der öffentlichen Bibliothek und machte sich sogleich daran, den Abschnitt mit Hilfe eines französisch-englischen Wörterbuches mühsam zu übersetzen. Er umfasste weniger als hundert Wörter und sagte aus, dass die Paarung von Schnecken mit einer Sinnlichkeit vonstatten gehe, wie sie anderswo im Tierreich nicht zu finden sei. Das war alles. Der Abschnitt stammte aus dem Notizbuch von Henri Fabre. Offenbar hatte Darwin beschlossen, ihn für den Durchschnittsleser nicht zu übersetzen, sondern für die wenigen gelehrten Geister, die sich für dieses Thema wirklich interessierten, in der Originalsprache zu belassen. Mr. Knoppert rechnete sich mittlerweile zu diesen wenigen gelehrten Geistern, und sein rundes, rosiges Gesicht strahlte vor Stolz.

Er hatte herausgefunden, dass seine Schnecken Süßwasser bevorzugten und ihre Eier in Sand oder Erde ablegten, und so stellte er Schalen mit Wasser und feuchter Erde in eine große Waschschüssel und setzte die Tiere hinein. Dann wartete er darauf, dass etwas geschehen würde. Es kam aber zu keiner weiteren Paarung. Er hob die Schnecken eine nach der anderen auf und untersuchte sie, ohne irgendwelche Anzeichen einer Trächtigkeit erkennen zu können. Eine der Schnecken konnte er jedoch nicht hochheben – es war, als wäre das Gehäuse an der Erde festgeklebt. Mr. Knoppert nahm an, dass das Tier den Kopf in der Erde vergraben hatte, um zu sterben. Es vergingen zwei Tage, und am Morgen des dritten fand Mr. Knoppert an der Stelle, wo die Schnecke gewesen war, ein Häufchen lockerer Erde. Neugierig stocherte er mit einem Streichholz darin und entdeckte zu seiner großen Freude eine flache Grube voller schimmernder, frisch gelegter Eier. Schneckeneier! Er hatte sich also nicht geirrt. Mr. Knoppert rief seine Frau und die Köchin, um ihnen die Eier zu zeigen, die stark an große Kaviarkörner erinnerten, nur dass sie nicht schwarz oder rot, sondern weiß waren.

»Tja, irgendwie müssen sie sich ja fortpflanzen«, war alles, was seine Frau dazu zu sagen hatte. Mr. Knoppert konnte ihr mangelndes Interesse nicht begreifen. Wenn er zu Hause war, musste er die Eier immer wieder betrachten. Er untersuchte sie jeden Morgen, um zu sehen, ob es irgendeine Veränderung gab, und abends, bevor er zu Bett ging, galt sein letzter Gedanke ihnen. Außerdem war eine zweite Schnecke dabei, eine Grube zu graben. Und zwei weitere Schnecken paarten sich! Das erste Gelege verfärbte sich gräulich, und an der Seite eines jeden Eis war die winzige Spirale eines Schneckenhauses zu erkennen. Mr. Knopperts freudige Erwartung wuchs. Endlich kam ein Morgen – nach Mr. Knopperts sorgfältiger Berechnung war es der achtzehnte nach der Eiablage –, an dem er in die Grube sah und den ersten winzigen Kopf erblickte, die ersten stumpfen kleinen Fühler, die unsicher das Nest erkundeten. Mr. Knoppert war so glücklich wie der Vater eines neugeborenen Kindes. Jedes der mehr als siebzig Eier in dem Nest erwachte wie durch ein Wunder zum Leben. Er war Zeuge, wie der ganze Fortpflanzungszyklus zu einem erfolgreichen Abschluss kam. Und die Tatsache, dass niemand – zumindest niemand, den er kannte – auch nur einen Bruchteil von dem wusste, was er gesehen hatte, verlieh seinem Wissen den besonderen Reiz einer Entdeckung, die Faszination des Exotischen. Mr. Knoppert machte sich Notizen über die weiteren Paarungen und Eiablagen. Seinen interessierten, häufiger jedoch schockierten Freunden und Gästen schilderte er die Biologie der Schnecken, bis seine Frau sich vor Peinlichkeit wand.

»Aber wo soll das alles enden, Peter? Wenn sie sich weiter in diesem Tempo vermehren, übernehmen sie bald das ganze Haus!«, sagte sie, nachdem fünfzehn bis zwanzig Gelege geschlüpft waren.

»Die Natur kennt kein Ende«, antwortete er gutgelaunt. »Und sie haben nur das Arbeitszimmer übernommen. Da oben ist jede Menge Platz.«

Es wurden also immer mehr Glasbehälter angeschafft. Mr. Knoppert ging auf den Markt und suchte einige der lebhafter wirkenden Exemplare aus, außerdem zwei Schnecken, die sich, unbemerkt vom Rest der Welt, gerade paarten. Im Erdboden der Glasbehälter erschienen immer mehr Gruben mit Gelegen, und aus jeder davon kamen schließlich zwischen siebzig und neunzig winzige Schnecken zum Vorschein, so durchsichtig wie Tautropfen, die an den Streifen aus frischen Salatblättern, welche Mr. Knoppert eilends als essbare Leitern in die Vertiefungen legte, nicht herabrannen, sondern hinaufkrochen. Paarungen waren inzwischen so häufig, dass er gar nicht mehr darauf achtete – immerhin konnte dieser Vorgang vierundzwanzig Stunden dauern. Doch die Verwandlung des weißen Kaviars in Schneckenhäuser, die sich schließlich bewegten, faszinierte ihn jedes Mal aufs Neue, ganz gleich, wie oft er sie sah.

Seine Kollegen in der Brokerfirma stellten fest, dass Peter Knoppert von einer neuen Lebenslust beseelt war. Er war wagemutiger als früher, seine Kalkulationen waren brillanter, seine Pläne fast schon gerissen, aber er brachte der Firma Geld ein. Es wurde einstimmig beschlossen, sein Grundgehalt von vierzigtausend auf sechzigtausend Dollar im Jahr zu erhöhen. Als man ihm gratulierte, führte Mr. Knoppert seinen Erfolg auf die Schnecken und die wohltuende Entspannung zurück, die er empfand, wenn er sie beobachtete.

Die Abende verbrachte er ausnahmslos bei seinen Schnecken in dem Raum, der nun kein Arbeitszimmer, sondern eher eine Art Aquarium war. Es erfüllte ihn mit Freude, frische Salatblätter und zerkleinerte gekochte Kartoffeln und Rote Bete in die Behälter zu geben und anschließend das Beregnungssystem einzuschalten, das er installiert hatte, um natürlichen Niederschlag zu simulieren. Dann kam Leben in die Schnecken, und sie begannen zu fressen, sich zu paaren und mit offensichtlichem Vergnügen durch die Pfützen zu gleiten. Oft ließ Mr. Knoppert eine Schnecke auf seinen Zeigefinger kriechen – er hatte den Eindruck, dass seine Tiere an diesem Kontakt zu einem Menschen Gefallen fanden –, fütterte sie mit einem Stückchen Salatblatt und betrachtete sie von allen Seiten. Dies bereitete ihm einen ästhetischen Genuss, wie ihn ein anderer beim Anblick eines japanischen Farbholzschnittes empfinden mochte.

Inzwischen hatte Mr. Knoppert allen anderen das Betreten seines Arbeitszimmers untersagt. Zu viele Schnecken hatten die Angewohnheit, auf dem Boden herumzukriechen und auf der Unterseite von Stuhlsitzen oder auf den Rücken der Bücher im Regal zu schlafen. Schnecken, besonders die älteren Exemplare, verbrachten einen großen Teil des Tages mit Schlafen. Es gab jedoch genügend Tiere, die weniger faul waren und sich gern dem Liebesspiel hingaben. Mr. Knoppert schätzte, dass stets etwa ein Dutzend Paare dabei waren, einander zu küssen. Auf jeden Fall gab es eine Unmenge kleiner Schnecken. Es war unmöglich, sie zu zählen. Mr. Knoppert zählte jedoch die Schnecken, die über die Zimmerdecke krochen oder dort schliefen, und kam auf eine Zahl, die zwischen elf- und zwölfhundert lag. In den Glasgefäßen, an der Unterseite des Schreibtisches und in den Bücherregalen waren vermutlich fünzigmal so viele. Mr. Knoppert nahm sich vor, demnächst die Schnecken von der Decke zu entfernen. Einige von ihnen waren schon seit Wochen dort oben, und er fürchtete, sie könnten verhungern. In letzter Zeit war er jedoch ein bisschen zu sehr beschäftigt gewesen, und sein Bedürfnis nach der Ruhe, die er empfand, wenn er einfach nur im Arbeitszimmer in seinem Lieblingssessel saß, war zu groß.

Im Juni gab es so viel zu tun, dass er oft bis zum späten Abend im Büro arbeiten musste. Das Steuerjahr ging zu Ende, und auf seinem Schreibtisch türmten sich die verschiedensten Bilanzen. Er stellte Berechnungen an, entdeckte ein halbes Dutzend Möglichkeiten, höhere Gewinne zu erzielen, und reservierte die wagemutigsten, am wenigsten augenfälligen Transaktionen für seine eigenen Spekulationen. Er war zuversichtlich, dass sein Vermögen innerhalb eines Jahres auf das Drei- bis Vierfache wachsen würde. Das Geld würde sich so schnell und mühelos vermehren wie die Schnecken. Als er dies seiner Frau erzählte, war sie überglücklich. Sie verzieh ihm sogar, dass er das Arbeitszimmer ruiniert hatte und sich in der ganzen oberen Etage ein muffiger, fischiger Geruch ausbreitete.

»Trotzdem wäre es mir lieber, wenn du dort mal nach dem Rechten sehen würdest, Peter«, sagte sie eines Morgens recht besorgt. »Vielleicht ist einer der Behälter umgefallen, und ich möchte nicht, dass der Teppich Schaden nimmt. Du bist jetzt schon beinahe eine Woche nicht mehr im Arbeitszimmer gewesen, oder?«

Mr. Knoppert war seit beinahe zwei Wochen nicht mehr dort gewesen. Er verschwieg seiner Frau, dass von dem Teppich nicht mehr viel übrig war. »Ich werde heute Abend mal nachsehen«, sagte er.

Es dauerte jedoch noch drei Tage, bis er die Zeit dazu fand. Eines Abends trat er, bevor er zu Bett ging, in das Zimmer und stellte zu seiner Überraschung fest, dass der Boden ganz und gar mit Schnecken bedeckt war, die in drei bis vier Schichten übereinander lagen. Er hatte Schwierigkeiten, die Tür zu schließen, ohne welche zu zerquetschen. In den Ecken waren die Tiere zu Haufen übereinander getürmt, so dass das Zimmer rund wirkte – es war, als stünde er in einem riesigen, aus unzähligen Kieseln zusammengefügten Stein. Mr. Knoppert ließ seine Fingerknöchel knacken und sah sich verwundert um. Die Schnecken saßen nicht nur auf allen Oberflächen – auch auf dem Kronleuchter hatten sich Tausende von ihnen zu einem grotesken Klumpen zusammengeballt, der in den Raum hing. Nach Halt suchend, streckte Mr. Knoppert den Arm nach der Sessellehne aus. Seine Hand berührte nur zahlreiche Schneckenhäuser. Unwillkürlich lächelte er: Auf dem Sitz krochen Schnecken übereinander – sie sahen aus wie ein klumpiges Kissen. Wegen der Zimmerdecke musste er etwas unternehmen, und zwar sofort. Er nahm den Schirm, der in der Ecke lehnte, streifte einige der Schnecken darauf ab und räumte einen Teil des Schreibtisches frei, so dass er darauf stehen konnte. Die Schirmspitze kratzte über die Decke, und im nächsten Augenblick löste sich unter dem Gewicht der Schnecken eine Tapetenbahn und hing beinahe bis zum Boden herab. Mr. Knoppert war mit einem Mal wütend. Die Beregnungsanlage würde sie in Bewegung bringen. Er legte den Hebel um.

In allen Behältern begann das Wasser zu rieseln, und sogleich beschleunigte sich das langsame Kriechen im Raum. Mr. Knoppert schob die Füße über den Boden, und die Schnecken, die er dabei beiseite fegte, klangen wie Kieselsteine in der Brandung. Er richtete einige Düsen der Beregnungsanlage auf die Zimmerdecke. Das war ein Fehler, wie er sogleich merkte, denn das aufgeweichte Papier riss. Er konnte einer langsam fallenden Masse von Schnecken gerade noch ausweichen, nur um von einer anderen schwingenden Girlande mit einem überraschend harten Schlag seitlich am Kopf getroffen zu werden. Benommen sank er in die Knie. Er sollte wohl ein Fenster öffnen, dachte er, denn es war sehr stickig im Raum. Schnecken krochen über seine Schuhe und die Hosenbeine hinauf. Ärgerlich schüttelte er die Beine. Gerade wollte er zur Tür gehen und eine der Hausangestellten rufen, damit sie ihm half, als der Kronleuchter auf ihn fiel. Mr. Knoppert sank schwer zu Boden. Er bemerkte jetzt, dass er keines der Fenster würde öffnen können, denn eine Unmenge von Schnecken hatte sich an den Fensterbrettern festgesaugt. Einen Augenblick lang hatte er das Gefühl, als könnte er sich nicht erheben, als würde er ersticken. Das lag nicht nur an dem modrigen Geruch, sondern auch daran, dass lange Tapetenstreifen voller Schnecken ihm die Sicht nahmen, so dass er sich vorkam wie in einem Gefängnis.

»Edna!«, rief er und war verblüfft, wie gedämpft seine Stimme klang. Er hätte ebenso gut in einem schalldichten Raum sein können.

Er kroch zur Tür und achtete nicht auf die zahllosen Schnecken, die er mit Händen und Knien zerquetschte. Es gelang ihm nicht, sie zu öffnen. Auf dem Spalt zwischen Tür und Rahmen saßen so viele Schnecken, dass ihre Saugkraft größer war als die Kraft seiner Arme.

»Edna!« Eine Schnecke kroch in seinen Mund. Voller Ekel spuckte er sie aus. Er versuchte, die Schnecken auf seinen Armen abzustreifen, doch wenn er hundert entfernt hatte, schienen vierhundert andere an ihm hochzukriechen und sich an ihm festzusaugen, als arbeiteten sie sich bewusst zu der einzigen vergleichsweise schneckenfreien Oberfläche im Raum vor. Schnecken krochen über seine Augen. Gerade als er sich taumelnd erhob, traf ihn erneut etwas – er konnte nicht einmal sehen, was es war. Er fiel in Ohnmacht! Jedenfalls lag er auf dem Boden. Seine Arme fühlten sich bleischwer an, als er versuchte, Nasenlöcher und Augen von den alles versiegelnden, mörderischen Schnecken zu befreien.

»Hilfe!« Er verschluckte eine Schnecke. Keuchend riss er den Mund auf und spürte, dass eine Schnecke über die Lippen auf seine Zunge kroch. Er war in der Hölle! Er fühlte, wie sie gleich einem klebrigen Fluss über seine Beine glitten und diese an den Boden hefteten. »Aah!« Mr. Knoppert schnappte kraftlos nach Luft. Ihm wurde schwarz vor Augen – es war ein schreckliches, wogendes Schwarz. Er bekam keine Luft mehr und konnte seine Nase nicht befreien, seine Hände nicht bewegen. Durch den Schlitz seines einen Auges sah er direkt vor sich, nur Zentimeter entfernt, die Überreste des Gummibaums, der in einem Topf neben der Tür stand. Auf der Erde paarten sich lautlos zwei Schnecken. Und gleich neben ihnen krochen, so durchsichtig wie Tautropfen, winzige Schnecken aus einer Grube – eine Armee von unzähligen Soldaten, die hinaustraten in ihre große, weite Welt.

Nachweis

Die Legende des Klosters von Saint Fotheringay / The Legend of the Convent of Saint Fotheringay: Geschrieben 1939–1940, zuerst erschienen in *Barnard Quarterly,* Vol. xv, n° 3, Spring 1, 1941, S. 4–14. Deutsche Erstveröffentlichung, weltweite Erstveröffentlichung in Buchform. Deutsch von pociao

Der Schatz / Uncertain Treasure: Entstanden November bis Dezember 1942, Erstveröffentlichung in *Home and Food* (New York), August 1943, Vol. 6, n° 21, S. 15, 27, 32–34 (mit Zeichnungen der Autorin). Weltweite Erstveröffentlichung in Buchform in *Die stille Mitte der Welt,* Zürich: Diogenes 2002. Amerikanische Erstveröffentlichung in Buchform in *Nothing That Meets the Eye: The Uncollected Stories of Patricia Highsmith,* New York: W. W. Norton 2003. Deutsch von Melanie Walz

Die Morgen des ewigen Nichts / The Mightiest Mornings. Entstanden (zuerst unter dem Titel »The Mightiest Mountains«) zwischen 18. Juli 1945 und 15. Februar 1946. Weltweite Erstveröffentlichung in *Die stille Mitte der Welt,* Zürich: Diogenes 2002. Amerikanische Erstveröffentlichung in Buchform in *Nothing That Meets the Eye: The Uncollected Stories of Patricia Highsmith,* New York: W. W. Norton 2003. Deutsch von Melanie Walz

Als die Flotte im Hafen lag / When the Fleet Was In at Mobile. Begonnen am 10. November 1948. Erstveröffentlichung in *London Life,* hrsg. von Francis Wyndham, 3. Dezember 1965, S. 47, 56, 58, 60, 63, 64, 66 und textgleich erstmals in Buchform in *Eleven Short Stories,* London: Heinemann 1970. Amerikanische Erstveröffentlichung in Buchform in *The Snail Watcher and Other Stories,* Garden City, New York: Doubleday & Company, Inc. Deutsche Erstveröffentlichung in Buchform in *Gesammelte Geschichten* in der Übersetzung von Anne Uhde, 1978 unverändert im Taschenbuch unter dem Titel *Der Schneckenforscher* (detebe 20347). Neuübersetzung im Rahmen der *Werkausgabe,* herausgegeben von Paul Ingendaay und Anna von Planta, Zürich: Diogenes 2002. Deutsch von Dirk van Gunsteren

Die Weltmeisterin im Ballwerfen / The World's Champion Ball-Bouncer. Geschrieben 1946. Erstveröffentlichung in *Woman's Home Companion,* April 1947, S. 30 f., 153–157. Deutsche Erstveröffentlichung. Weltweite Erstveröffentlichung in Buchform. Deutsch von pociao

Die stille Mitte der Welt / The Still Point of the Turning World. Geschrieben zwischen August und November 1947, zuerst erschienen als »The Envious One« in *Today's Woman,* März 1949. Weltweite Erstveröffentlichung in Buchform in *Die stille Mitte der Welt,* Zürich: Diogenes 2002. Amerikanische Erstveröffentlichung in Buchform in *Nothing That Meets the Eye: The Uncollected Stories of Patricia Highsmith,* New York: W. W. Norton 2003. Deutsch von Melanie Walz

Primeln sind rosa / Primroses are Pink. Geschrieben laut handschriftlichem Vermerk der Autorin »1936, High School«, neue

Fassung laut Diary am 15. August 1937. Weltweite Erstveröffentlichung. Deutsch von pociao

Blumen für Louisa / Doorbell for Louisa. Laut handschriftlichem Vermerk der Autorin von 1973 auf dem Deckblatt des Typoskripts 1948 im *Cosmopolitan* erschienen. Ihrem Tagebuch zufolge am 3. September 1946 an *Woman's Home Companion* verkauft. Weltweite Erstveröffentlichung in Buchform in *Die stille Mitte der Welt,* Zürich: Diogenes 2002. Amerikanische Erstveröffentlichung in Buchform in *Nothing That Meets the Eye: The Uncollected Stories of Patricia Highsmith,* New York: W. W. Norton 2003. Deutsch von Melanie Walz

Ein wahnsinnig netter Mann / A Mighty Nice Man. Geschrieben um 1940, zuerst erschienen im *Barnard Quarterly,* Vol. xv, n° 3, Spring 1940, S. 34–40. Weltweite Erstveröffentlichung in Buchform in *Die Stille Mitte der Welt,* Zürich: Diogenes 2002. Englische Erstveröffentlichung in Buchform in *Nothing That Meets the Eye: The Uncollected Stories of Patricia Highsmith,* New York: W. W. Norton 2003. Deutsch von Melanie Walz

Die Geschichte von Sydney / The Story of Sydney. Geschrieben 1940, zuerst erschienen in *Barnard Quarterly,* vol. xiv, no. 2, Winter 1940, S. 12–13. Deutsche Erstveröffentlichung; weltweite Erstveröffentlichung in Buchform. Deutsch von pociao

Die Heldin / The Heroine. Geschrieben zwischen Februar 1941 und Dezember 1942. Amerikanische Erstveröffentlichung in *Harper's Bazaar* 1945. Erstveröffentlichung in Buchform in *Eleven Short Stories,* London: Heinemann 1970 und amerikanische Erstveröffentlichung in Buchform in *The Snail Watcher and Other Stories,* Garden City, New York: Doubleday &

Company, Inc. Deutsche Erstveröffentlichung in Buchform in *Gesammelte Geschichten* 1978. Neuübersetzung im Rahmen der *Werkausgabe*. Deutsch von Dirk van Gunsteren

Mrs. Afton / Mrs. Afton Among Thy Green Braes. Entstanden (zuerst unter dem Titel »Flow Gently, Mrs. Afton«) zwischen Ende Januar und Anfang Februar 1947, überarbeitet im Mai/Juni desselben Jahres. Neuerliche Überarbeitung zwei Jahre später im April 1949. Erstveröffentlichung unter dem Titel »The Gracious, Pleasant Life of Mrs. Afton« in *Ellery Queen's Mystery Magazine,* hrsg. von Ellery Queen, February 1963, Vol. 41, n° 2, S. 41–50; englische Erstveröffentlichung in Buchform in *Eleven Short Stories,* London: Heinemann 1970 und amerikanische Erstveröffentlichung in Buchform in *The Snail Watcher and Other Stories,* Garden City, New York: Doubleday & Company, Inc. Deutsche Erstveröffentlichung in Buchform in *Gesammelte Geschichten,* 1978. Neuübersetzung im Rahmen der *Werkausgabe*. Deutsch von Dirk van Gunsteren

Miss Juste und die grünen Turnanzüge / Miss Juste and the Green Rompers. Geschrieben 1941, zuerst erschienen in *Barnard Quarterly,* vol. XVII, no. 4, Spring II, 1941, S. 19–26. Amerikanische Erstveröffentlichung in Buchform in *Nothing That Meets the Eye: The Uncollected Stories of Patricia Highsmith,* New York: W. W. Norton 2003. Deutsche Erstveröffentlichung. Deutsch von pociao

Vögel vor dem Flug / Birds Poised to Fly. Die unveröffentlichte erste Fassung wurde vermutlich 1949 geschrieben und erschien erstmals – in deutscher Übersetzung – unter dem Titel »Die Liebe ist eine schreckliche Sache« in *Tintenfaß 23,* Zürich:

Diogenes 1999. Eine zweite, längere Fassung erschien auf Englisch erstmals unter dem Titel »Love Is A Terrible Thing« in *Ellery Queen's Mystery Magazine,* August 1969, deren Text auch als Druckvorlage für die englische und amerikanische Erstveröffentlichung in Buchform diente. Neuübersetzung im Rahmen der *Werkausgabe.* Deutsch von Dirk van Gunsteren

Verwunschene Fenster / Magic Casements. Niederschrift unter den Titeln »The Magic Casements« und »The Feary Lands Forlorn« zwischen Dezember 1945 und Ende Februar 1946. Weltweite Erstveröffentlichung in *Die stille Mitte der Welt,* Zürich: Diogenes 2002. Amerikanische Erstveröffentlichung in *Nothing That Meets the Eye: The Uncollected Stories of Patricia Highsmith,* New York: W.W. Norton 2003. Deutsch von Melanie Walz

Der Schneckenforscher / The Snail Watcher. Entstanden (vermutlich zuerst unter dem Titel »A Peek at Nature«) zwischen Ende Februar und Juli 1948, überarbeitet 1951, Erstveröffentlichung in *Gamma* 3, hrsg. von Charles E. Fritch, Vol. 2, n° 1, 1964, S. 121–128, deren Text auch als Druckvorlage für die englische und amerikanische Erstveröffentlichung in Buchform diente. Neuübersetzung im Rahmen der *Werkausgabe.* Deutsch von Dirk van Gunsteren

Bitte beachten Sie
auch die folgenden Seiten

Patricia Highsmith
im Diogenes Verlag

Im Frühling 2002 hat der Diogenes Verlag eine Werk-
ausgabe von Patricia Highsmith mit weltweit un-
veröffentlichten Stories aus dem Nachlass und mit
Neuübersetzungen ihres zu Lebzeiten erschienenen
Werks gestartet (u.a. von Nikolaus Stingl, Melanie
Walz, Irene Rumler, Christa E. Seibicke, Dirk van
Gunsteren, Werner Richter und Matthias Jendis). Alle
Bände in neuer Ausstattung, kritisch durchgesehen
nach den Originaltexten und mit einem Nachwort zu
Lebens- und Werkgeschichte. Die Edition macht sich
erstmals die Aufzeichnungen der Autorin zur Entste-
hungsgeschichte einzelner Werke, zu Plänen und In-
spirationsquellen zunutze und informiert über den
schöpferischen Prozess und über die Lebenszusam-
menhänge, wie sie sich aus den Notiz- und Tage-
büchern der Autorin rekonstruieren lassen.

»Der Diogenes Verlag, lang möge er leben, hat eine
Patricia-Highsmith-Werkausgabe gestartet, alle Bände
mit hervorragenden Nachworten von Paul Ingendaay.
Ein beklemmender Sog, ein Genuss, ein Fest.«
Alex Rühle / Süddeutsche Zeitung, München

»Die Werkausgabe von Patricia Highsmith ist eine
verlegerische Großtat.«
Heinrich Detering / Frankfurter Allgemeine Zeitung

»Mit der erstmals vollständig und höchst nuanciert
neu übersetzten Werkausgabe kommen auf High-
smith-Leser glänzende Tage zu. Der wahre Genuss.
Wir warten schon.«
Tobias Gohlis / Die Zeit, Hamburg

»Obwohl heute eine der weltweit meistgelesenen
Schriftstellerinnen der Gegenwart, bleibt das Werk
von Patricia Highsmith noch zu entdecken.«
Le Monde, Paris

Werkausgabe in 32 Bänden. Herausgegeben von Paul Ingendaay und Anna von Planta in Zusammenarbeit mit Ina Lannert, Barbara Rohrer und Kate Kingsley Skattebol. Jeder Band mit einem Nachwort von Paul Ingendaay.

Leute, die an die Tür klopfen
Roman. Deutsch von Manfred Allié

*Geschichten von natürlichen und
unnatürlichen Katastrophen*
Stories. Deutsch von Matthias Jendis

*Suspense oder
Wie man einen Thriller schreibt*
Deutsch von Anne Uhde

In Vorbereitung:
Diaries / Notebooks

Außerhalb der Werkausgabe lieferbar:

Marijane Meaker
Meine Jahre mit Pat
Erinnerungen an Patricia Highsmith
Aus dem Amerikanischen von
Manfred Allié

Joan Schenkar
Die talentierte Miss Highsmith
Leben und Werk von Mary Patricia Highsmith
Aus dem Amerikanischen von
Renate Orth-Guttmann,
Anna-Nina Kroll und Karin Betz
Mit einem Bildteil

Zeichnungen
Ausgewählt und herausgegeben von Daniel Keel
Mit einem Vorwort der Autorin und
einer biographischen Skizze von Anna von Planta

Katzen
Drei Stories, drei Gedichte,
ein Essay und sieben Zeichnungen
Außerdem unter dem Titel *Katzengeschichten*
als Diogenes Deluxe lieferbar

Ladies
Frühe Stories
Aus dem Amerikanischen von pociao,
Dirk van Gunsteren und Melanie Walz

Raymond Chandler
im Diogenes Verlag

Carson McCullers
im Diogenes Verlag

»Heute streitet man sich auch in Deutschland nicht mehr um Rang und Ruhm von Carson McCullers, deren erster Roman *Das Herz ist ein einsamer Jäger* bereits 1940 von renommierten Kritikern des englischen Sprachgebiets gepriesen wurde. Er machte die 23-Jährige auf der Stelle berühmt und gewissermaßen zur Kollegin großer Schriftsteller wie Dostojewski, Melville und Faulkner, der selber ihr Werk verehrt hat.« *Gabriele Wohmann*

»Carson McCullers erkundete das menschliche Herz mit einem Einfühlungsvermögen, das kein Schriftsteller je übertreffen kann.« *Tennessee Williams*

»Wie alle genialen Dichter überzeugt sie uns davon, dass wir im Leben etwas übersehen haben, was ganz offenkundig vorhanden ist. Sie hat das unerschrocken ›goldne Auge‹.« *V.S. Pritchett*

»In ihrem Blick wie in ihrer erzählerischen Haltung ist Carson McCullers mit Čechov verglichen worden. Der Vergleich ist nicht nur unter diesem Aspekt zutreffend, sondern auch, was den Rang angeht. Das Werk von Carson McCullers gehört zweifellos der Weltliteratur an.«
Jochen Schimmang / Die Welt, Berlin

»Was bleibt, ist ihr Werk. Es ist unvergänglich.«
Neue Zürcher Zeitung

Die Romane in vier Bänden in Kassette
In revidierten Übersetzungen und in der Lieblingsausstattung von Carson McCullers
Alle Bände auch als Einzelausgaben (Leinen) erhältlich:

Das Herz ist ein einsamer Jäger
Roman. Aus dem Amerikanischen von Susanna Rademacher. Mit einem Nachwort von Richard Wright
Auch als Diogenes Hörbuch erschienen, gelesen von Elke Heidenreich

Carson McCullers
im Diogenes Verlag

»Heute streitet man sich auch in Deutschland nicht mehr um Rang und Ruhm von Carson McCullers, deren erster Roman *Das Herz ist ein einsamer Jäger* bereits 1940 von renommierten Kritikern des englischen Sprachgebiets gepriesen wurde. Er machte die 23-Jährige auf der Stelle berühmt und gewissermaßen zur Kollegin großer Schriftsteller wie Dostojewski, Melville und Faulkner, der selber ihr Werk verehrt hat.« *Gabriele Wohmann*

»Carson McCullers erkundete das menschliche Herz mit einem Einfühlungsvermögen, das kein Schriftsteller je übertreffen kann.« *Tennessee Williams*

»Wie alle genialen Dichter überzeugt sie uns davon, dass wir im Leben etwas übersehen haben, was ganz offenkundig vorhanden ist. Sie hat das unerschrocken ›goldne Auge‹.« *V.S. Pritchett*

»In ihrem Blick wie in ihrer erzählerischen Haltung ist Carson McCullers mit Čechov verglichen worden. Der Vergleich ist nicht nur unter diesem Aspekt zutreffend, sondern auch, was den Rang angeht. Das Werk von Carson McCullers gehört zweifellos der Weltliteratur an.«
Jochen Schimmang / Die Welt, Berlin

»Was bleibt, ist ihr Werk. Es ist unvergänglich.«
Neue Zürcher Zeitung

Die Romane in vier Bänden in Kassette
In revidierten Übersetzungen und in der Lieblingsausstattung von Carson McCullers
Alle Bände auch als Einzelausgaben (Leinen) erhältlich:

Das Herz ist ein einsamer Jäger
Roman. Aus dem Amerikanischen von Susanna Rademacher. Mit einem Nachwort von Richard Wright
Auch als Diogenes Hörbuch erschienen, gelesen von Elke Heidenreich

Raymond Chandler
im Diogenes Verlag

In Neuübersetzung bisher erschienen:

Der große Schlaf
Roman. Aus dem Amerikanischen von Frank Heibert. Mit einem Nachwort von Donna Leon

Außerdem lieferbar:

Lebwohl, mein Liebling
Roman. Deutsch von Wulf Teichmann

Das hohe Fenster
Roman. Deutsch von Urs Widmer

Die Tote im See
Roman. Deutsch von Hellmuth Karasek

Die kleine Schwester
Roman. Deutsch von Walter E. Richartz

Der lange Abschied
Roman. Deutsch von Hans Wollschläger
Auch als Diogenes Hörbuch erschienen, gelesen von Gert Heidenreich

Playback
Roman. Deutsch von Wulf Teichmann

Außerdem liegen vor:

Mord im Regen
Frühe Stories. Mit einem Vorwort von Philip Durham. Deutsch von Hans Wollschläger

Erpresser schießen nicht
und andere Detektivstories. Mit einem Vorwort des Verfassers. Deutsch von Hans Wollschläger
Daraus die Story Nevada-Gas auch als Diogenes Hörbuch erschienen, gelesen von Günter Lamprecht

Der König in Gelb
und andere Detektivstories. Deutsch von Hans Wollschläger
Daraus die Story Spanisches Blut auch als Diogenes Hörbuch erschienen, gelesen von Günter Lamprecht

Gefahr ist mein Geschäft
und andere Detektivstories. Deutsch von Hans Wollschläger
Daraus die Story Gefahr ist mein Geschäft auch als Diogenes Hörbuch erschienen, gelesen von Günter Lamprecht

Notizbücher
Drei Geschichten und Parodien, Aufsätze, Skizzen und Notizen aus dem Nachlass. Mit Zeichnungen von Edward Gorey, einer Erinnerung von John Houseman und einem Vorwort von Patricia Highsmith. Deutsch von Wulf Teichmann und Hans Wollschläger (vormals: Englischer Sommer)

Die simple Kunst des Mordes
Briefe, Essays, Notizen, eine Geschichte und ein Romanfragment. Herausgegeben von Dorothy Gardiner und Kathrine Sorley Walker. Deutsch von Hans Wollschläger

Meistererzählungen
Deutsch von Hans Wollschläger

Frank MacShane
Raymond Chandler
Eine Biographie. Deutsch von Christa Hotz, Alfred Probst und Wulf Teichmann

Zierfische
Eine Detektivstory
Diogenes E-Hörbuch, gelesen von Günter Lamprecht